레이디
수전
외

J A N E A U S T E N

레이디 수전 외

제인 오스틴 지음 | 한애경 · 이봉지 옮김

시공사

일러두기

1. 이 책은 1794년 집필된 제인 오스틴(Jane Austen)의 중편소설 〈레이디 수전(Lady Susan)〉과 미완성작 두 편 〈왓슨 가족(The Watsons)〉(1805년 집필), 〈샌디턴(Sanditon)〉(1817년 집필)을 우리말로 옮긴 것이다.
2. 번역은 2015년에 출간된 펭귄 고전 시리즈의 《레이디 수전, 왓슨 가족, 샌디턴(Lady Susan, The Watsons, Sanditon)》(Margaret Drabble 편집, Penguin Books 발행)을 대본으로 삼았다.
3. 본문의 주는 모두 옮긴이 주이다.

Contents

오스틴을 사랑하는 한국 독자들에게

마틴 프라이어(주한영국문화원장)

18세기 영국 시골 마을에서 마흔두 해 짧은 생을 살다 간 제인 오스틴이라는 작가가 2백 년이 지난 지금도 전 세계적으로 사랑받고 있다는 건 매우 경이로운 일이다. 19세기에서 20세기 초만 해도 오스틴의 영향력은 주로 미국과 유럽 국가들에 한정되어 있었으나, 20세기 들어 널리 번역되어 읽히면서 오늘날 그의 작품은 언어와 문화권을 초월해 어마어마한 규모의 독자층을 형성하기에 이르렀다. 동아시아 지역도 예외는 아니어서 1920년대에는 일본어로, 1930년대에는 중국어로 번역되어 명성을 얻었고, 한국에서는 1958년 《오만과 편견》을 시작으로 주요 작품들이 차례로 소개되어 지금껏 식을 줄 모르는 인기를 누리고 있다. 특히 1900년대 후반부터 오스틴의 작품이 크고 작은 규모로 꾸준히 영상화되며 그의 아성은 더더욱 공고해졌다.

오스틴이 주제를 다루는 데 있어 한결같이 발휘한, 시공을 뛰어넘는 보편적 접근법 덕분에, 그의 작품이 아득히 멀고도 이질적인 18세기 영국을 배경으로 하고 있음에도 우리는 별다른 어려움 없이 그 속에서 공감을 느끼게 된다. 남녀의 성 역할, 사회적 지위, 돈, 결혼, 그리고 사랑까지…… 제인 오스틴의 소설에 담긴 다양한 주제는 2백 년 전 햄프셔의 작은 마을에 살았던 작가 자신뿐만 아니라 21세기를 사는 우리네 삶에서도 여전히 중요한 요소들이다.

일찍이 제인 오스틴의 탁월한 재능을 간파하고, 그가 영국 문학의 전통을 일구어온 거장들에 견주어 한 치의 부족함도 없음을 알아본 또 다른 영국 여성 작가가 있었다. 버지니아 울프는 작가로서의 여성과 소설 속 인물들에 대해 쓴 에세이《자기만의 방》에서 제인 오스틴에 대해 이렇게 말했다. "1800년 무렵에 증오도 고통도 두려움도 없이, 항의하는 법도 설교하는 법도 없이 글을 쓰던 한 여자가 여기 있다. 그것은 셰익스피어의 작법이기도 했다." 어떤 비평의 언어도 이만큼 강렬한 울림을 전해주진 못할 것이다.

곧 이 위대한 작가가 세상을 떠난 지 꼭 2백 년이 된다. 부디 이 책이 한국의 독자들에게 널리 사랑받아 다음 2백 년간도 여전히 유효한 고전으로 남게 되길 바란다.

2016년 10월

마틴 프라이어

레이디 수전

편지 1
레이디 수전 버넌이 버넌 씨에게

12월, 랭퍼드에서

사랑하는 서방님에게,

지난번 마지막으로 헤어지면서 하신, 처칠에서 몇 주 함께 보내자는 친절한 초대를 계속 거절해서는 안 되겠지요. 그래서 요즘 서방님 부부가 저를 맞이할 수 있는 형편이라면, 오래전부터 만나고 싶었던 동서에게 수일 안에 인사를 했으면 해요. 절친한 친구들은 여기 더 머물라고 다정하게 붙잡지만 그이들이 워낙 친절하고 명랑해서 지금 제 상황이나 마음 상태와는 어울리지 않게 사교계 행사에 너무 자주 참석하게 되곤 해서요. 그래서 즐거이 은둔 생활을 하는 서방님 댁에 가게 될 날만을 초조히 기다리고 있답니다. 사랑스러운 어린 조카들을 만나고 싶네요. 그 아이들이 저에게 관심을 가져준다면 정말 기쁠 거예요. 딸과 헤어질 형편이라 곧 온 힘을 다해 버텨내야 할 때가 올 테니까요. 아이 아빠가 오랫동안 병상에 누워 있는 바람에 엄마로서의 의무도 다하지 못하고 애정 어린 관심도 기울이지 못했는데, 딸을 맡은 가정교사가 책임을 다하지 못한 건 아닌지 많이 걱정이 돼요. 그래서 런던 최고의 사립학교에 딸을 맡기기로 결정했어요. 서방님 댁으로 가는 길에 아일 그 학교에 맡길 생각이랍니다. 처칠에 오지 말라는 말씀만 없다면 댁으로 갈 생각이에요. 그러니 저를 받아들이는 것이 서방님의 권한 밖이라는 말씀을 듣게 된다면 정말 괴로울 거예요.

서방님에게 고마워하는 형수,

수전 버넌

편지 2

레이디 수전이 존슨 부인에게

랭퍼드에서

사랑스러운 얼리샤, 겨울 내내 내가 여기 머물 줄 알았다면 오해야. 네가 오해한 거라고 말하려니 좀 서글프다. 지난 석 달만큼 즐거웠던 적도 없었으니까. 지금은 다 엉망이 되어버렸어. 여기 맨워링 가문의 여자들은 죄다 똘똘 뭉쳐 나한테 적대적이야. 처음 랭퍼드에 왔을 때 나의 랭퍼드 생활이 어떨 거라고 네가 예상한 대로야. 맨워링은 기대 이상으로 유쾌한 인물이라서 겁이 날 정도였지. 마차를 타고 이 집으로 오면서 이렇게 혼잣말한 기억이 나. "난 이 남자가 좋아. 그것 때문에 어떤 해로운 일도 없기를 하늘에 기도해야지!" 그래서 난 근신하기로 결심했지. 겨우 넉 달 전에 미망인이 되었다는 사실을 명심하고 최대한 조용히 지내기로 마음먹었고, 그렇게 지냈어. 사랑하는 친구, 난 정말 맨워링 말고 다른 남자의 관심은 받아들이지도 않았어. 여기 모인 많은 남자들을 다 무시했다고. 맨워링 양에게서 떼어놓으려고 제임스 마틴 경한테 조금 관심을 보인 것만 빼고 말이야. 하지만 그렇게 행동한 '진짜 동기'를 세상이 안다면, 날 존경해야 할걸. 내가 비정한 엄마라고들 하지만, 그것도 다 모성애에서 나온 선의의 행동들이야. 딸을 위해 그렇게 한 거라고. 그 딸이라는 아이가 세상 제일가는 멍청이만 아니었어도, 이 엄마의 노력은 보상을 받았겠지. 제임스 경이 프레더리카에게 청혼할 테니 도와달라고 했어. 하지만 평생 날 괴롭히려고 태어난 저 프레더리카가 어찌나 고집스럽게 싫다고 하던지 그땐 그냥 결혼 계획을 포기하는 게 낫다고 생각했지. 차라리 내가 제임스 경과 결혼할걸 그랬다고 몇 번이나 후회했어. 제임스 경이 조금만 더 똑똑하게 굴었어도 내가 그 사람과 결혼했을 텐데. 하지만 결혼에 있어 난 좀 낭만적인 여자라고 고백해야겠지. 아무리 돈이 많아도 돈만 갖고는 날 만족시키지 못할 거야. 이 모든 게 정말 짜증이 나. 제임스 경은 떠났고, 마리아 맨워링은 분노했어. 맨워링 부인은 내가 참

아주기 힘들 만큼 질투에 사로잡혔지. 나에 대한 질투와 분노로 끓고 있어서, 자유로이 말할 기회만 있다면 그 불같은 성격에 후견인을 찾아가 자기 처지를 하소연한다고 해도 난 놀라지 않을 거야. 하지만 후견인인 네 남편 존슨 경 곁에는 네가 있잖아. 네 남편이 평생 내게 베푼 가장 친절하고도 다정한 행동이 그녀가 결혼한 다음 그 부인과 연락을 끊어버린 거야. 그러니 두 사람이 지금처럼 계속 거리를 두도록 네가 힘 좀 써줘. 요즘 우리 처지가 이렇게 서글프구나. 집안이 다 뒤집히고 온 가족이 서로 전쟁 중이야. 맨워링 공은 감히 나한테 말 한 마디 못 붙이고 있어. 이제 떠날 때가 된 것 같아. 그래서 이 집을 떠나기로 결심했어. 이번 주에 런던으로 가서 너와 맘 편히 지내고 싶어. 늘 그랬듯이 존슨 경이 나를 집으로 초대하지 못하게 한다면 네가 나한테 좀 와줘. 위그모어 거리 10번지야. 하지만 날 만나는 데 별문제가 없으면 좋겠다. 단점이 많긴 해도 존슨 경은 늘 "존경스럽다"는 수식어가 붙어 다니는 사람이잖아. 그러니 내가 존슨 부인과 가깝게 지내는데 그 남편이 날 무시한다면 좀 이상해 보이지 않겠니. 저 지긋지긋한 시골로 들어가는 길에 런던에 들를게. 그래, 정말 처칠로 간다니까. 친구야, 날 이해해줘, 이게 내 마지막 보루야. 달리 갈 만한 곳이 있다면, 당연히 나도 기기가 낫지. 찰스 버넌도 싫고, 그 사람 부인은 두렵기까지 해. 하지만 더 나은 전망이 생길 때까지는 처칠에서 살아야 돼. 런던까지는 프레데리카와 같이 갈 거야. 거기서 좀 더 철이 들 때까지 위그모어 거리의 서머스 선생님에게 맡기려고. 다른 명문가 아이들처럼 그 아이도 거기서 좋은 인연을 만나겠지. 엄청난 학비는 내가 감당하기 힘든 수준이지만.

잘 지내. 런던에 도착하자마자 바로 편지 쓸게.

너의 친구,

수전 버넌

편지 3

버넌 부인이 레이디 드 쿠르시에게

처칠에서

사랑하는 엄마,

엄마와 크리스마스를 같이 보내기로 한 약속을 못 지키게 되어 죄송해요. 전혀 도움이 안 되는 사정으로 그런 행복을 누릴 수 없게 되어버렸지 뭐예요. 레이디 수전이 남편에게 편지를 보내서 조만간 우리 집을 방문하겠다고 했어요. 이러한 방문은 어느 모로 보나 그저 자기 한 몸 편하자는 것이니 얼마나 오래 머물지 짐작조차 할 수 없어요. 저는 이런 방문에 전혀 준비가 안 됐고, 형님의 귀부인 작태를 이해할 수도 없어요. 맨워링 부인과 형님의 각별한 친분으로 보건 우아하고 값비싼 그곳 생활 방식으로 보건 랭퍼드는 모든 면에서 형님이 지내기에 안성맞춤인 곳이라, 이렇게 일찍 올 거라고는 예상도 못 했어요. 시아주버님이 돌아가신 뒤로 형님이 점차 우리와 가까워져서 언젠가는 형님을 받아들여야 할 거라고 각오는 하고 있었지만요. 스태퍼드셔에 있을 때 남편이 형님한테 너무 잘해드렸나 봐요. 평소 성격이야 그렇다 쳐도, 우리 결혼이 처음 흔들렸을 때 남편을 대했던 형님의 태도는 용납하기 어려울 만큼 교활하고 비열했지요. 아무리 화가 나도 다정하고 온화한 남편 같은 사람도 절대 그냥 넘어갈 수 없는 일이었다고요. 시아주버님이 돌아가신 후 미망인이라는 어려운 처지에 놓인 형님이니 잘 보살펴드리는 게 당연하지만, 처칠의 우리 집을 꼭 방문해달라고 남편이 초대까지 할 필요는 없었던 것 같아요. 하지만 그 사람이야 누구든지 좋게만 보려고 하잖아요. 형님이 지난날을 후회하면서 앞으로 조신하게 행동하겠다는 모습을 보이자 그만 마음이 풀어져 진심이라고 믿은 거겠죠. 하지만 저는 아직 믿을 수가 없어요. 글은 그럴듯하게 썼지만, 형님이 우리 집에 오는 진짜 이유가 뭔지 알기 전에는 잘해주겠다고는 못 하겠어요. 그러니 사랑하는 엄마, 형님의 도착을 기다리는 제 심정이 어떤지 짐작하시겠죠. 형님은 기회가 있을 때마다 저 유명한 본인의 매력을 동원해 제 호감을 얻으려고 할 거예요. 하지만 좀 더 구체적인 걸 알게 될 때까진 거기 넘어가지 않으려고요. 형님이 저와 친해지고 싶다면서 상냥한 말투로 우리 아이들 얘기를 꺼냈어요. 하지만 저는 자기 자식한테 못되게까지는 아니라도 막 대하는 여자가 우리 애들에게 잘하기를 기대할 만큼 바보는 아니에요. 자기 딸인 버넌 양을 런던의 학교에 맡기고 우리 집에 온다는데, 조카나 저를 위해 다행스러운 일이죠. 틀림없이 형님과 떨어져 지내는 게 조카한테도 좋을 거예요. 제대로 된 교육도 받지 못한 열여섯 살짜리 소녀가 이 집에서 잘 지낼 수 있을 리도 만무하고요. 레지널드는 오랫동안 누나가 저 매력적인 레이디 수전과 알고 지내기를 바랐지요. 조만간 그 애도 여기로 올 것 같아요. 아버지 건강이 계속 괜찮으시다는 소식을 들을 수 있어서 기쁘네요.

사랑을 담아,

캐서린 버넌

편지 4
드 쿠르시 씨가 버넌 부인에게

파크랜드에서

사랑하는 누나에게,

영국에서 가장 요염한 요부를 집으로 맞이한다니 누나와 매형에게 축하를 드립니다. 매우 뛰어난 바람둥이니 조심하라는 주의를 저도 항상 들어왔지요. 최근에 레이디 수전의 랭퍼드 행실 중 몇 가지를 자세히 들을 기회가 있었어요. 그 소식통에 의하면, 그 여자는 다른 사람들처럼 가벼운 외도를 즐기는 수준이 아니라 온 집안을 풍비박산으로 만드는 걸 더 즐기나 봐요. 레이디 수전이 맨워링 씨에게 하도 꼬리를 치는 바람에 그 부인이 질투와 절망에 빠졌답니다. 그 전에는 맨워링 씨 여동생을 좋아하던 젊은 남자한테 눈독을 들여서, 그 상냥한 처녀로부터 연인을 빼앗은 적도 있고요. 지금 있는 곳 인근에 사는 스미스 씨한테서 이 모든 소식을 들었어요. (허스트와 윌퍼드에서 그와 식사를 한 적이 있거든요.) 스미스 씨는 얼마 전 랭퍼드에서 왔는데, 그 집에서 레이디 수전과 두 주간 같이 지냈대요. 당연히 그런 이야기를 할 만한 인물이죠.

도대체 어떻게 생겨먹은 요물인지! 저도 레이디 수전을 보고 싶어서 누나의 친절한 초대를 흔쾌히 수락하려고요. 그래서 여러 남자를 동시에 유혹하는 그 요염한 능력이 뭔지 알아보려 합니다. 한 지붕 밑에서 두 남자의 애정을 동시에 얻어내다니, 그것도 유부남과 애인 있는 총각이라 자유롭지도 않은 두 남자한테서 말이죠. 게다가 매력적인 젊은 여성도 아닌데 그 모든 게 가능했다니. 참, 딸을 인사시킬 예의도 없어서, 버넌 양이 엄마랑 처칠에 오지 않는다니 기쁘네요. 스미스 씨에 따르면, 그 애는 멍청하고 자존심도 세답니다. 오만한 데다 우둔하기까지 하다니 가차 없이 경멸이나 받을 테지요. 하지만 두루 수집한 정보에 따르면, 레이디 수전 본인은 지켜보는 사람을 다 사로잡아버릴 정도의 매력을 가지고 있다고 하는군요. 곧 누나 집에 도착합니다.

누나의 사랑스러운 동생,
레지널드 드 쿠르시

편지 5
레이디 수전이 존슨 부인에게

처칠에서

사랑하는 얼리셔, 런던을 떠나기 직전에 네 쪽지를 받았어. 그날 저녁, 존슨 경이 네 약속을 전혀 의심하지 않았다니 다행이야. 그럼, 네 남편에게는 전부 속이는 편이 나아. 분명 고집을 부릴 테니 속여야 해. 난 무사히 처칠에 도착했고 아주 환대해주어서 불평할 게 없어. 하지만 동서의 태도는 서방님만큼 만족스럽지 못하다는 걸 고백할게. 동서는 좋은 집안에서 제대로 교육받은 데다 귀부인다운 태도를 지녔어. 하지만 내 호의를 얻기엔 부족해. 동서가 나를 보고 기뻐했으면 했어. 그래서 최대한 친절하게 대했지만 다 헛수고야. 동서는 나를 좋아하지 않아. 그래, 서방님과 동서의 결혼을 막으려 했던 내 과거를 생각하면, 이렇게 구는 것도 당연하지. 하지만 결국 성공하지도 못한 6년 전 일로 날 이렇게 원망하는 걸 보면 얼마나 편협하고 꽁한 사람인지 알 수 있지. 우리가 버넌 성을 팔아야 했을 때 찰스 서방님이 그 성을 사지 못하게 한 게 가끔 후회가 돼. 하지만 그땐 서방님의 결혼 시기와 정확히 겹쳐서 곤란한 상황이었어. 다들 그런 미묘한 감정을 존중해줘야 하는 거 아냐? 어린 서방님한테 재산을 넘기게 되면 남편 자존심이 상할까 봐 견딜 수가 없었어. 일이 잘 해결되어 그 성을 떠날 필요가 없게 되고 우리가 미혼인 찰스 서방님과 함께 살았다면, 다른 사람에게 그 성을 못 팔게 했겠지. 하지만 당시 서방님은 드 쿠르시 양과 결혼하려던 참이었으니 결과적으로 내 판단이 옳았던 거야. 이 집엔 아이들도 많잖아. 게다가 서방님이 버넌 성을 구입한다고 나한테 무슨 득이 있었겠니? 내가 그 성을 구입하지 못하게 한 일로 동서는 아마 감정이 좋지 않을 거야. 나를 싫어하는 사람이 있긴 하지만, 여기서 지낼 이유는 충분해. 돈 문제라면, 서방님이 분명히 도와줄 거야. 너무 쉽게 속는 사람이라 걱정이지!

훌륭한 저택에 세련된 가구, 이 집의 모든 것이 넉넉하고 우아해. 찰스 서방님은 정말 부자인가 봐. 뭐, 한때 돈을 굴리는 금융회사 고위직에 있었으니까. 하지만 정작 자기들 재산으로 뭘 해야 할지도 모르고, 아주 작은 회사나 운영하면서 업무가 아니라면 런던에 통 가지도 않아. 정말 바보처럼 지낼 거 같지 않니. 조카들을 구슬려 동서의 환심을 얻어볼 생각이야. 이미 조카들의 이름도 다 외워두었지. 특히 어린 프레더릭에게 애정을 듬뿍 주려고 해. 그 아이를 무릎에 앉히면 그 애 삼촌이었던 죽은 남편이 떠올라 한숨 짓게 되거든.

불쌍한 맨워링! 내가 그 사람을 얼마나 그리워하는지, 그 사람이 얼마나 끝없이 내 생각을 하는지 너한테는 일일이 말할 필요도 없겠지. 이곳에 도착하자마자 그 사람의 우울한 편지를 받았어. 잔인한 자기 운명을 비통해하면서 부인과 여동생에게 불만이 가득하더라고. 서방님과 동서에겐 맨워링 부인이 보낸 편지라고 얼버무렸어. 그 사람에게 편지를 보내려면 이제 겉장에 네 이름을 써야 할 거야.

너의 친구,

S. V.

편지 6

버넌 부인이 드 쿠르시 씨에게

처칠에서

음, 사랑하는 레지널드, 네가 곧 스스로 판단하길 바라지만 저 위험한 여자를 만났으니 네게 조금이라도 설명을 해주어야겠지. 형님은 정말 엄청 예뻐. 더 이상 젊지도 않은 여자가 예뻐 봐야 얼마나 매력적이겠냐고 하겠지만, 나로서는 레이디 수전처럼 아름다운 여자는 거의 못 봤다고 단언할 수밖에 없어. 피부는 하얗고 눈은 매력적인 회색인데, 속눈썹까지 진해. 실제로는 나보다 열 살이나 손위지만, 외모만 보면 아무도 스물다섯 살 이상으로는 보지 않을 거야. 형님의 외모가 아름답다는 이야기는 늘상 들었지만, 칭찬하고 싶은 마음은 별로 없었어. 하지만 균형미와 광휘, 우아함까지 겸비한 보기 드문 미인이라고 생각지 않을 수가 없어. 형님은 너무나 상냥하고 솔직하고 심지어 다정해서, 우리 결혼을 늘 반대해왔다는 사실을 모른 채 처음 만났다면 아주 친한 친구라고 착각했을 거야. 교태를 부리면 태도도 그렇고, 마음이 뻔뻔하면 당연히 말도 뻔뻔하게 할 거라고 예상하기 쉽지. 적어도 난 레이디 수전의 뻔뻔한 태도에 넘어가지 않도록 단단히 대비했다고 자신했어. 하지만 형님은 굉장히 상냥한 얼굴에 목소리와 태도도 정말 온화하단다. 그래서 유감이야. 대체 이게 속임수가 아니라면 뭐겠어? 불행히도 우리는 형님을 너무나 잘 알고 있지. 형님은 영리하고 호감을 주는 사람이야. 대화가 술술 풀리게 온갖 세상 지식을 알고 있고 언어도 잘 구사하니 말도 청산유수지. 그래서 가끔 검은색도 흰색으로 착각하게 만들 지경이야. 과거 오랜 세월 실은 그 반대였다는 사실을 잘 알고 있는데도, 벌써 형님과 딸이 각별한 모녀지간이라고 믿을 뻔했다니까. 그간 불가피한 상황 때문에 딸의 교육에 태만해서 너무나 안타깝다고 딸 이야기를 얼마나 다정하고 걱정스럽게 하던지. 그래서 난 무슨 말을 해도 믿지 않으려고 형님이 여러 해 동안 봄마다 런던에서 지냈다는 사실을 떠올려야 했어. 그동안 조카는 스태퍼드셔에, 하인이나 하인보다 별로 나을 게 없는 가정교사한테 맡기고 말이지.

형님의 태도가 형님을 싫어하기로 결심한 내 마음도 이렇게 흔들어놓았다면, 관대한 남편의 호감을 얼마나 얻었을지는 가히 짐작이 가겠지. 나도 남편처럼 랭퍼드를 떠나 처칠로 온 것은 순전히 형님의 선택이었다고 만족할 수 있었으면 좋겠어. 랭퍼드에서 신나게 석 달을 지내고 난 다음에야 친구들의 생활방식이 형님의 상황이나 정서에 맞지 않는다고 깨닫지만 않았어도, 내가 형님 말을 믿었겠지. 남편처럼, 원래 시아주버님에게 행실이 바르지는 않았지만 그래도 돌아가시고 나니 시골에

칩거할 생각이 들었다고 말이지. 하지만 형님이 맨워링 집안에 얼마나 오래 머물렀는지 잊을 수가 없어. 형님이 지금 따라야 하는 소박한 생활 방식과는 다른, 그들과 어울렸던 화려한 생활을 생각하면 그저 이런 생각이 들어. 조금 늦긴 했지만 도덕적이고 얌전하게 지내면서 자신의 평판을 회복할 속셈으로 실은 정말 행복했으면서도 그 집을 떠났다고 말이야. 형님이 맨워링 부인과 정기적으로 편지를 주고받는 걸 보면 네 친구 스미스 씨의 이야기가 틀릴 수도 있어. 어쨌든 조금 과장되었겠지. 두 남자가 동시에 그렇게 지독하게 속을 수는 없을 테니까 말이야.

누나,

캐서린 버넌

편지 7

레이디 수전이 존슨 부인에게

처칠에서

사랑하는 얼리셔,

네가 프레더리카에게 정말 친절하게 신경 써줬구나. 네 우정의 표시로 이 일에 감사하고 있어. 하지만 따뜻한 네 우정을 의심치 않기에, 그렇게 큰 희생을 요구할 수는 없어. 바보 같은 그 아이는 전혀 내세울 만한 게 없어. 그러니 어떤 핑계를 대서라도 에드워드 거리에 보내버려서 소중한 네 시간을 한시라도 빼앗지 못하게 할게. 게다가 그러면 훌륭한 교육을 받을 시간을 낭비하게 되잖니. 그 애가 서머스 선생님과 지내는 동안 나도 교육에 참여하고 싶어. 나를 닮아 재능도 있고 들어줄 만한 목소리도 지녔으니 취향을 살려서 자신 있게 연주하고 노래하면 좋겠어. 난 유년 시절에 노느라고 학업에 몰두하지 못했어. 예쁜 여자가 갖춰야 할 교양을 못 갖추었지. 그렇다고 온갖 외국어에 기술들까지 완벽하게 공부해야 한다는 지금의 유행을 따를 필요는 없다고 생각해. 그건 시간 낭비야. 여성이 프랑스어와 이탈리아어, 독일어, 음악과 노래, 그림 등을 두루 잘하면 박수갈채야 받겠지만, 그런다고 자기 수첩에 연인 이름 하나 추가하지 못할 테니까. 결국 우아함과 예절이 제일 중요하지. 그러니까 내 말은 프레더리카가 더 많이 배워야 한다는 게 아니야. 그 애가 세상사를 다 이해할 만큼 학교에 오래 다니진 않을 거라는 자신이 있어. 열두 달 안에 제임스 경의 아내가 된 그 애 모습을 보고 싶어. 이런 희망을 거는 이유를 넌 알 거야. 이건 확실한 근거가 있는 거니까. 프레더리카 또래의 소녀에게 학교란 굴욕감만 주는 곳이지. 그러니 굴욕감을 더 느끼도록 그 아이를 더 이상 네 집에 초대하지 않는 게 좋겠어. 자기 처지가 정말 어렵다는 걸 깨달아야지. 나는 전적으로 제임스 경을 믿고 있고, 편지 한 줄만 보내면 그가 내 딸과 결혼해야만 하는 이유를 상기시킬 자신이 있어. 그래도 그가 런던에 오면 딴마음 먹지 않게 네가 수고 좀 해줘. 가끔 네 집에 초대해서 그가 프레더리카를 잊지 못하게 그 아이 소식도 들려주고 말이야.

이 결혼을 추진하는 게 맞는 일인 것 같아. 엄마로서 난, 신중하지만 다정하게 선을 지키고 있다고 생각해. 딸에게 좋은 혼사가 들어오면 단번에 승낙하라고 강요하는 엄마도 있지만 나는 그 아이가 싫어하는 결혼을 억지로 강요할 생각은 없어. 그런 가혹한 방법 대신 그 아이가 제임스 경의 청혼을 받아들일 때까지 아주 불편하게 만들어서 그 애 스스로가 선택하게 할 거야. 이 성가신 아이한테는 그렇게만 해도 충분해.

내가 여기서 시간을 어떻게 보내는지 무척 궁금하겠지. 첫 주는 못 견딜 만큼 지겨웠어. 하지만 지금은 조금씩 나아지고 있어. 젊고 잘생긴 버넌 부인의 남동생 덕분에 식구도 늘었고 여기 생활이 꽤 즐거워질 것 같아. 그에게는 뭔가 관심을 끄는 구석이 있어. 활기차고 똑똑해 보여. 예의상 친절할 뿐인 누나보다 나를 더 존경하게 만들면, 유쾌한 바람둥이가 될지도 몰라. 타인의 훌륭함을 인정하지 않는 사람이 나를 존경하도록 바꾸는 건 극히 즐거운 일이지. 이미 차분하고 신중한 내 태도에 당황하고 있는걸. 이렇게 거드름을 피우는 드 쿠르시 집안을 납작하게 만들고 말 거야. 동서한테 자신의 경고가 소용없다는 걸 제대로 깨닫게 하고, 누나가 나를 나쁜 여자로 착각하고 있다고 레지널드가 믿게 만들어야지. 적어도 이 계획 때문에 즐거워. 그리고 이 계획이 너는 물론 사랑하는 모든 이와 헤어져 지내는 이 괴로운 처지를 이겨내게 해줄 거야.

너의 친구,

S. 버넌

편지 8
버넌 부인이 레이디 드 쿠르시에게

처칠에서

사랑하는 엄마에게,

당분간 레지널드가 집에 못 간다고 생각하셔야겠어요. 사냥하기 좋은 계절이니 서식스에 더 머물라는 남편의 제안을 동생이 수락했어요. 레지널드가 자기 대신 이 사실을 엄마에게 전해드렸으면 하네요. 결국 자기 말[馬]들을 곧바로 이곳에 보내달라는 뜻이죠. 엄마가 언제 켄트에서 동생을 보게 될지 지금으로선 뭐라고 말씀드릴 수가 없어요. 아버지께는 말씀드리지 않는 게 낫겠지만 이런 동생의 변화로 걱정스러운 제 마음을 사랑하는 엄마한테는 숨기지 않을게요. 자나 깨나 아들 걱정인 아버지께서 들으시면 놀라서 심신이 몹시 상하실 거예요. 채 두 주도 안 되어 레이디 수전은 동생이 자신을 좋아하게 만들었어요. 다시 말해, 레지널드가 원래 돌아가려던 날짜보다 더 오래 여기 머무는 사정에는 분명 매형과 사냥하고 싶은 마음 못지않게 레이디 수전에게 매료된 것도 있어요. 물론 저는 그 애가 우리 집에 오래 머무는 게 즐겁지 않아요. 다른 이유로 머문다면 기쁘겠죠. 이 부도덕한 여자의 계략에 화가 나요. 판단력이 흐려진 레지널드보다 형님이 위험한 인물임을 입증해주는 더 확실한 증거가 어디 있겠어요? 그 애가 처음 우리 집에 왔을 때는 자신의 판단력에 의거해 단호하게 형님을 싫어했었죠. 얼마 전 보낸 편지에서는 형님과 아주 잘 알던 신사한테서 들은 랭퍼드에서의 행태를 자세히 일러주기도 했는걸요. 그 말이 사실이라면 형님을 혐오하게 될 게 분명한 레지널드 자신도 그대로 다 믿었던 일들 말이에요. 분명, 그 애의 의견도 나라 안의 모든 여자들과 별반 다르지 않았어요. 우리 집에 처음 왔을 땐 분명 형님을 배려하거나 존경하지 않았거든요. 시시덕대려는 남자의 관심이나 좋아할 그런 여자라고 생각했었죠.

형님의 행동은 이러한 동생의 생각을 바꾸려고 치밀하게 계산된 거라고 생각해요. 형님한테서 부적절한 행동은 찾아보기 힘들었어요. 자만심이나 가식, 경박함 같은 게 없었어요. 형님은 정말 매력적이라서, 그 애가 형님을 좋아하게 된 것도 당연해요. 이렇게 개인적으로 알기 전에 레지널드가 형님의 과거를 전혀 몰랐다면 말이죠. 하지만 이미 사실을 알고 있는데도 이성이나 애초의 확신과는 달리 그렇게 좋아하게 되다니 제겐 정말 놀라운 일이었어요. 처음부터 감탄이 대단했지만, 그건 자연스러운 일이라고 할 수 있죠. 그리고 예상과 달리 상냥하고 사려 깊은 태도에 충격을 받았다 해도 놀랄 일은 아니고요. 하지만 최근 들어 형님 이야기를 할 때면, 좀 지나치다 싶어요. 어제는 남자의 마음을 사로잡는 형님의 사랑스러운 능력에 놀라지 않을 수 없다는 말도 하더라고요. 제가 형님의 성격이 안 좋아 안타깝다고 대답하자, 이런 말도 했어요. 무슨 잘못을 저질렀든, 그건 레이디 수전이 제대로 교육받지 못한 데다 너무 일찍 결혼한 탓이라면서 정말 멋진 여성이라고요.

형님의 행동을 이렇게 변명하고, 열렬한 칭찬으로 과거 행실을 덮으려는 동생 때문에 화가 났어요. 레지널드가 처칠에서 더 지내다 가라는 말을 들으려고 일부러 집 안에만 박혀 있었다는 사실을 몰랐다면, 괜히 그 애에게 사냥을 제안해서 상황을 이렇게 만든 남편을 원망했을 거예요.

물론 레이디 수전은 마음껏 교태를 부리거나 모든 남자들의 찬사를 받고 싶은 욕심에 그렇게 한 거예요. 단 한 순간도 형님이 마음속으로 진지한 생각을 한다고는 상상할 수 없어요. 하지만 레지널드처럼 지각 있는 청년이 형님에게 속아 넘어가는 모습을 보니 정말 당황스럽네요.

캐서린 버넌

편지 9

존슨 부인이 레이디 수전에게

에드워드 거리에서

소중한 친구에게,

드 쿠르시 씨가 처칠에 도착했다니 축하해. 그리고 무슨 수를 써서라도 그 사람과 결혼하라고 충고할게. 너도 알다시피 부친의 재산이 상당해. 분명히 그가 재산을 상속받게 될 거야. 레지널드 경은 몸이 아주 약해서 오래 못 살 것 같아. 사람들이 그 청년을 칭찬하는 소리 많이 들었어. 친애하는 수전, 넌 그 누구에게도 아깝지만 드 쿠르시 씨는 훌륭한 결혼 상대야. 물론 맨워링이 가만있지 않겠지. 하지만 너라면 쉽게 그를 진정시킬 수 있을 거야. 게다가, 유부남인 맨워링처럼 도의를 지킨답시고 결혼에서 해방되길 기다릴 필요도 없잖아. 제임스 경을 봤어. 지난 주 며칠간 런던에 머물면서 에드워드 거리에 여러 번 왔었어. 제임스 경에게 너와 네 딸 이야기를 했지. 그는 결코 너를 잊지 못할 인물이라서 엄마나 딸 중 한 명과 기꺼이 결혼할 거야. 그에게 프레더리카가 결국 그와 결혼할 거라는 희망을 주면서, 그 애가 무척 예뻐졌다고 했지. 그리고 마리아 맨워링과의 연애 사건을 꾸짖었어. 그저 장난일 뿐이었다고 우기더군. 그 사람이랑 둘이서 마리아가 실망한 일을 두고 실컷 비웃고 나니까 바로 기분이 아주 좋아졌어. 그 사람은 여전히 멍청해.

너의 친구,

얼리샤

편지 10

레이디 수전이 존슨 부인에게

처칠에서

친애하는 친구, 드 쿠르시 씨에 관한 조언 고마워. 그 조언을 따를지는 아직 결정하지 못했지만, 지금 내 형편에 딱 안성맞춤이라는 확신하에 해준 충고라는 거 나도 알아. 결혼처럼 진지한 일은 쉽게 결정할 수 없어. 게다가 지금은 돈이 부족하지도 않거든. 그리고 연로한 드 쿠르시 경이 돌아가실 때까지는 당장 결혼해도 크게 득 볼 게 없으니까. 사실 난 그 결혼이 전적으로 내 손에 달려 있다고 자신하고 있어. 그가 내 능력을 알게 만들었지. 그리고 지금은 나를 싫어하려고 작정을 하고는 내 모든 과거 행동에 안 좋은 편견을 가졌던 사람을 정복해서 아주 즐거워. 그러니까 바라건대 그의 누나는 내 단점만 늘어놔봤자 별로 소용없다는 걸 깨달았으면 좋겠어. 내 지성과 태도는 그 주장과 정반대니까 말이지. 내가 차츰 자기 남동생의 호의를 얻으니까 그 누나가 얼마나 불안해하는지 빤히 보여. 그리고 누나 입장에서는 나 같은 인물이 절대로 기분 좋을 리 없다는 결론에 도달했지. 하지만 나에 대한 누나의 의견이 정당한지 여부를 남동생이 일단 의심하게 만들었으니 내가 동서에게 도전한 셈이지.

나와 가까워지려고 애쓰는 그의 모습을 보는 건 즐거운 일이야. 특히 조용하고 위엄 있게 내 행동을 자제한 결과로 바뀐 그의 태도나 버릇없을 정도로 친근하게 접근하는 모습을 보는 일 말이야. 처음부터 계산된 행동이었지. 아마 지배욕이 가장 컸겠지만, 평생 이렇게 요염하게 군 적이 없어. 나는 감정과 진지한 대화로 그를 완전히 굴복시키고, 상투적인 추파 던지기 따위 없이 '반쯤은' 나와 사랑에 빠지게 했다고 감히 말할 수 있어. 그쪽에서 나쁜 마음을 먹으면 내가 어떤 식으로든 복수할 수 있다는 걸 알게 되면, 그동안 내가 계획적으로 예의 바르고 겸손하게 행동했다는 것도 눈치채겠지. 하지만 동서 마음대로 생각하고 행동하라고 해. 누나의 충고 따위로 젊은 남동생이 사랑에 빠지는 걸 막아냈다는 이야기는 난 별로 들어본 적이 없으니까. 지금 우린 서로 비밀을 털어놓을 만큼 가까워졌어. 즉 일종의 플라토닉한 우정에 이른 것 같아. 내 입장이 이러니까 우정 이상의 관계가 될 수 없다고 생각할지도 몰라. 하지만 다른 남자들한테 그랬듯이 애초에 애정을 얻어낼 자신이 없었다면, 감히 나를 나쁘게 생각했던 사람한테 사랑 같은 건 주지 않았을 테니까.

레지널드는 좋은 사람이야. 너도 들은 것 같은 그런 칭찬을 받을 만한 훌륭한 청년이지. 하지만 랭퍼드의 우리 친구들만은 못해. 그는 맨워링보다 세련되지도 못했고 그만큼 존경받지도 못할 인물이야. 그에게는 자신과 온 세상을 즐겁게 만드는 유머 감각이 없어. 하지만 나를 즐겁게 해주고, 매우 즐겁게 몇 시간이고 훌쩍 지나가게 만드는 아주 유쾌한 친구지. 그가 없었다면 동서의 침묵을 견디고 재미없는 서방님의 이야기를 듣느라 시간깨나 허비했을걸.

제임스 경에 대한 네 언급이 아주 마음에 들어. 곧 딸에게 그와의 결혼을 추진할 생각이라고 살짝 일러줄 생각이야.

너의 친구,

S. 버넌

편지 11

버넌 부인이 레이디 드 쿠르시에게

처칠에서

사랑하는 엄마, 동생에게 급속히 영향을 미치는 레이디 수전 때문에 정말 마음이 편치 않아요. 두 사람은 지금 각별한 우정으로 가까워져서 종종 긴 대화를 나눈답니다. 형님은 아주 교묘한 교태로 동생을 꼬셔서 전에 가지고 있던 생각들을 자기가 원하는 방향으로 잠재워버렸어요. 그렇게 급진전한 두 사람의 관계를 보면 놀라지 않을 수가 없어요. 레이디 수전이 그 애와 결혼까지 할 계획인 것 같지는 않지만요. 뭔가 그럴듯한 핑계를 대서 엄마가 레지널드를 다시 집으로 부르셨으면 좋겠어요. 그 앤 우리 집을 떠날 생각이 전혀 없어요. 우리 집안의 상식적인 예절이 허용하는 내에서 몇 번이고 동생에게 아버지의 위태로운 건강 상태를 슬쩍 언급했는데도요. 지금 형님은 동생한테 무한한 영향력을 행사하고 있어요. 이전의 부정적인 의견들은 몽땅 지우고 형님의 과거 행동을 잊게 만들었을 뿐만 아니라 합리화까지 했다니까요. 랭퍼드에서 벌인, 맨워링 양의 젊은 약혼자인 제임스 경이나 맨워링 씨와의 연애 사건은 잘못된 행동이라고 스미스 씨는 형님을 비난했었고, 처음 처칠에 왔을 때만 해도 레지널드도 이 말을 믿었었죠. 하지만 이제 형님의 랭퍼드 행적을 그저 스미스 씨가 지어낸 스캔들 정도로 여긴답니다. 열띤 태도로 이렇게 말하더군요. 헛소문을 믿었던 과거의 자신이 부끄럽다고요.

형님이 이 집에 온 게 정말 슬퍼요! 조만간 오게 될 형님을 기다리면서 계속 마음이 불편했지만 레지널드를 걱정해서 그런 것은 아니었어요. 형님이 제 마음에 들지 않을 거라는 예상은 했었죠. 하지만 그렇게 잘 알기 때문에 속으로 경멸했던 그 여자한테 위험하게도 동생이 푹 빠질 거라고 누가 상상이나 했겠어요. 엄마가 그 앨 여기에서 떠나게 해주면 좋겠어요.

사랑하는 딸,

캐서린 버넌

편지 12

레지널드 드 쿠르시 경이 아들에게

파크랜드에서

사랑하는 레지널드, 대체로 젊은 사람들은 자신의 연애 문제에 가까운 가족이 참견하기를 원치 않는다는 사실을 알고 있단다. 하지만 아버지의 걱정은 아랑곳하지 않고 부자간의 신뢰를 저버린 채 그 충고를 무시할 권리가 자신에게 있다고 생각하는 사람들보다 네가 더 나은 자식이기를 바란다. 너는 유서 깊은 가문의 대표이자 외아들로서, 평생 네 일거수일투족이 일가의 가장 흥미로운 관심사라는 걸 명심해야 한다. 특히 결혼은 정말 진지하게 생각할 중대사야. 네 자신과 부모의 행복, 그리고 네 이름에 걸맞은 평판 등 모든 것이 다 달려 있으니까 말이다. 엄마와 이 아비에게 알리지도 않고, 또는 적어도 우리가 네 선택에 찬성할 거라는 확신 없이 네가 멋대로 약혼할 거라고는 생각지 않는다. 하지만 최근에 너를 좋아하는 여자에게 이끌려 결혼이라도 하게 될까 봐 걱정하지 않을 수 없구나. 멀고 가까운 온 일가친척이 결사적으로 반대할 그런 결혼을 말이다.

레이디 수전과의 큰 나이 차이 때문에도 반대해야겠지만, 열두 살 격차는 문제도 안 되는 그 여자의 인격적 결함이 훨씬 더 심각한 문제인 것 같구나. 네가 그 여자의 매력에 눈이 멀지 않았다면, 세상에 널리 알려진 그 여자의 행실을 내가 직접 열거하는 우스꽝스러운 일은 없었을 게다. 그녀가 병상의 남편을 방치하고 다른 남자들과 어울려 사치스럽고 방탕하게 놀아났다는 사실을 당시 모르는 사람이 없었고 그건 지금도 잊혀질 수가 없는 일이야. 너그러운 내 사위 찰스 버넌 덕분에 그 여자가 우리 집안에는 좋게 포장되어 소개되었지. 하지만 좋은 사람으로 변호해주려는 너그러운 그의 노력에도 불구하고, 가장 이기적인 동기에서 네 누나인 캐서린과 그가 결혼하지 못하게 하려고 온갖 애를 쓴 그 여자의 과거를 우리는 다 알고 있지 않니.

사랑하는 레지널드야, 내가 점점 나이 들고 몸이 쇠약해지니 네가 세상에 자리 잡은 모습을 속히 보고 싶구나. 내 재산이 넉넉한 덕분에 장래 며느릿감의 재산에는 별로 관심이 없단다. 하지만 네 아내의 가족과 성격은 너처럼 나무랄 데가 없어야 해. 어느 쪽과 관련해서도 반대할 수 없을 만큼 네 선택이 확고하다면, 그때는 나도 즐거이 동의해줄 거라고 약속하마. 하지만 교묘한 수에 속아서 결국 비참해질 게 뻔한 결혼이라면, 그건 당연히 막아야지.

아마도 그저 허영심이나, 특히 자신에게 나쁜 편견을 지닌 남자한테서 칭찬받고 싶은 마음에 그렇게 행동했을 수도 있겠지. 하지만 그 여자에게는 뭔가 다른 목적이 더 있을 것 같구나. 그녀는 가난하니까 당연히 경제적으로 유리한 결혼을 하려고 하겠지. 외아들로서의 네 권리가 뭔지 너 자신도 알고 있을 거고, 너한테 가문의 유산을 상속하지 않으려 해도 내 능력 밖이라는 사실도 알고 있을 거다. 내가 살아 있는 동안은 너를 괴롭힐 수 있다는 게 아마도 내가 어떤 상황에서도 하지 않으려 했던 일종의 복수가 되겠지. 솔직한 내 감정과 의도를 털어놓으마. 아마 너도 느끼고 있을 두려움 대신 네 이성과 애정에 호소하고 싶구나. 네가 레이디 수전 버넌과 결혼할 생각이라는 걸 알게 된다면, 앞으로 남은 내 여생은 편치 못할 거야. 지금까지 아들을 자랑스럽게 여긴 아비의 순수한 자부심도 사라질 테고, 내 아들을 보거나 듣고 생각할 때마다 얼굴을 붉히겠지.

이 편지는 내 마음을 스스로 진정시키는 것 외에 아무 도움이 안 될지도 몰라. 하지만 네가 레이디 수전을 좋아하는 줄 네 친구들이 이미 다 알고 있다는 사실을 알려주고, 그 여자를 조심하라고 경고할 의무가 이 아비에게 있는 것 같구나. 스미스 씨가 알려준 정보를 네가 믿지 않는 이유를 알려주면 좋겠구

나. 한 달 전만 해도 넌 그 정보를 전혀 의심치 않았잖니.

아무 계획 없이 잠시 잠깐 똑똑한 여자와 즐겁게 대화나 나누고 그저 그녀의 아름다움과 능력에 감탄했을 뿐 나쁜 행실에 눈먼 게 아니라고 확실히 이야기해준다면, 이 아비는 다시 행복해질 게다. 하지만 이렇게 단언할 수 없다면, 적어도 그 여자에 대한 네 의견이 근본적으로 바뀐 이유가 뭔지 아비에게도 설명해다오.

아버지,

레지널드 드 쿠르시

편지 13

레이디 드 쿠르시가 버넌 부인에게

파크랜드에서

사랑하는 캐서린,

불행하게도 지난번 네 편지를 받았을 때는 눈이 아파 편지도 못 읽을 만큼 심한 감기로 방에 처박혀 있었단다. 이런 형편이라 편지를 읽어주겠다는 네 아버지의 제안을 거절할 수가 없었어. 그래서 속상한 일이지만 동생을 걱정하는 네 마음을 네 아버지가 다 알게 되셨단다. 눈이 좀 낫는 대로 내가 직접 레지널드한테 편지를 쓰려고 했어. 온 집안의 기대를 한 몸에 받는 한창 시절의 아들이 레이디 수전같이 교활한 여자와 가까이 지내는 것은 위험한 일이라고 알려주려고 말이지. 덧붙여서 우리 부부가 얼마나 외로운지, 이 기나긴 겨울밤 기운을 추스리자니 그 애가 얼마나 그리운지 상기시킬 생각이었어. 내가 쓰려던 편지가 효과가 있었을지 모르겠다만, 이젠 다 끝난 일이 되어버렸지. 남편이 걱정할까 봐 쉬쉬했던 일을 다 알아버려서 몹시 화가 나는구나. 네 편지를 읽는 순간, 네가 두려워하는 일이 뭔지 아버지가 다 알아차린 거야. 그 뒤로 네 아버지는 너무 흥분해서 아무 일도 못 하셨단다. 그래서 바로 그 자리에서 레지널드에게 장문의 편지를 쓰셨지. 특히 최근에 들은 충격적인 소문과 관련해 그 애가 레이디 수전한테서 대체 무슨 이야기를 들었는지 설명해보라고 요구하셨단다. 오늘 아침, 레지널드한테서 답장이 왔더구나. 네가 동생의 편지를 읽고 싶어 할 것 같아서 같이 동봉한다. 아들의 편지로 더 많은 게 해명됐으면 했지만 그 편지는 레이디 수전을 칭찬하겠다고 작정하고 쓴 것 같아. 그 앤 그 여자와 결혼하지 않겠다고 장담을 하고 있다만 내 마음이 영 편치 않구나. 하지만 네 아버지의 마음을 진정시키려고 내가 할 수 있는 말은 죄다 했단다. 레지널드의 편지를 받고 난 뒤 마음이 좀 편해지긴 하셨어. 사랑하는 캐서린, 이 레이디 수전이라는 불청객 때문에 이번 크리스마스에 우리 가족이 만나지도 못하고 이렇게 속상하고 골치 아파하다니, 정말 분통이 터지는구나. 이 할머니 대신 사랑하는 손주들에게 키스해주렴.

사랑하는 엄마,

C. 드 쿠르시

편지 14

드 쿠르시가 레지널드 경에게

처칠에서

친애하는 아버지께,

지금 막 아버지 편지를 받고 예기치 못한 일이라 깜짝 놀랐어요. 아버지께서 이렇게 제게 실망하고 걱정하게 만든 누나한테 감사라도 해야 할 것 같아요. 단언컨대 누나 말고는 아무도 생각지 못한 레이디 수전과 저의 결혼을 지레 걱정하느라 누나 본인은 물론 온 가족을 불안하게 만든 이유를 도저히 이해할 수 없군요. 레이디 수전은 자기를 싫어하는 적들이 절대 자기를 인정해주지 않는다고 말했습니다. 레이디 수전한테 우리의 결혼 계획을 전부 뒤집어씌우는 누나의 행동은 레이디 수전의 그런 주장을 뒷받침하는 증거밖에 안 됩니다. 제가 결혼을 염두에 두고 그녀를 상대했다는 의심은 터무니없습니다. 우리의 나이 차는 분명 극복하기 힘든 반대 사유입니다. 그러니 마음을 진정시키고, 부자간의 이해를 떠나 아버지 마음의 평화에 정말 해로우니 더 이상 저를 의심치 마시라고 당부드립니다.

(아버지께서 친히 말씀하신 대로) 똑똑한 여자와 잠시 즐겁게 대화를 나누었을 뿐 레이디 수전과의 관계에 다른 계획은 없습니다. 제가 머무는 동안 누나 부부를 아끼는 제 마음을 존중했다면, 누나도 우리 두 사람을 좀 더 공정하게 대했을 거예

요. 하지만 누나는 안타깝게도 지나친 편견으로 레이디 수전을 오해하고 있어요. 두 사람 모두에게 명예로운, 매형에 대한 지극한 사랑 때문에 두 사람의 결혼을 막았던 레이디 수전을 용서할 수 없겠지요. 레이디 수전이 자신의 이기심 때문에 누나의 결혼을 방해했다고 생각하니까요. 하지만 다른 많은 경우에 그랬듯이 이번에도 세상은 그 여인에게 지나치게 큰 상처를 주었어요. 최악의 시나리오를 상상하고는 그렇게 행동한 게 수전의 이기심 때문이라고 덮어씌운 거죠.

레이디 수전은 평소 아끼던 시동생이 누나와 결혼하면 절대로 행복하지 못할 거라고 생각할 만큼, 누나한테 불리한 이야기를 들었던 겁니다. 이 일은 레이디 수전이 매형과 누나의 결혼을 방해한 진짜 동기가 뭔지 설명해주고, 그녀가 받았던 비난을 모두 벗겨주는 한편, 보통 잘 모르는 사람의 말이 얼마나 믿을 수 없는지도 알려주죠. 아무리 의로운 사람이라도 악의적인 비방을 피할 길이 없으니까요. 나쁜 일을 하려는 마음은커녕 그럴 기회조차 없이 조용히 은둔 생활을 하는 누나조차 그런 악의적 비난을 면치 못했다면, 온갖 유혹이 난무하는 세상에서 잠시 범한 타인의 과거 잘못을 성급하게 비난하면 안 된다고 생각합니다.

저는 레이디 수전에게 편견을 갖고 찰스 스미스가 지어낸 비방을 그렇게 쉽게 믿었던 저 자신을 몹시 자책하고 있어요. 세상 사람들이 그녀를 얼마나 심하게 비방했었는지 이제야 비로소 알게 되었으니까요. 맨워링 부인의 질투로 말하자면, 그건 전적으로 스미스 씨 본인이 지어낸 거예요. 레이디 수전이 맨워링 양의 애인을 꼬셨다는 이야기도 스미스가 처음부터 끝까지 다 지어낸 겁니다. 제임스 마틴 경은 젊은 맨워링 양에게 이끌려 잠깐 관심을 보였지요. 맨워링 양이 재력가인 그와의 결혼까지 노렸다는 것은 누구나 다 아는 사실이에요. 맨워링 양이 결사적으로 남편감을 찾고 있었다는 것도 이미 알려진 사실이고요. 따라서 제임스 경이 훨씬 더 아름다운 레이디 수전에게 매력을 느껴서 그 괜찮은 신랑감이 아주 비참해질 뻔한 결혼에서 벗어난 데 대해 아무도 맨워링 양을 동정하지 않아요. 레이디 수전에게는 제임스 경을 사로잡을 생각이 전혀 없었거든요. 그래서 맨워링 양이 그의 변심에 분개하고 있다는 소식을 듣자마자 맨워링 부부의 간곡한 만류에도 불구하고 떠나기로 결심했던 거예요. 제임스 경이 진지하게 프로포즈했던 건 사실인 듯하지만, 그의 애정을 눈치채자 곧바로 랭퍼드를 떠난 수전의 행동에서 그녀의 진정성을 알 수 있다고 생각합니다. 확신컨대, 아버지도 이 추론이 맞는다고 생각하실 겁니다. 그리고 이로써, 깊이 상처받은 저 여인의 인품을 공정히 판단할 수 있게 되셨겠지요.

가장 명예롭고도 다정한 의도로 레이디 수전이 처칠에 왔다는 사실을 저는 알고 있어요. 그녀의 사리 분별과 절약하는 태도는 본받을 만해요. 매형이 자기를 배려하는 만큼 매형을 배려하는 사람입니다. 누나의 호의를 얻고 싶은 그녀의 마음은 받은 것보다 돌려준 게 더 많아요. 엄마로서도 나무랄 데가 없지요. 자기 딸을 아끼는 순수한 애정은 딸을 가까이 두는 데서 나타나지요. 그녀는 딸을 가까이 두고 제대로 교육시킬 겁니다. 하지만 대다수의 여성들이 보이는 맹목적이고도 나약한 편애가 없기 때문에, 다정한 모성애가 부족하다고 욕을 먹고 있어요. 그러나 양식 있는 사람이라면 모두 딸을 잘 기른 그녀의 애정을 얼마나 귀하게 여기고 칭찬해야 할지 알 겁니다. 그리고 어머니의 친절한 보살핌 아래에서 프레더리카 버넌이 이전보다 훌륭한 딸로 성장하기를 저와 한마음으로 바랄 겁니다.

사랑하는 아버지, 레이디 수전에 대한 제 진심을 적었어요. 제가 그녀의 능력을 얼마나 칭찬하고 그녀의 성품을 얼마나 높이 평가하는지 이 편지를 읽고 아셨을 겁니다. 지금 느끼시는 두려움이 전혀 근거 없는 것이라는 엄숙한 제 맹세를 믿지 못하신다면, 아버지는 제 마음에 깊은 고통과 절망을 주실 겁니다.

R. 드 쿠르시

편지 15
버넌 부인이 레이디 드 쿠르시에게

처칠에서

사랑하는 엄마,

엄마에게 레지널드의 편지를 돌려보냅니다. 이 편지 덕분에 아버지의 마음이 편해지셨다는 소식에 제 마음도 정말 기쁩니다. 아버지께 축하드린다고 전해주세요. 하지만 우리끼리 말인데, 그 편지는 동생이 형님과 결혼할 의사가 지금 당장은 없다는 사실만을 알려주었을 뿐이에요. 앞으로 3개월 동안 그럴 위험이 없다는 사실만을 알려주었죠. 그 애는 형님의 랭퍼드 행적을 아주 그럴듯하게 변명했고, 저도 그게 사실이라면 좋겠어요. 하지만 그 생각은 틀림없이 형님한테서 나온 거예요. 그런 이야기를 나눌 만큼 가까워진 그들의 관계가 믿고 싶지 않다기보다 이제 안타깝네요.

동생이 제게 불만을 갖게 되어 유감이에요. 하지만 레지널드가 형님을 열렬히 변호하는 한, 더 나은 상황을 기대할 수는 없어요. 그 앤 아주 철저하게 저와 반대 입장이에요. 제가 형님을 성급하게 비판하지 말았어야 했다는 거예요. 불쌍한 여자지요! 싫어할 만한 이유가 많긴 하지만, 지금은 형님을 동정하지 않을 수 없어요. 절망에 빠져 있고, 또한 절망할 이유도 많으니까요. 오늘 아침 형님이 자기 딸을 맡긴 여교사한테서 편지 한 통을 받았어요. 버넌 양이 도망치려다 걸렸으니 당장 데려가라는 편지였어요. 조카가 왜, 어디로 도망치려 했는지 그 이유는 쓰여 있지 않았어요. 하지만 조카에게는 꽤 좋은 곳이었을 테니, 형님도 물론 그 일로 매우 가슴 아프고 슬퍼했죠.

프레더리카는 열여섯 살이나 먹었는데 더 분별력을 갖고 이렇게 도망치지 말았어야죠. 형님이 넌지시 하는 말에 의하면, 조카가 좀 비뚤어진 게 아닌가 싶어요. 하지만 서글프게도 계속 방치되어왔었고, 형님도 그 사실을 잊지 말아야 할 거예요.

형님이 의당 어떤 조치를 취해야 할지 결정하자마자 남편은 런던으로 출발했어요. 남편은 가능하다면 서머스 선생님에게 프레더리카를 계속 맡아달라고 설득할 참이었죠. 그게 불가능하다면 다른 방도를 마련할 때까지 그 아일 당분간 처칠에 데려올 생각이었어요. 그동안 형님은 레지널드와 함께 관목 숲을 거닐거나, 이런 불행한 사태에 대해 그 애에게 온갖 따뜻한 동정을 불러일으키면서 마음의 위안을 얻었지요. 제게도 여러 번 그 일에 대해 이야기했어요. 형님은 말을 너무 잘해요. 제가 형님에게 너그럽지 못한 게 아닌가 싶어요. 아니면 형님은 너무 청산유수라 진심이 전혀 느껴지지 않는다고 말해야 하겠죠. 하지만 더 이상 그 여자의 단점을 찾지 않을 겁니다. 형님이 레지널드의 아내가 될지도 모르잖아요. 그런 일은 절대로 없어야 하지만요! 하지만 왜 다른 사람에게는 안 보이는 게 제게는 먼저 보일까요? 남편은 단언했어요. 편지를 받고 나서 형님이 이렇게까지 괴로워하는 모습은 처음 본다고 하더군요. 남편의 판단이 저보다 못한 걸까요?

형님은 프레더리카를 처칠에 데려오는 걸 무척 꺼려했어요. 벌을 받아야 하는데 오히려 상이라도 받는 것처럼 보인다고요. 충분히 그럴 만하죠. 하지만 조카를 다른 집에 데려갈 수는 없잖아요. 그리고, 그 애가 우리 집에 오래 머무르지도 않을 거고요.

"내가 아끼는 동서는 현명한 사람이니까 딸아이가 여기 있는 동안 아주 엄중하게 대할 필요가 있어요. 괴롭긴 하지만, 꼭 필요한 일이죠. 힘들어도 그렇게 할 거예요. 그 애가 하고 싶은 대로 너무 방치한 게 아닌가 싶은 생각이 들어요. 하지만 불쌍한 우리 프레더리카는 반대를 잘 견디지 못하는걸요. 동서가 날 돕고 격려해줘야 해요. 내가 딸에게 너무 관대하다 싶으면 반드시 날 야단쳐줘요."

전부 맞는 말 같았어요. 레지널드는 그 불쌍하고 바보 같은 조카한테 격분했지요! 그 애가 조카에게 이렇게 냉정하게 굴다니 확실히 레이디 수전은 믿을 수 없는 여자예요. 조카에 대한 레지널드의 생각은 틀림없이 형님한테서 나왔을 테니까요.

동생의 운명이 앞으로 어찌 되든, 그 앨 구하려고 최선을 다했다는 생각에 마음은 편해요. 다음 일을 하늘에 맡겨야죠.

엄마의 딸,

캐서린 버넌

편지 16

레이디 수전이 존슨 부인에게

처칠에서

사랑하는 얼리셔, 오늘 아침에 서머스 선생님의 편지를 받았을 땐 평생 그렇게 화가 난 적이 없었어. 그 진저리 나는 내 딸이 도망치려 했다지 뭐야. 전에는 그 애가 이런 말썽꾸러기일 거라고는 생각도 못 했어. 그 아이는 버넌 가문의 유순함을 몽땅 물려받은 것 같았거든. 하지만 제임스 경과 결혼시킬 계획이라는 내 편지를 받자마자 정말로 도망치려 했다는 거야. 그 이유 말고는 달리 설명할 길이 없어. 아는 사람도 없으니까, 스태퍼드셔에 있는 클라크 가족에게 가려고 했나 봐. 그 아이는 벌을 받아 마땅해. 제임스 경과 결혼해야 해. 나도 딸이 이 집에 머물기를 원치 않으니까 최대한 문제를 해결해보려고 시동생을 런던으로 보냈어. 서머스 선생님이 그 앨 맡아주지 않는다면 네가 다른 학교를 찾도록 도와줘야 해. 당장 결혼시킬 수 없다면 말이지. 서머스 선생님은 어린 프레더리카가 평소와 달리 행동한 이유를 도저히 모르겠다고 썼어. 그건 그 애의 행동에 대한 내 설명이 맞는다는 거지.

프레더리카는 아주 수줍은 성격인 데다가 이 엄마를 무서워해서 아무 말도 안 할 거야. 하지만 다정한 작은아버지가 딸한테서 뭔가 알아낸다고 해도, 난 두렵지 않아. 그 애의 이야기만큼이나 그럴듯한 이야기를 꾸며낼 자신이 있으니까. 내 재주 중에 자랑할 만한 걸 꼽으라면 유창한 화술을 고를 거야. 아름다운 외모에 찬사가 따르듯, 유창한 언변에는 반드시 보답과 높은 평가가 뒤따르지. 그리고 난 많은 시간을 주로 대화에 할애하므로 이 집에서도 내 재능을 발휘할 기회가 충분해. 단둘이 있을 때만 빼면 레지널드는 깐깐한 사람이야. 날씨가 좋을 때면, 우리는 여러 시간 관목 숲을 함께 거닐곤 하지. 대체로 그가 아주 마음에 들어. 똑똑하고 화제가 풍부한 인물이지만, 가끔은 무례하고 까다로워. 엄청 깐깐한 구석이 있어. 나에 대해 나쁜 소문을 들으면 뭐든지 하나하나 꼼꼼히 해명을 요구해. 그리고 처음부터 끝까지 다 확인할 때까지는 절대 만족하지 않는 사람이야.

이것도 일종의 사랑이라고 사람들은 말하겠지. 하지만 고백컨대 난 그런 사랑을 별로 좋아하지 않아. 다정하고 자유로운 맨워링의 성격이 훨씬 더 좋아. 그는 내 장점을 깊이 확신하는 태도로 내가 뭘 하든 옳다고 만족스러워해. 그리고 합리적인 감정에 대해 항상 논쟁하듯 마음속으로 꼬치꼬치 캐묻고 의심하는 상상력을 경멸하지. 정말 비교가 불가능할 만큼 맨워링이 레지널드보다 훌륭한 인물이야! 내 마음만 사로잡지 못했을 뿐 모든 면에서 더 뛰어난 인물이지. 불쌍한 사람! 그 사람이 질투 때문에 분별력을 잃은 걸 보니 나를 정말 사랑하나 봐. 이 시골로 따라와서 근처 어딘가에 자기 신분을 숨기고 머물게 해달라고 자꾸 졸라대잖아. 당연히 거절했지. 자기 처지나 세상 여론을 잊고 처신하는 여자들은 세상에서 절대 용서받지 못하니까.

S. 버넌

편지 17

버넌 부인이 레이디 드 쿠르시에게

처칠에서

사랑하는 엄마,

목요일 밤에 남편이 조카를 데리고 돌아왔어요. 그날 레이디 수전은 남편 편지를 우편으로 받았어요. 서머스 선생님이 자기 학교에 버넌 양이 계속 다니는 걸 전적으로 거부한다는 내용이었죠. 그래서 우리는 조카를 맞을 채비를 하면서 저녁 내내 초조하게 두 사람을 기다렸지요. 차를 마시고 있는데 조카와 남편이 도착했어요. 방에 들어설 때 프레더리카처럼 겁에 질린 표정을 한 사람은 난생처음 보았어요.

레이디 수전은 딸을 만날 생각에 눈물을 흘리다가 크게 동요하는 모습을 보이기도 했어요. 그러다가 다정한 엄마의 모습이라고는 눈곱만큼도 없이 아주 태연하게 딸을 맞이하더라고요. 형님은 딸에게 말 한 마디 걸지 않았어요. 우리가 앉자마자 프레더리카가 울음을 터뜨리더군요. 그러자 형님은 딸을 방에서 데리고 나가더니 한참 뒤에야 돌아왔어요. 눈이 붉게 충혈된 얼굴로 조카가 돌아왔고 좀 전처럼 매우 동요된 모습이었죠. 그 이상은 지켜볼 수가 없었어요.

불쌍한 레지널드는 아름다운 수전이 힘들어하는 모습에 걱정이 대단했지요. 너무 걱정스러워 다정하게 그 여자를 지켜보는데, 그런 동생의 모습에 기뻐하며 의기양양한 형님의 얼굴을 목격한 전 너무나 짜증이 났어요. 불쌍한 척, 이런 형님의 연기가 저녁 내내 계속되었죠. 얼마나 드러내놓고 가식적으로 연기를 하는지, 형님에게는 정말 감정이라고는 눈꼽만큼도 없다고 확신하게 되었어요.

조카를 보고 나니 형님에게 전보다 더 화가 나요. 그 가련한 소녀가 너무 불행해 보여서 마음이 너무 아팠어요. 확실히 형님은 조카에게 지나치게 엄격해요. 그 정도로 엄한 훈육이 필요할 만큼 프레더리카의 성격이 나빠 보이지는 않았거든요. 겁 많은 조카는 풀 죽어 후회하는 모습이었어요.

엄마만큼 예쁘다거나 엄마와 닮은 구석은 별로 없지만, 나름 꽤 예뻐요. 섬세한 안색이지만, 형님만큼 피부가 희거나 수려한 외모는 아니에요. 조카는 버넌 가문답게 갸름한 얼굴에 눈빛이 좀 어두워요. 제 작은아버지나 제게 말할 때 보니 정말 상냥한 아이예요. 친절하게 대하면, 꼬박꼬박 고맙다는 인사도 잊지 않으니까요. 형님은 조카의 성질이 까다롭다고 넌지시 말했지만, 그 애보다 착한 사람은 못 봤어요. 이제 모녀의 행동, 즉 한결같이 엄한 형님과 말없이 기죽은 프레더리카를 보니, 엄마란 사람이 딸을 진심으로 사랑하지도 않고 다정하게 대한 적도 제대로 돌본 적도 없다는 생각까지 들더라고요.

아직 조카와 제대로 이야기해보진 못했어요. 수줍은 아이라서 애써 저랑 떨어져 있으려는 눈치예요. 조카가 도망간 걸 납득할 만한 이유는 아직 밝혀지지 않았어요. 엄마도 아시겠지만, 친절한 그 아이의 작은아버지는 조카를 괴롭힐까 봐 염려가 되어 집까지 동행하면서도 아무것도 묻지 않았다네요. 남편 대신 제가 조카를 데려왔더라면 좋았을 텐데. 저라면 30마일을 같이 오면서 이것저것 알아냈을 텐데요.

며칠 뒤 형님의 부탁으로 작은 피아노를 조카의 드레스룸으로 옮겼어요. 프레더리카는 하루 대부분을 그 방에서 지내고 있어요. 피아노 연습한다고 핑계를 댔지만, 그 방을 지나면서 피아노 소리는 들은 적이 없는걸요. 거기에서 조카가 혼자 뭘 하는지 저도 몰라요. 그 방에 책이 많긴 하지만, 지난 15년 동안 제대로 교육도 받지 못한 여자 아이가 읽을 수 있거나 읽을 만한 책은 없거든요. 불쌍한 녀석 같으니라고! 그 방 창문으로는 아주 비교육적인 광경이 보일 텐데. 엄마도 아시다시피 한 쪽으로 관목 숲이 있는 잔디밭이 그 방에서 내려다보이는데, 거기서 한 시간 내내 레지널드와 진지하게 이야기를 나누면서 산책하는 자기 엄마의 모습을 보게 될 테니까요. 프레더리카 또래의 어린 여자 애한테는 그런 모습이 충격적일 수밖에요. 딸에게 그런 모습이나 보이다니 정말 용납하기 어려운 일 아닌가요? 하지만 레지널드는 아직도 레이디 수전이 최고의 엄마라면서 프레더리카를 못된 딸이라고 욕하고 있어요! 정당한 이유도 없는데 그 애가 도망쳤다고 확신하면서요. 그럴 만한 이유가 있었는지는 저도 확신할 순 없어요. 하지만 서머스 선생님에 의하면, 이렇게 도망친 걸 들킬 때까지 위그모어 거리에서 지내는 동안 프레더리카는 한 번도 고집을 부리거나 심술을 부린 적이 없다네요. 레지널드나 저를 설득하려는 형님의 말은 하나도 믿을 수가 없어요. 조카가 도망치려던 이유가 그저 구속을 못 견디거나, 선생님의 수업에서 벗어나려는 욕심 때문이라는 형님의 말은 믿을 수 없다고요. 아! 레지널드의 판단력이 어찌 그리 흐려졌는지! 그 앤 프레더리카가 예쁘다는 사실조차 인정하지 않으려고 해요. 조카가 예쁘다는 제 말에 눈빛이 총명하지 않다는 말만 해요.

레지널드는 어떤 때는 프레더리카의 이해력이 부족하다고 하고, 또 어떤 때는 성격만 고치면 되겠다고 해요. 늘 속는 사람에게 일관성이 있을 리 없죠. 형님은 자신을 합리화하는 차원에서 딸을 탓할 필요가 있다고 생각했나 봐요. 아마도 딸의 성격이 나쁘다고 비난하거나 딸이 똑똑하지 못해서 슬프다고 하는 게 편리하다고 판단했겠죠. 레지널드는 그저 형님 말만 앵무새처럼 반복하고 있어요.

사랑하는 딸,

캐서린 버넌

편지 18

버넌 부인이 레이디 드 쿠르시에게

처칠에서

사랑하는 엄마,

엄마가 프레더리카 버넌에 대한 제 이야기에 관심을 가져주셔서 정말 기뻐요. 그 애가 우리가 관심을 받을 만한 아이라고 진심으로 믿기 때문이죠. 요즘 불현듯 떠오른 제 생각을 들으면, 엄마도 분명 그 애에게 더욱 호감을 가지실 거예요. 조카가 레지널드를 몹시 연모하는 게 아닐까 상상하지 않을 수 없어요. 생각에 잠겨 감탄하는 듯 묘한 표정으로 동생의 얼굴에 시선을 고정시킨 그 애 모습을 자주 봤거든요! 확실히 레지널드가 잘생기긴 했죠. 하지만 그게 다가 아니에요. 동생의 솔직한 태도가 매력적인가 봐요. 조카도 그렇게 생각하는 게 분명해요. 보통 땐 생각이나 사색에 잠겨 어두운 조카의 표정이 삼촌이 뭔가 재미있는 이야기라도 하면 미소 지으며 밝아져요. 진지한 이야기를 계속하면, 삼촌의 말을 하나도 못 알아들을까 염려했던 제 우려는 착각이었어요.

레지널드가 이 사실을 눈치챘으면 좋겠어요. 그 애처럼 착한 사람에게 프레더리카의 감사하는 마음이 어떤 영향을 미칠지 알고 있기 때문이죠. 소박한 프레더리카의 애정으로 동생을 그 애 엄마로부터 떼어낼 수만 있다면, 조카를 처칠로 데려온 날을 축복하고 싶어요. 사랑하는 엄마, 엄마도 그 애를 친딸처럼 아끼게 되실 거예요. 좀 많이 어리긴 하죠. 제대로 교육을 못 받은 데다가 경박한 엄마라는 끔찍한 모델을 보고 자랐고요. 하지만 좋은 성격과 재능은 타고났다고 할 수 있어요.

탁월한 재능 같은 건 없지만, 예상했던 것만큼 그렇게 무식하지도 않아요. 책도 좋아하고 대부분의 시간을 독서하면서 지내요. 요즘 형님은 예전보다 더 조카를 방치하고 있어요. 전 최대한 조카와 같이 지내면서 수줍은 성격을 극복하게 해주려고 애쓰고 있어요. 우리는 둘도 없이 가까운 친구가 되었어요. 자기 엄마 앞에서는 입을 꼭 다물고 있지만, 저와 단둘이 있을 때면 곧잘 조잘거려요. 형님이 조카를 제대로 키웠다면, 분명 훨씬 더 잘 자란 양가집 규수로 보일 거예요. 마음 편히 행동할 때면 그 애만큼 다정하고 온화하며 예의 바른 아이도 없어요.

어린 사촌들도 다 사촌 누나를 따르고 있답니다.

사랑하는 딸,

캐서린 버넌

편지 19

레이디 수전이 존슨 부인에게

처칠에서

네가 프레더리카 소식을 더 듣고 싶어 할 줄 알아. 더 일찌감치 편지를 보내지 않아서 아마 나를 무심하다고 생각했겠지. 2주 전 지난 목요일에, 그 애가 서방님이랑 처칠에 도착했어. 물론 때를 놓치지 않고 도망친 이유를 캐물었지. 곧 짐작대로 편지 탓이라는 걸 알아냈어. 내 편지에 너무 겁을 먹었는지 집에서 도망쳐서 마차를 타고 클라크라는 친구 집으로 곧장 가기로 결심한 거야. 어리석은 애의 유치한 반항심까지 합쳐져 위그모어 거리에서 도망쳐도 엄마의 권위에서 벗어날 수 없다는 생각은 못 하고 말이지. 실은 두 거리를 뛰어갔는데, 다행히 역마차를 놓치는 바람에 기다리다가 붙잡혔대.

이게 바로 프레더리카 수재너 버넌 양이 최초로 벌인 유명한 도망 사건의 내막이야. 열여섯 살이라는 철없는 나이에 저지른 일이라고 넘어가면, 장차 이보다 더한 유명세를 감당해야 할지도 몰라. 하지만 무엇보다 딸을 제대로 돌보지 못한 서머스 선생님의 행동에 정말 분통이 터졌어. 그 일은 우리 집 형편상 학비를 못 받아낼까 봐 아이를 방치했다고밖에는 볼 수 없거든. 하지만 어쨌거나 프레더리카는 내 품에 돌아왔어. 이제는 신경 쓸 게 없으니 랭퍼드에서 싹튼 로맨스를 좇고 있는데, 우리 딸이 글쎄 삼촌인 레지널드 드 쿠르시를 사랑하게 됐지 뭐야. 흠잡을 데 없는 청혼을 거부하고 엄마를 거역한 것만으로는 양에 차지 않나 봐. 하지만 딸의 사랑은 절대로 이 엄마의 허락을 받지 못할 거야. 그 아이처럼 어린 소녀가 조롱거리가 되려고 이렇게 애쓰는 모습은 또 처음이네. 프레더리카는 꽤 진지해. 하지만 이렇게 자기 자신을 순진하게 내보이는 건 모든 남자들이 비웃고 무시하게 만드는 거야.

연애에 있어서는 순진함이 먹히지 않아. 원래 그런 건지 아니면 가식인지, 그 앤 타고난 멍청이야. 레지널드가 자신을 연모하는 조카의 사랑을 눈치챘는지 난 아직 모르겠어. 그건 중요하지 않아. 지금 프레더리카는 삼촌에게 주목받지 못하는 존재야. 조카가 연모하는 걸 안다면 그 애를 경멸할걸. 버넌 집안에서는 그 애의 미모를 엄청 칭찬하고 있어. 하지만 그런 칭찬도 삼촌에게는 아무 영향을 미치지 못해. 또한 프레더리카는 작은엄마의 엄청난 편애를 받고 있지. 물론 그 애가 나를 전혀 안 닮았기 때문이야. 자기 작은엄마의 단짝이라고나 할까. 동서는 그 애에게 정말 중요한 존재가 되어 자신이 대화의 주도권을 잡고 싶어 하고 있어. 프레더리카는 결코 동서를 넘어설 수 없을 거야. 처음 이 집에 왔을 때 난 그 애가 작은엄마를 자주 만나지 못하게 막았지. 하지만 이후 마음이 편해졌어. 둘이 대화를 나누더라도 그 애가 내가 정한 규칙만 지키면 되니까.

하지만 내가 이렇게 관대해졌다고 해서 제임스 경과 그 애의 결혼 계획을 접었다고 오해하진 마. 그건 아니야. 그 결혼을 어떻게 진행시킬지 방법은 아직 결정 못 했지만, 내 마음은 확고해. 저 현명한 버넌 부부랑 매사를 의논해야 할 테니 이 집에서는 결혼을 추진하지 않기로 했어. 지금은 런던에 갈 만한 여유가 없어. 따라서 프레더리카 양은 좀 더 기다려야 해.

너의 친구,

S. 버넌

편지 20

버넌 부인이 레이디 드 쿠르시에게

처칠에서

사랑하는 엄마, 저희는 지금 전혀 예상치 못한 불청객을 맞았어요. 어제 그 손님이 도착했어요. 아이들과 앉아서 식사하고 있는데 문에서 마차 소리가 들리지 않겠어요. 곧 나를 부를 거라는 생각에 잠시 뒤 아이들 놀이방을 떠나 계단을 반쯤 내려갔지요. 그때 프레더리카가 창백한 잿빛 얼굴로 뛰어 올라오더니 저를 지나 자기 방으로 달려가더라고요. 바로 따라가서 무슨 일이냐고 물었지요. "아!" 조카가 외쳤어요. "그 사람이 왔어요. 제임스 경이 왔다고요. 어떡하죠?" 영문을 모르겠어서 무슨 뜻인지 알려달라고 했지요. 그 순간 문간에서 노크 소리가 나는 바람에 대화가 중단됐어요. 프레더리카를 데려오라는 형님의 지시로 레지널드가 조카를 데리러 왔더군요. "삼촌이에요." 목까지 새빨개진 얼굴로 조카가 말했어요. "엄마가 내려오라니 가봐야죠."

우리 세 사람은 함께 내려갔어요. 동생의 얼굴을 보니 깜짝 놀라서 겁에 질린 프레더리카의 얼굴을 유심히 살피더라고요. 거실에서 형님과 고상한 젊은 신사를 만났어요. 바로 제임스 마틴 경이라고 형님이 소개하더군요. 엄마가 기억하실지 모르겠지만 형님이 맨워링 양한테서 억지로 떼어냈다고들 하는 바로 그 청년 말이에요. 하지만 형님이 본인을 위해 그 청년의 마음을 사로잡은 것 같지는 않았어요. 아니면 이후에 딸에게 넘겼는지도 모르죠. 지금 프레더리카에게 푹 빠져 있는 제임스 경은 형님의 전폭적인 지지를 받고 있으니까요. 하지만 그 가련한 소녀는 분명 그 청년을 싫어해요. 사람도 좋고 말씨도 꽤 괜찮지만 남편이나 제 눈엔 아주 나약한 청년 같았어요.

우리가 방에 들어갔을 때 프레더리카가 너무나 수줍고 혼란스러운 상태라 안쓰러웠어요. 형님은 손님에게 세심하게 신경을 썼지만 그의 방문이 별로 즐거운 것 같지는 않았어요. 제임스 경은 이런저런 이야기를 하면서 자기 마음대로 처칠을 방문한 일에 대해 정중히 변명을 늘어놓았어요. 그러면서 필요 이상으로 자주 웃더라고요. 먼저 한 이야기를 하고 또 반복하느라, 며칠 전에 존슨 부인을 만난 이야기도 형님에게 세 번이나 했지 뭐예요. 프레더리카에게 말을 걸기도 했지만, 주로 형님에게 말을 걸었어요. 불쌍한 그 아이는 내내 말 한 마디 없이 앉아 있었고요. 시선을 내리깐 채 수시로 안색이 바뀌었죠. 그러는 사이 레지널드는 입을 꾹 다문 채 이 모든 사태를 관망했어요.

마침내 그 상황에 지친 듯, 형님이 산책이나 하자고 제안했어요. 저는 외투를 걸치려고 형님과 함께 두 신사를 떠났지요.

2층으로 올라가자 형님이 저와 개인적으로 할 말이 있다면서 제 드레스룸에서 잠시 보자고 하더군요. 형님을 따라 그쪽으로 갔죠. 문이 닫히자마자 형님이 이렇게 말했어요. "내 평생 제임스 경이 온 것보다 더 놀란 적은 없어요. 엄마인 나로서는 아주 기쁜 일이지만, 갑작스런 이 방문에 대해선 동서에게 꼭 사과를 해야 할 것 같아요. 그 사람이 내 딸에게 푹 빠져서 딸을 보지 않고는 견딜 수가 없었다네요. 제임스 경은 쾌활한 기질과 훌륭한 성격을 지닌 신사예요. 말이 좀 많긴 하지만, 아마 일이 년 뒤면 고쳐지겠죠. 다른 면에서는 프레더리카에게 어울리는 멋진 신랑감이라서, 그의 애정을 늘 기쁘게 지켜보고 있지요. 그리고 동서나 서방님이 둘의 관계를 진심으로 찬성할 거라 믿고 있어요. 이 결혼에 대해서는 아직 아무한테도 말하지 않았어요. 재학 중에 이런 일이 알려지면 프레더리카에게도 별로 좋을 게 없으니까요. 하지만 이제 프레더리카도 나이가 제법 되었으니까 학교에만 처박혀 있을 수 없고 제임스 경과의 결혼이 머잖아 일어날 일이라는 생각에, 수일 안에 두 사람에게도 이 일을 알릴 생각이었어요. 사랑하는 동서, 오랫동안 내가 이 일에 관해 일언반구하지 않은 걸 양해해주겠죠? 어떤 이유로든 두 사람이 계속 망설이고 있는 동안엔, 이러한 상황은 조심스럽게 감춰질 수밖에 없다는 내 생각에 동의할 거라고 봐요. 몇 년 뒤 예쁘고 어린 캐서린을 가문으로 보나 성품으로 보나 전혀 나무랄 데 없는 남자와 행복한 결혼을 시킬 때, 동서도 지금 내 심정을 이해할 거예요. 하느님, 감사합니다! 내가 이 일을 왜 이렇게 기뻐하는지 동서는 다 알진 못할 거예요. 캐서린이야 우리 프레더리카와는 달리 평생 편히 지낼 만큼 상속받을 재산도 넉넉하고 모자란 게 없으니까."

형님은 제 축하를 기대하면서 이야기를 끝냈어요. 좀 어설프게 축하한 것 같아요. 사실 그렇게 중요한 문제를 갑자기 공개하니까 뭐라고 똑똑하게 대응할 수가 없더라고요. 형님과 조카가 잘 살기 바란다고 친절하게 관심을 보이자 형님은 아주 다정하게 고맙다고 한 뒤 이렇게 말했어요.

"난 쉽게 고백하는 사람이 아니에요, 친애하는 동서. 속에 없는 마음을 편하게 있는 척하는 재주가 내겐 없거든. 그러니까 날 진심으로 믿어줄 거라 생각해요. 동서를 알기 전 동서 칭찬을 많이 들었을 때는, 요즘처럼 우리 사이가 좋아질 줄은 몰랐어요. 게다가 나에 대한 동서의 정에 대해서는 더욱 감사해야죠. 동서한테 나에 대한 나쁜 편견을 갖게 한 사람들이 있다는 걸 알고 있으니까요. 누가—그들이 누구든지 간에—그랬는지 모르지만 지금은 오히려 그들한테 감사한 마음이에요. 그들이 우리가 얼마나 잘 지내는지 보고, 서로 아끼는 우리 마음을 이해해주면 좋으련만! 하지만 더 이상 동서를 붙잡지 않을게요. 나와 내 딸에게 베푼 선행으로 인해 하느님께서 동서를 축복하고, 지금 누리는 행복을 앞으로도 두루 누리기를."

사랑하는 엄마, 이렇게 말하는 여자한테 무슨 말을 할 수 있겠어요? 그렇게 진심으로, 그렇게 엄숙하게 말하는데! 하지만 아직도 전 형님의 말이 진심인지 의심하지 않을 수가 없어요.

레지널드로 말하자면, 동생은 이 문제에 어떻게 대처해야 할지 모르는 것 같았어요. 제임스 경이 처음 왔을 땐 놀라서 혼비백산이었죠. 어리석은 그 청년과 당황스러워하는 프레더리카 때문에 정신이 없었어요. 이후 형님과 잠시 따로 이야기한 게 효과가 있었지만, 그래도 조카에게 그런 한심한 청년이 관심을 갖게 내버려둔 형님에게 큰 상처를 받은 게 분명해요.

제임스 경은 아주 침착하게 며칠간 이 집에 머물겠다 말하고는 자청해서 이 집의 불청객이 되었어요. 그는 우리가 이런 행동을 이상하게 여기지 않기를 바랐죠. 아주 무례한 행동인 줄 알지만, 멋대로 그렇게 하겠다는 거예요. 그러고는 웃으면서 곧 진짜 가족이 되었으면 좋겠다고 얼버무리더라고요. 형님도 너무 스스럼없는 그의 행동에 조금 당황한 것 같았어요. 분명 내심 그가 떠나길 바랐을 테니까요.

하지만 조카의 심정이 남편이나 제가 짐작하는 그런 것이라면, 이 가련한 아이를 위해 뭔가 조치를 취해야 해요. 그 아이가 제 엄마의 계략이나 야심에 희생되면 안 되잖아요. 그런 두려움에 고통받게 내버려두면 안 되지요. 마음속으로 레지널드 드 쿠르시를 연모하던 이 소녀는, 그가 아무리 자기를 무시한다 해도, 제임스 마틴 경의 아내가 되는 것보다는 더 나은 운명을 살아야 하잖아요. 그 애와 단둘이 있게 되면 진실을 알 수 있겠죠. 하지만 저를 피하는 눈치예요. 제가 조카를 너무 좋게만 생각해서 뭔가 착각한 게 아니길 바라요. 분명 제임스 경 앞에서 조카가 하는 행동은 그 아이가 제임스 경을 의식해 당황한 상태임을 일러주고 있어요. 하지만 두 사람의 관계를 진전시키고 싶다는 의사는 전혀 보이지 않아요.

안녕히 계세요, 사랑하는 엄마.

엄마의 딸,
캐서린 버넌

편지 21
버넌 양이 드 쿠르시 씨에게

삼촌에게,

이렇게 멋대로 편지 보내는 걸 용서해주시기 바랍니다. 너무나 괴로워서 부끄러움을 무릅쓰고 이러지 않을 수가 없네요. 제임스 마틴 경 때문에 매우 비참한 심정이에요. 삼촌에게 편지를 쓰는 것 말고 달리 할 수 있는 일이 없었어요. 작은아버지나 작은어머니께 이 문제를 말씀드리지 말라고 엄마에게 엄명을 받았거든요. 이런 사정이므로, 이 글이 엄마의 말씀을 듣지 않으려는 반항심 때문에 쓴 편지처럼 보일까 봐 걱정입니다. 삼촌이 제 편을 들어 엄마가 이 결혼을 더 이상 진행시키지 않도록 설득해주지 않는다면 저는 정말 미쳐버릴 거예요. 그 사람을 견딜 수 없기 때문이죠. 삼촌 외에 아무도 엄마를 설득할 사람이 없어요. 그러니까 너무나 친절하게도 제임스 경을 보내라고 엄마를 설득해주신다면, 말로는 다 표현할 수 없을 만큼 삼촌에게 감사드릴 거예요. 갑작스러운 변덕이 아니라고 자신있게 말씀드릴 수 있어요. 늘 바보 같고 무례하고 불쾌한 사람이라고 생각했는데, 지금은 전보다 더 나빠졌어요. 그 사람과 결혼하느니 차라리 일자리를 얻어 일하는 게 나을 거예요. 이 편지 쓴 일을 어떻게 사과드려야 할지 모르겠어요. 제가 너무 제멋대로 행동한 거 알고 있어요. 이 일 때문에 엄마가 불같이 화낼 줄은 알지만, 위험을 무릅쓰지 않을 수 없어요.

삼촌께 의지하는,

F. S. V.

편지 22

레이디 수전이 존슨 부인에게

처칠에서

참을 수 없는 일이 벌어졌어! 사랑하는 친구, 전에는 이렇게까지 화가 나본 적이 없어서 네게 편지를 써서 마음을 가라앉혀야 할 것 같아. 넌 내 감정에 적극 공감해줄 걸 아니까. 화요일에 누가 온지 아니? 바로 제임스 마틴 경이야! 내가 얼마나 놀라고 화가 났을지 짐작하지. 너도 잘 알다시피, 처칠에서 그 사람을 만나고 싶지는 않았으니까 말이야. 네가 그의 의도를 몰랐다는 게 얼마나 유감스럽던지! 그는 여기 왔다는 사실에 만족하지 않고, 이 집에 며칠간 더 머물겠다면서 불청객을 자처했어. 그 사람을 냉정하게 대할 수도 있었어! 하지만 잘 대해주고 동서한테도 적당히 둘러댔지. 속은 모르겠지만 동서는 내 말에 대놓고 반대하진 않았어. 프레더리카에게는 제임스 경을 공손히 대하라고 단단히 일러두고 반드시 그와 결혼시키겠다는 내 결심을 말했지. 그 앤 자신의 불행이 어쨌다나 뭔가 말했지만 그것뿐이었어. 난 조만간 이 결혼을 추진하기로 결심했어. 날이 갈수록 점점 더 레지널드를 좋아하는 그 애 모습을 보고 삼촌이 조카의 애정을 눈치챘다고 해도 결국 그 애정에 대한 보답으로 조카를 사랑할 리 없다는 걸 누구보다 잘 아니까. 그저 연민에 토대한 관심으로는 두 사람이 경멸받을 게 내 눈에 선하니 그런 일이 있으면 절대 안 된다고 다짐한 거야. 사실 레지널드는 나한테 전혀 냉담해지지 않았어. 하지만 요즘 자연스럽게 프레더리카 이야기를 꺼내곤 하더라고. 한번은 뭔가 그 아이 칭찬을 하기도 했어.

레지널드는 날 만나러 온 손님 때문에 깜짝 놀랐어. 처음에는 제임스 경을 유심히 살피더라. 질투 섞인 그의 시선에 기분이 좋았지. 하지만 불행히도 그를 더 괴롭힐 수는 없었어. 제임스 경이 나한테 매우 정중하지만 온 마음으로 내 딸을 연모한다는 사실을 곧 모든 사람이 알아버렸거든.

이것저것 고려할 때 내가 이 결혼을 바라는 게 아주 타당하다고 우리 둘만 있을 때 드 쿠르시를 어렵지 않게 설득했어. 만사가 아주 편리하게 정리되는 것 같았지. 제임스 경이 지혜로운 사람이 못 된다는 건 다들 눈치챘지만, 난 프레더리카에게 서방님이나 동서에게 한마디 불평도 못 하게 똑똑히 주의를 줬으니까. 건방진 동서가 틈틈이 간섭할 기회를 노렸지만, 시동생 부부는 간섭하고 싶어도 간섭할 핑계가 없었지.

만사가 차분하고도 조용하게 진행되었어. 제임스 경의 방문 기간을 계산해보고는 난 돌아가는 상황이 매우 만족스러웠어. 그러다가 그 계획이 갑자기 몽땅 어그러졌을 때의 내 기분을 한번 짐작해봐. 그것도 전혀 예상치 못한 데서 말이지. 오늘 아침, 여느 때와 달리 아주 엄숙한 얼굴로 레지널드가 내 드레스룸으로 와서 이런저런 서두 끝에 길게 이야기를 늘어놓는 거야. 딸의 소원을 무시한 채 그녀를 제임스 마틴 경과 결혼시키려는 부적절하고도 불친절한 나의 처신을 바꾸고 싶다고. 깜짝 놀랐어. 그 사람이 대충 웃어넘길 생각이 아니라는 걸 알고, 침착하게 설명을 요구했지. 왜 갑자기 이런 행동을 하고, 대체 누구한테서 나를 추궁할 권리를 위임받았는지 알고 싶다고 말이야. 그러자 그가 대답을 하면서도 분위기에 안 맞게 중간중간 무례한 칭찬과 다정한 말을 섞었지만 난 아주 무심히 들어 넘졌어. 내 딸이 자기 자신과 제임스 경, 그리고 이 엄마에 관해 몇 가지 상황을 알려주었는데, 그 때문에 삼촌으로서 아주 기분이 불쾌해졌다고 하더군.

즉시, 프레더리카가 정말로 삼촌에게 간섭해달라는 편지를 썼고, 조카의 편지를 받자마자 자세한 상황을 파악해 그 애가 진짜 원하는 게 뭔지 확인하려고 그가 조카와 그 문제에 관해 대화를 나누었다는 사실을 알아냈지.

그 계집애는 이번 일을 레지널드와 사랑에 빠질 완벽한 기회로 삼은 것 같아. 그 애에 대해 이야기하는 그의 태도가 변한 걸 보니, 그런 확신이 들었어. 부디 그런 사랑이 그에게 유익하기를! 자기는 열정적으로 사랑을 표현하거나 고백할 용기도 없으면서 누군가가 자기한테 호감을 느끼고 있다면 괜히 우쭐대는 남자들 정말 경멸스러워. 난 항상 이런 두 부류의 남자가 다 싫어. 그는 나를 진심으로 존중했던 게 아냐. 그렇다면 딸의 말을 듣지 말았어야지. 그리고 어리석은 아이가 무례하게 반항하려고 전에 두 마디 이상 나눠보지 못한 삼촌에게 자신을 보호해달라고 몸을 던져버리다니. 내 딸의 무례함과 누구나 잘 믿는 그의 성격, 둘 다 하나같이 당황스러워. 감히 엄마한테 불리한 말을 한 딸을 어떻게 믿는단 말이야! 내가 그렇게 했다면 다 그럴 만한 동기가 있었다고 믿어야 하는 거 아냐? 대체 내 이성과 선의를 믿기나 했던 거냐고! 진실한 사랑이라면 날 음해하는 사람에 대해 응당 느껴야 할 분노는 어디 있지? 그것도 건방진 어린 계집애, 재능도 없고 배운 것도 없는, 경멸하라고 내가 누누이 가르쳤던 그런 어린애가 하는 말에 말이야.

얼마 동안 가만히 있었지만, 더 이상 견딜 수가 없었어. 이제는 날을 세울 생각이야. 그는 내 분노를 진정시키려고 한참을 노력했어. 하지만 비난과 모욕을 당한 여자가 고작 몇 마디 칭찬에 마음이 풀린다면 정말 바보 같은 짓이지. 결국 그도 나처럼 몹시 화가 나서 떠났어. 그는 자기가 화났다는 사실을 더 많이 드러냈어. 나는 아주 냉정했지만, 그는 아주 격렬하게 분노를 표출했지. 그래서 그의 분노가 속히 가라앉기를 기다렸어. 레지널드의 분노는 그렇게 영원히 사라지겠지만, 내 분노는 앞으로도 더 활활 불타오를 거야.

내 방을 떠난 이후로 줄곧 그는 자기 방에 처박혀 있어. 그가 어디로 떠난다는 말을 들었어. 누가 봐도 그가 얼마나 불쾌한 상태인지 알 수 있어! 하지만 어떤 사람들의 감정은 알 수 없지. 아직 프레더리카를 직접 만나볼 만큼 마음의 평정을 찾진 못했어. 그 앤 그날 일어난 일을 평생 잊지 못할 거야. 자기가 철없는 사랑 이야기를 얼마나 잘못 털어놨는지, 온 세상은 물론 상처받은 엄마가 쏟아내는 엄청난 분노 속에서 자신이 얼마나 오랫동안 경멸받아야 할지 곧 깨닫게 되겠지.

다정한 친구,

S. 버넌

편지 23

버넌 부인이 레이디 드 쿠르시에게

처칠에서

사랑하는 엄마, 축하드려요! 우리를 그렇게 걱정시킨 사건이 행복한 결말로 바뀌고 있어요. 앞으로 즐거운 일만 있을 전망이에요. 지금 사태가 아주 즐거운 국면으로 바뀌어서 엄마에게 제 걱정을 전했던 게 죄송하네요. 하지만 앞서 겪은 괴로움은 위험한 상황이 끝났다는 것을 알게 될 즐거움에 대한 대가였다고 생각하셔도 돼요.

즐거움에 너무 들떠서 펜을 잡기도 어려워요. 그래도, 틀림없이 엄마를 깜짝 놀라게 할 소식, 그러니까 레지널드가 파크랜드로 돌아갈 거라는 소식을 미리 알려드리고 싶어서 제임스 편에 편지 몇 줄을 보내기로 했어요.

약 30분 전에, 제임스 경과 거실에 앉아 있었어요. 그때 동생이 방에서 나오더니 저를 부르더군요. 무슨 문제가 생긴 줄 곧 눈치챘죠. 붉은 안색에 아주 흥분한 얼굴로 레지널드가 말했어요. 뭔가 마음속으로 몰두했을 때 그 애의 열렬한 태도가 어떤지 엄마는 아시죠.

"누나," 동생이 말했어요. "오늘 떠날 예정이야. 누나를 떠나게 되어서 아쉽지만 가야겠어. 아버지와 엄마를 뵌 지도 꽤 오래되었잖아. 제임스한테 말을 끌고 먼저 돌아가라고 할 생각이야. 엄마한테 보낼 편지가 있으면 맡겨. 런던에 들렀다 갈 테니까 수요일이나 목요일까진 집에 도착하지 못할 거야. 런던에 볼일이 있어. 하지만 누나를 떠나기 전에," 그가 목소리를 낮추더니 더 힘주어 이렇게 말을 이었어요. "누나한테 한 가지만 당부할게. 프레더리카 버넌이 저 마틴 경 때문에 불행해지는 걸 방관하지 마. 마틴 경은 조카랑 결혼하고 싶어 해. 그 아이 엄마도 마틴 경과의 결혼을 부추기고 있고. 하지만 프레더리카는 그 결혼을 생각만 해도 끔찍해하고 있어. 옳다는 확신을 갖고 하는 말이니 믿어줘. 제임스 경이 우리 집에 계속 머문다면 프레더리카가 비참해질 거라는 걸 난 알아. 착한 아이니까 이보다는 나은 운명을 누릴 만한 자격이 있어. 즉시 제임스를 떠나보내. 그는 그저 멍청한 바보일 따름이야. 하지만 그 아이 엄마가 뭘 할 작정인지는 하늘만이 알겠지! 잘 있어." 레지널드는 진지한 태도로 악수하면서 이렇게 덧붙였어요. "누나를 언제 다시 볼지 모르겠어. 하지만 프레더리카에 관한 내 당부 잊지 마. 조카 일이 제대로 해결되는지 감시하는 걸 누나의 의무로 여겨줘. 조카는 상냥한 아이야. 그리고 이제껏 우리가 생각하던 것보다 훨씬 더 괜찮은 아이야."

그러고 나서 레지널드는 저를 떠나 2층으로 올라갔어요. 그 애 감정이 어떨지 잘 알기 때문에, 굳이 제지하려고 하지 않았어요! 동생의 말을 들으면서 제 마음이 어땠을진 묘사하려고 애쓸 필요도 없겠지요. 잠깐 동안 너무 놀라서 멍하니 있었죠. 정말 유쾌한 놀라움이었어요. 하지만 평온한 행복을 위해 몇 가지 생각해둘 게 있었어요.

제가 응접실로 돌아간 지 약 10분 뒤에 레이디 수전이 제 방에 들어왔어요. 물론 저는 레지널드가 형님과 싸웠다고 결론짓고 호기심 반 걱정 반으로 형님의 얼굴에서 그렇게 믿을 만한 근거를 찾았죠. 그러나 속임수에 능한 형님은 아주 태연한 얼굴로 나타나더니 이런저런 수다를 잠깐 떨고 나서 이렇게 말하더군요. “우리가 드 쿠르시 씨를 잃게 된다는 얘기를 윌슨한테 들었어요. 정말 오늘 아침 레지널드가 처칠을 떠나는 건가요?” 저는 그렇다고 대답했지요. “지난밤에는 한 마디 귀띔도 없었는데.” 형님이 웃으면서 말했어요. “아니, 오늘 아침 조찬 때만해도 일언반구 없지 않았나요. 하지만 아마 자신도 몰랐겠죠. 젊은이들은 가끔 성급하게 결정을 내리니까요. 갑자기 결정하고 갑자기 계획을 바꾸기도 하죠. 드 쿠르시 씨가 갑자기 마음을 바꿔 떠나지 않는다 해도 난 놀라지 않을 거예요.”

이후 형님은 곧 제 방을 떠났어요. 하지만 사랑하는 엄마, 지금 같아서는 동생이 마음을 바꿀까 봐 염려할 이유는 없을 것 같아요. 사태는 이미 돌이킬 수 없으니까요. 틀림없이 두 사람은 다툰 모양이고, 아마 프레더리카 일로 싸웠겠죠. 형님이 너무나 평온해서 놀랐어요. 엄마가 아직도 높이 평가하는, 아직도 엄마를 행복하게 만드는 아들을 다시 보게 된다니 정말 기쁘시겠어요!

다음 편지를 쓸 무렵에는 제임스 경이 떠났고 레이디 수전은 무너졌으며 프레더리카는 평안하다고 엄마에게 알려드릴 수 있으면 좋겠어요. 할 일이 아직 많지만, 다 잘될 거예요. 갑자기 이 놀라운 변화가 어떻게 일어났는지 궁금해서 몸살이 날 지경이에요. 편지 서두에도 말씀드렸지만, 거듭 축하드려요.

엄마의 딸,

캐서린 버넌

편지 24

버넌 부인이 레이디 드 쿠르시에게

처칠에서

사랑하는 엄마, 지난번 편지에서 누렸던 기분 좋은 떨림이 한순간에 이렇게 우울하게 정반대로 바뀔 줄은 몰랐어요. 엄마에게 편지 쓴 걸 후회하지는 않아요. 하지만 무슨 일이 일어날지 대체 누가 예측이나 할 수 있었겠어요? 사랑하는 엄마, 불과 두 시간 전만 해도 저를 행복하게 만들었던 희망이 모두 사라졌어요. 레지널드는 레이디 수전과 다시 화해했고, 우리는 전과 똑같아졌어요. 한 가지 달라진 게 있긴 해요. 제임스 마틴 경이 떠났어요. 우리는 이제 뭘 기대해야 할까요? 정말 실망했어요. 레지널드는 거의 떠날 뻔했어요. 주문한 말이 거의 문간까지 왔었다고요! 누구인들 그 애가 이제 떠날 거라고 안심하지 않았겠어요?

30분 동안 동생의 출발을 기다리고 있었죠. 엄마에게 편지를 보낸 후, 남편한테 가서 그간의 이야기를 모두 하면서 방에 앉아 있었어요. 그러고 나서 조찬 후에 보이지 않는 프레더리카를 찾아보기로 했어요. 계단에서 만난 그 아이는 흐느끼면서 울고 있더군요.

"작은엄마." 조카가 말했어요. "삼촌이 떠난대요, 드 쿠르시 씨가 떠난대요, 다 제 잘못이에요. 작은엄마가 화를 낼까 봐 두려워요. 하지만 일이 이렇게 될지 정말 몰랐어요."

제가 대답했죠. "얘야, 그 일로 내게 사과할 필요는 없을 것 같구나. 나야말로 다른 사람 핑계를 대어서라도 동생을 집으로 보낼 생각이었어. (기억을 더듬어) 우리 친정아버지께서 동생을 몹시 보고 싶어 한다는 걸 알기 때문이지. 하지만 네가 이 모든 일을 자초했다는 게 무슨 말이야?"

대답하는 조카의 얼굴이 붉어졌어요. "제임스 경의 일로 너무 불행해서 어쩔 수가 없었어요. 그래서 매우 큰 잘못을 저지른 것 같아요. 작은엄마는 제가 얼마나 불행한지 이해 못 하실 거예요. 그리고 엄마가 작은엄마나 작은아버지께 이 일에 관해 입도 뻥끗도 하지 말라고 엄명을 내렸거든요. 그리고……."

"그래서 네가 삼촌에게 나서달라고 부탁했구나." 설명하려 애쓰는 조카의 수고를 덜어주고 싶어서 이렇게 말했어요. "아니에요, 하지만 삼촌에게 편지를 썼어요. 정말 썼어요. 오늘 아침 날이 밝기도 전에 일어나서 두 시간 정도 편지를 썼어요. 편지를 다 썼는데, 그걸 전할 용기가 나지 않을 것 같았어요. 하지만 아침 먹고 제 방으로 가다가 마침 복도에서 삼촌을 만난 거예요. 이때를 놓치면 안 되겠다 싶어서 용기를 내어 겨우 편지를 드렸지요. 삼촌은 즉시 편지를 받아줄 만큼 좋은 분이었어요. 저는 감히 삼촌을 볼 염치가 없어서 곧장 도망쳤죠. 너무 겁이 나서 숨도 못 쉴 지경이었어요. 친애하는 작은엄마, 제가 얼마나 비참했는지 모르실 거예요."

"프레더리카." 제가 말했어요. "뭐든 힘든 일이 생기면 나한테 다 얘기했어야지. 작은엄마는 항상 네 편을 들어 도울 준비가 되어 있다는 걸 알았을 텐데. 작은아버지나 내가 네 삼촌처럼 따뜻하게 이야기를 들어줄 것 같지 않았니?"

"작은엄마의 친절을 의심한 건 아니에요." 조카가 다시 얼굴을 붉히며 말했어요. "단지 드 크루시 씨가 저희 엄마에게 영향을 미칠 수 있는 분이라고 생각했어요. 하지만 제 생각이 틀렸어요. 두 분은 저 때문에 무섭게 싸웠고, 삼촌은 이곳을 떠나기로 했어요. 엄마는 절대로 저를 용서하지 않을 거예요. 전보다 상황이 더 나빠졌어요." "아니야, 더 나빠지지 않을 거야." 제가 대답했지요. "이런 상황에서 네 엄마는 네가 나한테 아무 말도 못 하게 하면 안 되지. 제아무리 엄마라도 자식을 불행하게 만들 권리는 없고, 그렇게 해서도 안 되는 거야. 하지만 네가 삼촌에게 하소연한 게 다른 사람들을 위해서도 좋은 방법이었을 거야. 그게 최선이었던 것 같구나. 더 이상 불행해지지 않을 테니 너무 걱정 말렴."

그 순간, 레지널드가 레이디 수전의 드레스룸에서 나오는 모습을 보고 전 깜짝 놀랐어요. 이내 속으로 걱정이 됐지요. 저를 본 동생도 당황한 게 틀림없었어요. 프레더리카는 즉시 사라져버렸어요. "떠날 거지?" 제가 물었어요. "매형은 방에 계셔." "아니야, 누나." 동생이 대답했어요. "나 안 떠나려고. 누나와 잠깐 이야기 좀 할 수 있을까?"

우리는 제 방으로 들어갔어요. "이제야 깨달았어." 이렇게 말하고는 더욱 혼란스러운 모습으로 그 애가 말을 이었어요. "내가 평소처럼 어리석고 충동적으로 행동했다는 걸 말이야. 전적으로 레이디 수전을 오해했지 뭐야. 그녀의 행동에 관해 잘못된 편견을 갖고 이 집을 떠날 뻔했어. 몇 가지 큰 실수를 저질렀는데, 둘 다 서로 오해한 것 같아. 프레더리카는 자기 엄마를 잘 몰라. 레이디 수전은 그저 딸에게 잘해주려던 것뿐이야. 하지만 프레더리카는 엄마를 자기편으로 생각지 않아. 그래서 레이디 수전은 늘 딸을 행복하게 해주는 게 뭔지 잘 몰랐어. 게다가 난 그들 모녀에게 간섭할 권리가 없어. 나한테 하소연한 조카가 착각한 거지. 누나, 다시 말해 모든 게 다 잘못된 거야. 하지만 이제 만사가 다 잘 해결됐어. 누나가 시간을 내준다면 레이디 수전이 그 문제에 관해 해명하고 싶어 할 거야."

"물론이지." 믿기 힘든 이 장황한 이야기에 깊은 한숨을 쉬면서 저는 이렇게 대답했지요. 더 이상 아무 말도 안 했어요. 말해봐야 아무 소용없으니까요. 동생은 개운한 표정으로 나갔어요. 전 형님이 뭐라고 변명할지 듣고 싶어서 형님에게 찾아갔죠.

"동서한테 말하지 않았던가요?" 형님이 미소를 지으며 말하더군요. "동서 동생이 결국 우리를 떠나지 않을지도 모른다고." "그랬었죠." 제가 정색하며 대답했죠. "하지만 형님이 착각한 줄 알았어요." "나 그렇게 실없는 사람 아니에요." 형님이 돌아섰어요. "문득 이런 생각이 들지 뭐예요. 오늘 아침에 나눈 대화, 서로 상대방의 뜻을 오해해서 동생에게 불만족스럽게 끝난 대화 때문에 그가 떠나기로 결심한 게 아닌가 하는. 그 순간 이런 생각이 들었고, 그래서 즉시 결심했죠. 동생과 나의 의도치 않은 말다툼 때문에 동서한테서 동생을 빼앗으면 안 된다고 말이죠. 동서가 기억한다면, 난 거의 곧바로 방을 떠났지요. 때를 맞춰 최대한 속히 이 실수를 만회하기로 결심했던 거예요. 그래서 이렇게 된 거죠. 프레더리카는 제임스 경과의 결혼에 맹렬히 반대하고 나섰어요." "조카가 그렇게 할 수밖에 없었던 게 형님에게는 놀라운 일이세요?" 제가 화가 나서 외쳤어요. "프레더리카는 정말 똑똑하지만 제임스 경은 그렇지 않잖아요." "동서, 적어도 난 절대 그렇게 생각하지 않아요." 형님이 말했어요. "반대로 딸의 이성을 그렇게 높이 평가해주다니 오히려 고맙군요. 확실히 제임스 경은 수준 이하죠. (어린애 같은 면이 있어서 더 어리석게 보이는 것뿐이지만요.) 이 엄마의 기대만큼 프레더리카에게 통찰력과 재능이 있다거나 엄마인 내가 그 사실을 잘 알고 있었다면, 내가 그 애 결혼 걱정을 하진 않았겠죠." "자기 딸이 무슨 생각을 하는지 형님만 모른다는 게 이상하잖아요." "프레더리카도 잘 몰라요. 그 아이는 하는 짓이 수줍고 유치해요. 게다가 날 두려워하죠. 엄마를 거의 사랑하지 않는다고요. 불쌍한 그 애 아버지 생전에도 버릇이 없었어요. 이후 형편상 엄격하게 굴었던 탓에 모녀 관계가 아주 멀어졌고요. 그 앤 총명하지도 않고 특별한 재능도 없는 데다 당당하게 앞에 나설 배짱도 없어요." "차라리 조카 교육을 제대로 못 시켰다고 솔직하게 말씀하시죠." "사랑하는 동서, 내가 그 사실을 얼마나 뼈저리게 알고 있는지 하늘도 알 거예요. 하지만 죽은 애아빠 탓을 하고 싶진 않아요. 내겐 그 이름이 소중하니까."

여기서 형님은 우는 척했어요. 형님한테 정말 짜증이 났답니다. "하지만 무슨 일로 형님이 동생과 싸웠는지 말씀해주시겠어요?" 제가 물었지요. "이미 말했지만, 그건 불행히도 이 엄마를 무서워하는 딸의 판단력 부족으로 벌어진 일이에요. 딸이 자기 삼촌한테 편지를 썼더라고요." "조카가 편지 쓴 거 저도 알아요. 형님이 조카가 괴로워하는 이유를 저나 제 남편한테 말하지 못하게 했다면서요. 그러니 조카가 삼촌한테 하소연하는 것 말고 뭘 할 수 있었겠어요?" "맙소사!" 형님이 외쳤죠. "동서는 대체 날 뭘로 생각하는 거예요! 내가 딸의 불행을 다 알고 있었다는 건가요? 자기 딸을 비참하게 만드는 게 내 목적이고, 동서가 악랄한 내 계획을 방해할까 봐 겁이 나서 딸한테 아무 말도 못 하게 했다고? 나한테는 정직함이나 자연스러운 감정이 하나도 없다고 생각하는군요? 내가 딸을 영영 불행에 처넣으려 했다고, 딸을 더 행복하게 하는 게 지상 최대의 의무인 내가?" "생각만 해도 끔찍해요. 딸한테 아무 말도 하지 말라고 했을 때, 그럼 형님의 의도는 뭐였죠?" "사랑하는 동서, 사태가 어떻든 동서한테 말해봐야 무슨 소용 있겠어요? 왜 나 자신을 위해서도 하지 않을 청원을 동서에게 해야 하는데요? 동서나 내 딸, 그리고 나 자신을 위해서도 그건 바람직하지 않아요. 내가 이미 결정을 내린 이상, 아무리 친절한 사람이라도 타인의 간섭은 원치 않아요. 내가 착각한 건 사실이에요. 하지만 난 내 생각이 옳다고 믿었어요." "하지만 형님이 그렇게 자주 암시하는 이 실수란 뭔가요? 조카의 감정에 대한 이 놀라운 오해는 대체 어디서 나온 거예요? 조카가 제임스 경을 싫어한다는 사실은 형님도 알았잖아요." "제임스 경이 절대로 딸이 원하는 타입이 아니라는 건 알았죠. 하지만 딸이 제임스 경을 반대하는 이유가 부족한 남자라서라고는 생각 못 했어요. 하지만 동서, 이 문제에 대해선 너무 꼬치꼬치 캐묻지 말아줘요." 형님이 제 손을 다정하게 잡으면서 이렇게 말을 이었어요. "감추고 있는 게 있었다고 솔직히 고백할게요. 프레더리카는 엄마를 매우 불행하게 만드는 애예요. 내 딸이 드 쿠르시 씨에게 호소하다니, 난 이 일로 정말 상처받았어요." 제가 물었어요. "이 상황이 왜 이렇게 이해하기 힘든지 아세요? 형님 딸이 레지널드를 좋아한다고 생각한다면, 그 애가 제임스 경에게 반대하는 이유가 그의 어리석음 때문이라기보다 레지널드한테 호감이 생겨서라고 보는 편이 훨씬 설득력이 있거든요. 어쨌든 제 동생이랑 왜 다투신 거예요? 형님도 아시겠지만, 동생은 성격상 그런 상황에 개입해달라는 청을 거절하지 못하지요."

"동서가 아는 것처럼 레지널드는 다정해요. 그런 사람이 나한테 훈계하러 왔더군요. 이렇게 학대받는, 곤경에 처한 아이에 대한 연민으로 가득 차서 말이죠! 우린 서로를 오해했어요. 그는 실제보다 날 더 비난받을 존재로 생각했고, 난 그가 지나치게 간섭한다고 생각했으니까. 동생분을 많이 아끼지만 너무 지나치게 간섭한다는 생각에 그 당시엔 정말 표현하기 힘들 만큼 실망했어요. 우린 둘 다 흥분해 있었고, 물론 둘 다 비난받을 만했어요. 처칠을 떠나겠다는 그의 결심도 따뜻한 마음에서 나왔다는 걸, 그제서야 비로소 그의 의도를 이해했어요. 동시에 우리가 서로 상대방의 뜻을 오해한 것 같다고 느끼기 시작했죠. 그래서 너무 늦기 전에 설명을 해야겠다 마음먹은 거예요. 난 항상 동서 가족에게 애정 비슷한 감정을 느껴왔어요. 드 쿠르시 씨와의 관계가 이렇게 우울하게 틀어지면 내 마음이 너무 아플 것 같았어요. 이제 이 말만 더 할게요. 프레더리카가 이성적으로 제임스 경을 싫어할 만한 이유가 있음을 알았으니, 딸에 대한 모든 희망을 즉시 포기해야 한다고 제임스 경에게 알릴 거예요. 몰라서 그랬지만, 어찌 됐건 딸아이를 그렇게 불행하게 만든 자신을 자책하고 있어요. 딸은 내가 응당 줘야 할 벌을 받게 될 거예요. 나만큼 자신의 행복을 생각하는 아이라면, 그리고 마땅히 현명한 판단하에 스스로 자제했다면, 그 애도 지금 이렇게 힘들진 않겠지요. 시간을 이렇게 오래 뺏어서 미안해요. 다 내 성격 탓이에요. 이 시간 이후로 더 이상 동서를 실망시킬 일은 없을 거예요."

"퍽이나 그러시겠어요"라고 말할 수도 있었겠죠. 하지만 그냥 아무 말 없이 형님을 떠났어요. 그것이 제가 베풀 수 있는 최대의 관용이었어요. 말을 시작하면, 저도 자제할 수 없을 테니까요. 형님의 확신, 형님의 기만, 하지만 더 이상 속지 않을 거예요. 충분히 충격받았어요. 가슴이 너무 아팠어요.

어느 정도 마음의 평안을 찾고 나서 응접실로 돌아갔지요. 제임스 경의 마차가 문간에 서 있더군요. 그는 평소처럼 유쾌한 태도로 바로 출발했어요. 형님은 어쩌면 저렇게 쉽게 연인의 마음을 들었다 놨다 하는지!

이렇게 해서 프레더리카는 제임스 경과 할 뻔한 결혼에서 해방되었지만, 여전히 불행한 모습이었어요. 아마도 엄마가 자기한테 퍼부을 분노가 두려웠겠죠. 삼촌이 떠날까 봐 걱정하던 조카는 이제 질투심으로 괴로워하고 있어요. 저는 조카가 삼촌과 엄마를 얼마나 유심히 관찰하는지 옆에서 지켜보았어요. 현재 조카에게는, 불쌍한 그 소녀에게는 전혀 가망이 없어요. 자기 짝사랑에 보답받을 기회가 없다고요. 조카에 대한 삼촌의 태도가 예전과 달라지긴 했어요. 겉으로는 조카에게 잘해주거든요. 하지만 형님과 화해한 걸 보면 정말 결혼할 계획인가 봐요.

사랑하는 엄마, 최악의 사태에 대비하세요. 분명 두 사람이 결혼할 가능성이 많아졌어요. 레지널드는 예전보다 더 형님과 가까워졌어요. 그렇게 불행한 결혼을 한다면, 프레더리카는 전적으로 우리가 맡아야 할 거예요.

지난번 편지를 보내고 곧바로 이 편지를 보낼 수 있어서 다행이에요. 실망스러운 결과로 이어질 뿐인 짧은 기쁨에서 최대한 빨리 엄마를 구해드릴 수 있으니까요.

사랑하는 딸,

캐서린 버넌

편지 25

레이디 수전이 존슨 부인에게

처칠에서

사랑하는 얼리셔, 축하받으려고 편지를 썼어. 즐겁고 의기양양한 내 모습을 되찾았거든. 저번 편지를 쓸 때는 엄청 화가 난 상태였고 그럴 만한 이유도 많았어. 아니, 사실 지금쯤 평온을 되찾는 게 맞지. 하지만 다시 평온을 찾는 일이 생각보다 힘드네. 이 레지널드라는 인물은 자신에 대해 너무 자만하고 있어! 정신적으로 특히 그래. 달갑지 않은 진심을 숨기고 거짓으로 지어낸 평온함이라 그런가 봐. 쉽게 그를 용서하지 않겠다고 너한테 다짐할게. 그는 정말 처칠을 떠나려고 했어! 윌슨이 그 말을 전했을 때, 거의 끝장인가 싶었지. 그래서 뭔가 조치를 취해야겠다고 생각했어. 그렇게 성격이 난폭한 데다 복수심에 불타는 남자가 나를 제멋대로 좌지우지하게 해서는 안 되니까 말이야. 그가 나한테 그토록 나쁜 인상을 가진 채로 헤어진다면 내 명예에도 도움이 되지 않을 테니까. 이런저런 상황을 모두 감안해 양보할 필요가 있었지.

그가 떠나기 전에 이야기를 나누고 싶다고 윌슨 편에 말을 전했어. 곧바로 그가 찾아왔지. 마지막으로 헤어질 때 화가 나서 얼굴이 붉으락푸르락했었는데, 그때쯤에는 어느 정도 가라앉았더군. 내가 만나자고 해서 좀 놀란 것 같았어. 내 말에 누그러지기를 바라면서도 한편으로는 자기 마음이 누그러질까 봐 겁내는, 희망과 두려움이 반씩 섞인 표정이었지.

나는 최대한 침착하고 품위 있게 행동하면서 수심 어린 표정을 지어, 나 역시 편치 않다는 사실을 보여주려고 했지. "드쿠르시 씨, 마음대로 전언을 보내 죄송해요." 내가 말했어. "당신이 오늘 떠나려 한다는 걸 방금 알았고, 나 때문에 이곳에 머무는 시간이 한 시간이라도 줄어들어선 안 된다고 말하는 게 내 의무라고 생각했어요. 우리 사이에 일이 있었으니 이제 한 지붕 아래 머무는 건 어느 쪽도 마음이 편치 않겠지요. 친밀한 우정이 이렇게 변해버렸으니 장차 어떤 교류도 틀림없이 가혹한 형벌이 될 겁니다. 그러니 처칠을 떠나려는 당신의 결심은 분명 우리 상황이나 당신의 그 생생한 분노에 걸맞은 처신으로 볼 수 있겠죠. 하지만 아무리 그렇다 하더라도 나는 당신이 그렇게 아끼고 사랑하는 가족을 떠나게 할 수 없어요. 내가 여기 더 머문다 해도 버논 부부에게 어떤 즐거움도 드리지 못할 거예요. 아무래도 내가 이 집에 너무 오래 머무른 것 같네요. 따라서, 어쨌든 곧 일어날 일이기도 하니 모두가 두루 편하도록 내가 서둘러 떠날 겁니다. 서로 애틋하게 아끼는 가족을 떼어놓고 싶지 않은 마음에 간곡히 부탁드립니다. 내가 어디로 갈지는 누구에게도 중요하지 않아요. 나 자신에게도요. 하지만 당신은 모든 사람에게 중요한 존재이지요." 여기서 내가 결론을 내렸지. 너도 제법 그럴듯했다고 생각하지? 이런 내 말에 레지널드의 자존심이 얼마간 살아났어. 그의 태도가 바로 호의적으로 바뀌었거든. 아! 이 말을 하면서 다정했던 예전으로 돌아갈지 계속 화를 내야 할지 갈팡질팡하는 그의 표정을 보고 있노라니 얼마나 유쾌하던지. 그렇게 쉽게 바뀌는 감정에는 뭔가 기분 좋아지는 구석이 있어. 나는 그 사람의 가족관계를 부러워하거나 나 자신을 폄하할 생각은 전혀 없었어. 그냥 그 사람한테 영향을 주기 편하니까 그렇게 한 거지. 하지만 처음에 레지널드는 어떤 해명도 요구하지 않고 자존심 때문에 혼자 폭발해 나한테 화를 내고 나가버렸었거든. 그랬던 남자가 내가 몇 마디 하자 금방 마음이 풀어져 예전보다 더 온순하고 다정하며 헌신적인 인물로 바뀌었어.

지금은 아무리 겸손해졌다 해도 그렇게 거만하게 굴다니 그를 용서할 순 없어. 이렇게 화해했으니 바로 떠날지, 아니면 벌로 그 사람과 결혼해서 평생 괴롭힐지 아직 결정하지 못했어. 하지만 그건 너무 가혹한 조치니까 신중하게 결정해야겠지. 현재 여러 가지 계획 사이에서 고민 중이야. 계획은 아주 많아. 또한 삼촌에게 하소연한 행동에 대해 프레더리카를 엄하게 벌주려고 해. 딸의 호소를 그렇게 냉큼 받아들인 레지널드나 그의 다른 행동도 벌주어야 하고. 제임스 경이 떠난 후

의기양양한 표정과 태도로 으스댄 동서도 괴롭혀야지. 레지널드와 화해하느라, 그 불운한 제임스 경을 구할 수 없었으니까. 다시 말해 이 며칠 동안 내가 받은 굴욕을 내가 직접 보상받을 거야. 이 모든 것을 만회하려고 몇 가지 계획을 세웠어. 곧 런던으로 떠날 생각이야. 나머지 내 결정이 무엇이든, 아마 계획대로 될 거야. 내 목적이 뭐든, 런던은 항상 마음먹은 계획을 실천하기에 최적의 장소니까. 어쨌거나 열 주 동안 처칠에 처박혀 고생했으니 약간 방탕하게 런던 사교계에서 놀면서 보상받아야지.

그렇게 오랫동안 계획했으니 이제 내 딸과 제임스 경의 결혼을 성사시키는 게 내 성격에 맞는 것 같아. 이 문제에 대한 네 의견을 알려줘. 너도 알다시피 유연한 마음이나 타인에게 쉽게 휘둘리는 기질을 난 별로 좋아하지 않아. 프레더리카는 자기 엄마의 의사를 거스르면서까지 자기 마음대로 하겠다고는 못 하는 애야. 레지널드에 대한 딸의 꿈같은 사랑도 마찬가지야. 그런 낭만적인 넌센스를 막는 게 내 의무지. 그래서 만사를 고려할 때, 딸을 런던에 데려가는 즉시 제임스 경과 결혼시켜야 할 것 같아.

레지널드와 생각이 달라 어떤 상황이 될지 모르겠지만, 그의 기분을 달래주는 몇 마디 말로 신뢰를 다시 쌓으면 될 거야. 지금 당장은 그렇게 못 해. 그는 아직 내 손바닥 안에 있어. 하지만 딸아이 문제로 싸워서 잘해도 내가 원하는 대로 될지 의심스러우니 포기할까 해.

내 사랑 얼리셔, 이 모든 문제에 관해 네 의견을 보내줘. 그리고 네 집 근처에 내가 머물 만한 적당한 숙소가 있는지도 알아봐줘.

가장 친한 친구,

S. 버넌

편지 26
존슨 부인이 레이디 수전에게

에드워드 거리에서

사실 편지를 받고 기뻤어. 이게 내 조언이야. 지체하지 말고 런던으로 오되, 프레더리카는 뒤에 두고 와. 딸을 제임스 경과 결혼시켜 드 쿠르시 씨와 다른 식구들의 화를 돋우느니, 드 쿠르시 씨와 직접 결혼해서 잘 정착하는 게 네 목적에 훨씬 더 맞을 거야. 딸 걱정은 말고 네 생각이나 더 해야지. 네 체면을 생각해서 행동하는 아이도 아니잖아. 처칠에서 버넌 집안과 사는 게 그 애에겐 딱 어울리는 것 같아. 하지만 넌 사교계에 어울리는 사람이야. 네가 사교계를 떠난다면 안타까운 일이지. 그러니 자기가 저지른 행동에 대한 대가를 치르도록 프레더리카는 두고 와. 제멋대로 한 낭만적인 사랑은 언제라도 고통으로 되돌아올 수 있다는 사실을 가르쳐주자고. 최대한 빨리 런던으로 오도록.

이렇게 재촉하는 또 다른 이유가 있어.

지난주, 맨워링이 런던에 왔었어. 남편은 아랑곳하지 않고 날 만나겠다며 온 거야. 맨워링은 너 때문에 아주 불행해져서 둘이 지금 만나는 게 불미스러울 정도로 드 쿠르시를 질투하고 있어. 하지만 네가 여기서 그를 만나주지 않으면, 무작정 처칠에 가는 것 같은 무모한 행동을 저지를지도 몰라. 게다가 내 조언대로 네가 드 쿠르시와의 결혼을 결심했다면, 반드시 맨워링을 피해야 해. 오로지 너만이 그를 아내에게 돌려보낼 수 있어.

너를 오라고 하는 이유가 아직 한 가지 더 있어. 남편이 다음 주 화요일에 런던을 떠난대. 건강 때문에 바스로 갈 거야. 내 소원대로 그 온천물이 남편의 체질에 맞는다면, 통풍 치료차 여러 주 머물 거야. 남편이 여기 없는 동안, 우린 어떤 파티에 참석할지 고르면서 진짜 즐거운 시간을 보내자고. 에드워드 거리로 너를 초대하고 싶지만, 저번에 남편이 너를 우리 집에 절대로 초대하지 않겠다고 강제로 약속하게 했거든. 돈 때문에 쪼들리고 있어서 그러겠다고 할 수밖에 없었어. 하지만 어퍼 시모어 거리에 거실이 딸린 아주 멋진 아파트를 얻을 수 있어. 그 아파트나 우리 집에서 노상 같이 지내자. 내가 남편에게 한 약속은 (적어도 남편의 부재시) 너를 우리 집에서 재우지만 않으면 되는 것으로 이해하고 있으니까.

불쌍한 맨워링은 아내가 자신을 질투하던 지난 일을 쭉 들려주었어! 어리석은 여자 같으니라고, 그렇게 매력적인 남자가 한결같기를 바라다니! 하지만 그녀는 늘 어리석었지. 그 남자와 결혼한 게 가장 어리석은 일이지만. 자기는 막대한 유산을 물려받은 상속녀인 데 반해, 그 남자는 돈 한 푼 없었잖아! 내가 알기로 그 부인은 준남작 말고 진짜 귀족도 만날 수 있었어. 그런 결혼을 하다니 얼마나 멍청한지. 그녀의 후견인은 남편이고 난 그 사람 마음에 다 공감하는 것도 아니지만 내가 다 용서가 안 돼.

잘 지내,

얼리셔

편지 27

버넌 부인이 레이디 드 쿠르시에게

처칠에서

사랑하는 엄마, 레지널드가 이 편지를 엄마에게 가져갈 거예요. 드디어 동생의 기나긴 방문이 끝나갑니다. 하지만 이 때늦은 이별이 과연 우리에게 얼마나 도움이 될지 걱정이에요. 형님은 런던으로 가서 아주 친한 존슨 부인을 만날 거예요. 원래 교육 문제 때문에 프레더리카도 데려가려 했지만 우리가 반대했어요. 프레더리카도 우리를 떠난다는 생각에 슬퍼했고요. 조카가 자기 엄마에게 휘둘릴 생각을 하니 견디기 어려웠어요. 런던이 교육적으로야 더 좋은 환경이겠지만, 프레더리카의 마음이 괴롭다면 아무 소용없잖아요. 올곧은 심성만 빼고 그 아이 건강을 비롯해 모든 게 걱정이거든요. 거기서 그 아이 엄마나 엄마의 친구들이 조카를 해치지는 않겠지요. 하지만 프레더리카는 (틀림없이 매우 좋지 못한) 친구들과 어울리거나 철저히 외톨이로 남겨질 거예요. 뭐가 조카에게 더 나쁠 거라고 말할 수 없어요. 게다가 그 애가 자기 엄마와 함께 있으면, 아! 틀림없이 레지널드와도 같이 있게 되겠죠. 그건 모든 나쁜 점 중에서도 최악이에요.

얼마 뒤 우리는 여기서 평화롭게 지낼 거예요. 제 생각에 우리가 늘 하던 일, 운동하고 책 읽고 대화하고 우리 아이들과 놀면서 제가 조카에게 베풀 수 있는 행복한 가정생활을 두루 누리다 보면, 철없는 시절의 괴로운 짝사랑도 차차 극복하겠지요. 세상 다른 여자도 아니고 바로 자기 엄마한테 무시를 당했으니 당연히 상처가 깊겠지만요.

형님이 런던에 얼마나 오래 머물지, 다시 처칠로 돌아오기는 할지 모르겠어요. 따뜻하게 오라고 할 마음은 없어요. 하지만 오겠다고 마음만 먹는다면, 형님은 제가 환영하지 않는다고 해서 오지 않을 사람이 아니에요.

저는 형님의 발걸음이 런던 쪽으로 기울었다는 사실을 알자마자, 이번 겨울을 런던에서 지낼 예정인지 레지널드에게 묻지 않을 수 없었어요. 동생은 아직 미정이라고 주장했지만, 그 애의 모습과 목소리에는 뭔가 말과 모순되는 구석이 있어요. 너무 혼란스러워요. 아직 결정된 건 아니라고 생각하지만 절망스러운 마음으로 물러서야 할 것 같아요. 레지널드가 엄마를 떠나 곧 런던으로 간다면, 모든 일이 확실해지겠죠.

엄마의 사랑스러운 딸,

캐서린 버넌

편지 28

존슨 부인이 레이디 수전에게

에드워드 거리에서

소중한 친구에게,

최악의 고통 속에서 이 편지를 쓰고 있어. 방금 아주 불행한 사건이 일어났어. 남편이 우리 모두를 아주 제대로 한 방 먹였지 뭐야. 어디서 네가 곧 런던에 온다는 소식을 들은 것 같아. 게다가 마침 통풍이 악화되어서 증세가 호전될 때까지 바스 여행을 미루겠대. 통풍은 수시로 심해지거나 수그러든다는데 그 말이 맞나 봐. 내가 해밀턴 집안과 레이크 집안을 이어주려 할 때도 꼭 이랬어. 3년 전 내가 바스 여행을 가고 싶어 할 때는 아무런 증상도 없더니 말이야.

네 편지를 받고 숙소를 얻었어. 내 편지가 너한테 큰 영향을 미쳐서, 드 쿠르시가 이제 확실한 네 사람이 되었다니 기뻐. 도착 즉시 네 소식을 알려줘. 특히 맨워링을 어떻게 할 셈인지 말해줘야 해. 너를 언제 만날 수 있을지 지금으로서는 말할 수가 없어. 난 틀림없이 오랫동안 집에 갇혀 있게 될 거야. 바스로 가도 되는데 굳이 아프다고 집에 드러누우니 정말 너무나 비열한 사람이라서 화를 참을 수가 없어. 바스에 가면 나이 드신 이모님이 남편을 간병해줄 거야. 하지만 여기 있으면 그 간병을 나 혼자 도맡아야 해. 게다가 통증을 얼마나 잘 참고 있는지 화를 낼 만한 핑계도 없어.

너의 친구,

얼리셔

편지 29

레이디 수전이 존슨 부인에게

어퍼 시모어 거리에서

사랑하는 얼리셔에게,

최근에 일으킨 통풍 발작 이야기가 아니라도 난 존슨 경이 정말 싫어. 하지만 지금 내가 네 남편을 얼마나 싫어하는지 상상도 못 할 거야. 남편의 간병인으로 너를 아파트에 감금하다니! 사랑하는 얼리셔, 네가 그런 늙은이와 결혼하다니 얼마나 큰 실수를 저질렀는지 몰라! 엄격하고 통제 불능에 늙어 통풍까지 걸리다니. 안타깝지만 존슨 경은 너무 늙어서 활기찬 생활을 할 수도 없고, 너무 젊어서 죽을 수도 없나 봐.

어제 저녁 5시에 도착했어. 근데 급히 정찬을 들자마자 맨워링이 나타난 거야. 그 사람을 보고 진심으로 얼마나 기뻤던지, 그리고 그 사람과 레지널드 간의 대조적인 인격과 태도의 차이를 얼마나 크게 느꼈는지 굳이 감추지 않을게. 물론 레지널드가 엄청 불리했지. 한두 시간 동안 레지널드와 결혼하려던 결심이 흔들릴 정도였어. 너무나 쓸모없고 터무니없는 생각이라 마음속으로 이런 생각을 오래 하진 않았지만, 결혼이라는 결말을 몹시 열망하지도 않고, 우리가 약속한 대로 레지널드가 런던에 도착할 날만 학수고대하면서 초조하게 지내고 싶지도 않았어. 무슨 핑계나 구실을 대서 런던에 늦게 오라고 할 생각이야. 맨워링이 떠날 때까지 그가 오면 안 되잖아.

난 아직도 가끔 결혼에 대해 회의적이야. 레지널드의 연로한 부친이 돌아가신다면, 망설이지 않겠지. 하지만 늙은 레지널드 경의 변덕에 의존하는 상태는 내 자유로운 영혼에 어울리지 않아. 내가 결혼을 연기하겠다고 마음만 먹으면, 변명거리는 지금도 충분해. 미망인이 된 지 채 10개월도 안 됐으니까 말이야.

맨워링에게는 이런 속내를 전혀 비치지 않았어. 그 사람한테는 레지널드가 그냥 흔한 연애 상대라고 얼버무렸지. 그랬더니 어느 정도 진정된 것 같아. 다시 만날 때까지 잘 지내. 숙소가 아주 맘에 들어.

너의 친구,

S. 버넌

편지 30

레이디 수전이 드 쿠르시 씨에게

어퍼 시모어 거리에서

당신 편지를 받았어요. 그리고 빨리 만나고 싶어하는 당신에게 고마운 마음을 애써 감추진 않겠지만, 원래 정한 시간보다 우리 만남을 늦출 필요가 있다고 생각합니다. 이렇게 내 마음대로 한다고 나를 불친절한 사람이라 생각하거나, 먼저 이유를 들어보지도 않고 변덕스러운 사람이라고 비난하지 말아요. 처칠에서 이곳으로 오면서 우리가 처한 상황을 곰곰이 돌아봤어요. 두루 돌아보니 앞으로는 사려 깊고 신중하게 행동해야겠다는 생각이 들었어요. 지금까지 우리는 이런 데 거의 주의하지 않았죠. 그동안 주변 사람들이나 세상의 기대는 무시하고 너무 조급하게 우리 감정에만 충실했던 것 같아요. 지금도 이렇게 약혼을 서두르면서 주변은 제대로 살피지 않잖아요. 하지만 이 사실을 인정하고 더 이상 경솔하게 행동하지 말아야 해요. 당신이 신뢰하는 친구들의 반대를 비롯해 우리 앞에는 장애물이 너무도 많답니다.

자식에게 유익한 결혼을 바라는 당신 아버지의 기대를 우리가 탓할 일은 아니라고 봅니다. 당신 가족처럼 재산이 많을 경우, 엄격히 합리적인 기대라고는 할 수 없지만, 재산을 더 불리려는 마음은 너무나 일반적인 것이라서 놀라거나 분노할 일도 아니죠. 아버님한테는 재산 많은 며느리를 원할 권리가 있어요. 가끔은 이런 경솔한 결합을 결심하게 만들어 당신을 괴롭히는 나 자신과 싸우기도 해요. 하지만 나 같은 사람은 종종 그런 이성적인 판단을 뒤늦게야 하지요.

내가 미망인이 된 지도 몇 달이 안 되었네요. 몇 년간의 결혼 생활 동안 행복한 추억이 별로 없어서, 남편이 별로 고맙지도 않아요. 하지만 아무 생각 없이 너무 서둘러 재혼을 한다면 세상 사람들에게 비난거리가 될 거라는 생각, 그리고 더욱 견디기 힘든 건, 서방님을 불쾌하게 만들 거라는 생각을 지울 수가 없어요. 아마도 세상의 부당한 비난에 맞서는 동안 나 자신은 더 단단해질 수 있겠죠. 하지만 당신도 잘 알다시피 서방님이 내게 보여준 소중한 존경심을 잃는 것은 정말 견디기 어려운 일이에요. 게다가 이 일로 당신 가족은 물론 당신에게 상처를 주었다는 사실을 더욱 절실하게 느낄 내 마음이 어떻겠어요? 이런 생각들이 날카로운 비수처럼 가슴을 찌르네요. 당신과 함께하는 대가로 당신 부모님과 아들을 갈라서게 했다는 생각에 나 자신이 아주 끔찍한 괴물같이 느껴져요.

따라서 모든 상황이 희망적으로 바뀔 때까지, 약혼을 미루는 게 좋겠다는 생각이에요. 모든 상황이 호의적으로 변할 때까지요. 이 결정에 도움이 되도록 당분간 서로 만나지 말아야 할 것 같아요. 우리는 만나지 말아야 해요. 이 문장이 아무리 잔인해 보여도, 그건 나 자신에게 이런 상황을 납득시켜야 할 만큼 꼭 필요한 과정이에요. 당신도 우리 상황을 객관적으로 본다면 내가 이렇게까지 하는 이유를 분명히 이해할 거예요. 나 자신에게 상처를 입히면서까지 더 오래 떨어져 지내는 이유가 오로지 강한 도덕적인 의무감 때문임을 당신은 아시겠죠, 아셔야 해요. 당신에 대한 한결같은 마음, 그걸 의심하진 않을 거라 믿어요. 다시 말하지만, 우리는 만나지 말아야 하고 아직 만나면 안 돼요. 몇 달간 서로 만나지 말고, 누나인 동서가 느끼는 두려움을 진정시켜요. 풍족한 삶에 익숙해 재산을 중시하는 동서의 감성으로는 당연히 우리를 이해하지 못할 테니까요.

금방, 아주 금방, 당신 소식을 듣게 해줘요. 당신도 내 결심에 동의해줘요. 이런 말을 해야 하는 날 비난하지 말아요. 그런 비난은 견딜 수 없어요. 내 영혼은 더는 버틸 수 없을 만큼 짓눌려 있어요. 요즘 되도록 다른 데서 즐거움을 찾으려 애쓰고 있어요. 다행히 런던에 친구들이 많이 있어요. 그들 가운데는 맨워링 부부도 있지요. 당신은 내가 그 남편과 아내, 두 분을 얼마나 진심으로 존경하는지 알죠.

충실한 당신의 사람,

S. 버넌

편지 31

레이디 수전이 존슨 부인에게

어퍼 시모어 거리에서

친애하는 친구,

사람을 달달 볶는 저 레지널드가 여기 왔어. 그를 시골에 더 오래 붙잡아두려던 내 편지를 보곤 한달음에 런던으로 달려왔지 뭐야. 하지만 그를 멀리 떨어져 있게 하려던 만큼이나 그의 사랑을 증명하는 이 방문이 기쁘기도 했어. 이제 레지널드는 온 마음과 영혼을 나한테 쏟고 있어. 이 쪽지를 직접 전하게 할게. 이 쪽지는 그를 너한테 소개하는 소개장 역할을 할 거야. 너를 알고 싶어 했거든. 네가 저녁 시간을 함께 보내줘. 그래야 그가 이리로 오는 불상사를 막을 수 있지. 난 건강이 좋지 않아서 혼자 쉬어야 한다고 그에게 말해두었어. 그가 다시 온다면 당혹스러울 거야. 하인들이란 도무지 믿을 수가 없어. 그러니 그를 에드워드 거리에 꼭 붙잡아두라고 신신당부할게. 부담스러운 상대는 아닐 거야. 네가 원하는 대로 얼마든지 그와 즐거운 시간을 보내도 좋아. 하지만 내 진짜 관심사를 잊지 말도록. 그가 여기 남아 있으면 내가 아주 비참해진다는 사실을 설득하기 위해서라면 뭐든 다 말해. 넌 미망인인 내게 강요된 것들이 뭔지, 예의범절과 기타 등등 이미 잘 알고 있잖아. 실제로 그런 것들로 나 자신을 더 엄격히 단속하고 있어. 하지만 지금은 맨워링이 30분 안에 오기로 했으니 레지널드한테서 벗어나고 싶어 안절부절이야. 안녕.

S. V.

편지 32

존슨 부인이 레이디 수전에게

에드워드 거리에서

사랑하는 친구, 지금 너무 고통스러워서 뭘 해야 할지, 네가 할 수 있는 일이 뭔지 모르겠어. 오지 말아야 할 순간에 드 쿠르시 씨가 도착했어. 바로 그 순간, 나중까지도 몰랐지만, 맨워링 부인이 우리 집에 와서 자신의 후견인인 남편이 있는 데로 막 밀고 들어왔지 뭐야. 맨워링 부인과 레지널드가 방문했을 때, 난 외출 중이었거든. 아니었다면 내가 무슨 수를 쓰든 그를 멀리 보냈겠지. 하지만 '그'가 응접실에서 나를 기다리는 동안, '그 여자'가 우리 남편과 있었던 거야. 맨워링 부인은 어제 자기 남편을 찾으려고 여기 도착했어. 아마 넌 맨워링한테서 이미 이 사실을 들었겠지. 이 일에 나서달라고 우리 남편한테 부탁하러 온 거야. 내가 알기도 전에 네가 감추고 싶어 하던 모든 일들을 남편이 알게 되었어. 불행하게도 그녀가 네가 런던으로 온 뒤 자기 남편이 매일 너를 방문한다는 사실을 남편의 하인한테서 캐냈어. 네 숙소 문간에 들어서는 자기 남편의 모습을 직접 자기 눈으로 확인했대! 이러니 내가 뭘 할 수 있었겠어? 진실은 이렇게나 무서운 거야! 지금까지 있었던 모든 일이 지금 남편이랑 있는 드 쿠르시에게 다 알려졌어. 날 비난하지 마. 정말 나로서는 막을 수 없는 일이었어. 남편은 줄곧 네가 드 쿠르시와 결혼하려 한다고 의심하고서는, 우리 집에서 드 쿠르시를 보자마자 단둘이 이야기 좀 하자고 하더라.

너한테 위안이 될지 모르겠지만 하도 조바심쳐서 그런지 맨워링 부인은 전보다도 훨씬 마르고 못생겨졌어. 그 가증스러운 여자가 아직도 우리 집에 있어. 세 사람이 다 내 남편한테 딱 붙어 있다고. 그러니 뭘 할 수 있겠니. 맨워링이 지금 너랑 있다면 빨리 내보내는 게 상책이야. 어쨌거나 그가 어느 때보다 아내를 더 괴롭히면 좋겠어. 간절한 바람으로 이 편지를 써.

충실한 친구,

얼리셔

편지 33

레이디 수전이 존슨 부인에게

어퍼 시모어 거리에서

상황을 알고 나니 더 화가 나네. 네가 외출 중이었다니 이 얼마나 불행한 일인지! 7시면 확실히 네가 집에 있을 거라고 생각했지. 하지만 걱정은 안 해. 내 걱정으로 자책하지 마. 놔둬. 레지널드에게는 내가 잘 둘러댈 자신이 있어. 맨워링이 방금 나갔어. 그에게 부인이 도착했다는 소식을 알려줬지. 멍청한 여자 같으니라고! 그런 계략을 꾸며서 뭘 어쩌겠다는 거야? 랭퍼드에서 그냥 조용히 지냈더라면 좋았을 것을.

처음에는 레지널드가 화를 좀 내겠지만, 내일 저녁 식사할 때쯤이면 다시 만사가 잘 되겠지.

안녕!

S. V.

편지 34

드 쿠르시가 레이디 수전에게

호텔에서

그저 작별 인사하려고 편지를 씁니다. 마법은 벗겨졌어요. 당신이 어떤 사람인지 당신 실체를 알게 되었어요. 어제 우리가 헤어진 뒤, 믿을 만한 소식통을 통해 당신 과거를 들었습니다. 그 이야기를 듣고 정말 분하지만 그동안 내가 속았다는 사실을 인정하고, 지금 당장 당신과 헤어져 다시는 보지 않기로 결심했어요. 내가 무슨 이야기를 하는지 잘 아실 겁니다. 랭퍼드, 랭퍼드라는 단어로 충분하지요. 존슨 경 집에서 맨워링 부인한테 직접 다 들었어요.

내가 당신을 얼마나 사랑했는지 알 겁니다. 지금 내 기분이 어떨지도 잘 알겠지요. 하지만 내 기분을 당신한테 설명할 만큼 나는 나약한 사람이 아닙니다. 더군다나 나를 사랑하지도 않고 내 비통함을 의기양양하게 즐기는 그런 여자한테 말입니다.

R. 드 쿠르시

편지 35
레이디 수전이 드 쿠르시 씨에게

어퍼 시모어 거리에서

이 순간, 당신 쪽지를 읽고 얼마나 놀랐는지 애써 묘사하지 않을게요. 맨워링 부인이 도대체 뭐라고 했기에 그러는지 논리적으로 짐작해보느라 정신없으니까요. 내가 묵묵히 견뎌왔던 의혹에 대해, 그리고 심술궂은 세상이 나를 얼마나 험담하는지 다 설명하지 않았던가요? 이제 와서 무슨 이야기를 들었기에 나에 대한 평가가 이렇게 흔들리는 거지요? 내가 당신한테 숨긴 게 있던가요? 레지널드, 당신은 도저히 말로 표현할 수 없을 정도로 나를 뒤흔들어놓았어요. 맨워링 부인이 나를 질투한다는 옛 소문이 다시 떠돌거나, 아니면 누군가가 그 이야기를 다시 꺼냈다는 생각만 드네요. 즉시 나한테 와서 내가 지금 절대로 이해할 수 없는 그 내용을 설명해봐요. 내 말을 믿어요. 랭퍼드에 관한 그 어떤 소문도 우리가 만나야 할 이유보다 더 중요하지는 않다고 생각해요. 헤어져야 한다면, 당신이 떠나는 상황을 순순히 받아들이는 편이 멋지겠죠. 하지만 농담할 기분이 아니에요. 사실 난 지금 아주 심각해요. 한 시간 전에 당신 편지를 읽었을 뿐이지만, 당신의 평가절하는 어떻게 받아들여야 할지 모를 굴욕이기 때문이죠. 당신이 올 때까지 계속 기다릴게요.

S. V.

편지 36
드 쿠르시가 레이디 수전에게

호텔에서

왜 답장을 쓴 겁니까? 왜 꼬치꼬치 묻죠? 그렇게 알고 싶다면 부군의 살아생전은 물론 사망한 뒤 당신이 저지른 악행을 모두 낱낱이 설명드려야겠군요. 여느 세상 사람들처럼 나도 당신을 만나기 전에는 내가 들은 소문을 그대로 믿었습니다. 하지만 당신은 예의 비상한 능력을 발휘해서 내가 그 사실을 부정하도록 만들었죠. 아니, 그 이상이었어요. 하지만 지금 나는 전에 미처 몰랐던 그 남자와의 특별한 관계가 한동안 지속되었고 아직도 그와 계속 만나고 있다는 사실을 확인했습니다. 당신에게 베푼 환대에 대한 보답으로 그 남자 가족한테서 평안을 빼앗았더군요! 당신이 랭퍼드를 떠난 이후 여태껏 그 남자와—그의 부인이 아니라!— 편지를 주고받았으며, 지금도 그자가 매일 당신을 방문하고 있다는 사실, 감히 이 사실을 부정할 수 있습니까? 내가 당신과 연인 사이일 때 이 모든 짓거리를 하다니! 나는 그저 당신한테 놀아난 겁니다! 그나마 다행입니다. 불만이나 후회는 없어요. 모두 어리석었던 내 탓입니다. 친절하고 진실한 다른 분 덕분에 겨우 버티고 있어요. 하지만 불행한 맨워링 부인, 고통스러운 과거 때문에 괴로워하다가 이제는 정신까지 위태로워 보이는 맨워링 부인은 대체 어떻게 위로할 겁니까?

이제 당신에게 작별을 고하는 이유가 더 이상 궁금하지 않겠죠. 드디어 이성을 되찾고 보니 순진했던 나 자신을 탓하기보다 날 농락해온 당신의 책략이 가증스럽네요.

R. 드 쿠르시

편지 37

레이디 수전이 드 쿠르시 씨에게

어퍼 시모어 거리에서

좋아요, 만족해요. 이 편지 몇 줄마저 묵살한다면 더 이상 당신을 괴롭히지 않을게요. 두 주 전, 당신이 그렇게 원했던 약혼은 이제 어불성설이 됐군요. 당신 부모님의 현명한 조언이 헛되지 않아서 기뻐요. 아들로서 이렇게 순종했으니 곧 평안을 회복하겠네요. 이 실망스러운 상황에서도 나는 어떻게든 살아남으려고 희망을 가져봅니다.

S. V.

편지 38

존슨 부인이 레이디 수전에게

에드워드 거리에서

네가 드 쿠르시 씨와 헤어졌다는 소식을 듣고 놀라지는 않았지만 슬펐어. 그가 이 사실을 남편에게 편지로 방금 알려 왔어. 오늘 런던을 떠나겠대. 네 슬픔에 나도 공감한다는 사실을 꼭 믿어줘. 그리고 당분간 너와 편지를 주고받을 수 없다는 말에 화내지 않길 바라. 그 편지 때문에 난 불행해졌어. 하지만 남편은 내가 너랑 계속 친하게 지내면, 남은 여생을 시골에서 보내겠다고 선언해버렸어. 다른 방법도 있는데, 그런 극단적인 선택을 받아들일 순 없다는 거 너도 알지.

물론 맨워링 부부가 헤어지기로 했다는 소식 들었겠지. 맨워링 부인이 다시 우리 집에 올까 봐 두려워. 하지만 그녀는 아직도 남편을 사랑하고 조바심치며 지내느라 아마 제명대로 못 살지 싶어.

맨워링 양이 이모랑 런던에 막 도착했어. 두 사람 말로는 런던을 떠나기 전에 그녀가 제임스 마틴 경을 자기 남자로 만들겠다고 선언했대. 내가 너라면, 마틴 경을 직접 차지하겠어. 드 쿠르시에 관한 내 의견을 깜빡 잊었네. 그를 보고 정말 기뻤어. 그는 맨워링만큼 잘생긴 것 같아. 아주 활발하고 유쾌한 얼굴이라 누구나 첫눈에 호감을 갖지 않을 수 없겠더라. 남편은 그와 세상에 둘도 없는 단짝 친구가 되었어. 잘 지내, 수전. 이 모든 일로 네가 너무 곤란해지지 않길 바라. 괜히 랭퍼드에 가서 이렇게 불행해졌네! 하지만 네가 잘해보려고 노력하니 운명처럼 잘될 거라 믿어.

진심으로 너를 아끼는,

얼리셔

편지 39
레이디 수전이 존슨 부인에게

어퍼 시모어 거리에서

사랑하는 얼리셔,

우리가 당분간 거리를 둬야 한다는 현실을 받아들이기로 했어. 너라도 이런 상황에서는 별다른 도리가 없겠지. 그 일로 우리 우정에 금이 갈 순 없잖아. 더 운 좋게 네가 나처럼 남편한테서 독립하면, 우리는 다시 옛날처럼 변함없는 우정을 회복할 거야. 난 이제 초조하게 이런 날을 기다릴 거야. 내 상황에 대해선 걱정 마. 요즘처럼 나 자신과 주변이 모두 이렇게 편하고 만족스러운 적도 없는 것 같아. 내가 너무나 싫어하는 네 남편과 내가 경멸하는 레지널드, 두 사람을 다시 볼 일도 없어서 마음이 편해. 내가 기뻐할 이유가 왜 없겠어? 맨워링은 어느 때보다 나한테 푹 빠졌어. 그가 이혼해 자유의 몸이 되면, 그의 결혼 제의를 아마 거절하지 못할 것 같아. 그의 부인이 네 집에 산다면, 네 덕분에 우리 결혼 날이 앞당겨지겠지. 그 여자를 감정적으로 지치게 만드는 전남편에 대한 강한 집착이 분노 상태로 지속될 거야. 그 부분에 대해서는 네 우정을 믿을게. 지금은 내가 레지널드와 결혼하지 않아서 다행이야. 프레더리카도 그 사람이랑 결혼시키지 않기로 결심했어. 내일 처칠에서 딸을 데려오면 마리아 맨워링은 장차 일어날 일을 두려워해야 할 거야. 내 집을 떠나기 전에, 프레더리카는 제임스 경의 아내가 될 테니까. 그 아이야 훌쩍거릴 테고, 버넌 부부는 난리를 치겠지. 시동생 부부는 상관없어. 다른 사람의 변덕에 내 뜻을 맞추는 데 지쳤어. 아무 의무도 없고, 존경하지도 않는 사람들 때문에 내 결정을 굽히는 데 지쳤다고. 난 너무 많은 걸 포기했어. 너무 쉬운 방식으로만 살아왔지. 하지만 프레더리카는 이제 엄마가 달라졌다는 사실을 알게 될 거야.

잘 지내, 소중한 친구. 부디 다음 통풍 공격은 더 가볍기를. 나를 영원히 변치 않는 친구로 생각해줘.

S. 버넌

편지 40

레이디 드 쿠르시가 버넌 부인에게

파크랜드에서

사랑하는 캐서린,

네게 좋은 소식이 있어. 내가 오늘 아침에 편지를 보내지 않았더라면 런던에 간 레지널드 때문에 네가 속상할 일은 없었을 텐데. 아들이, 우리 레지널드가 돌아왔단다. 레이디 수전과의 결혼에 동의해달라고 온 게 아니라, 둘이 영영 헤어졌다는 사실을 알려주려고 온 거야! 그 애가 집에 온 지 한 시간밖에 안 되어서 자세한 사정은 모르겠어. 기분이 엄청 가라앉아 있어 차마 물어보지 못했거든. 하지만 곧 모두 알게 되면 좋겠구나. 아들이 태어난 이후, 오늘처럼 이렇게 기쁜 날도 없었던 것 같아. 너만 여기 있으면 아무것도 부족한 게 없을 텐데. 네가 최대한 속히 오는 게 우리 하나뿐인 소원이자 부탁이란다. 여러 주 동안 우리를 방문하지 못했잖니. 사위가 바쁘지 않으면 좋겠구나. 부디 손자들도 다 데려오렴. 아끼는 네 조카는 물론이고. 나도 그 아이가 보고 싶구나. 레지널드도 없고 처칠에서 아무도 오지 않으니, 올 겨울은 가장 서글프고 힘들었어. 이렇게 우울한 계절은 생전 처음이었던 것 같다. 하지만 이 행복한 만남 덕분에 다시 젊어질 것 같은 느낌이야. 머릿속으로 프레더리카를 요모조모 그려보고 있어. (곧 회복하리라 믿는 대로) 레지널드가 예전처럼 활기를 되찾으면, 다시 한 번 그 애의 마음을 함께 훔쳐보자꾸나. 두 사람이 가까이 손을 맞잡은 모습을 보게 되리라는 희망이 가득하단다.

사랑하는 엄마,

C. 드 쿠르시

편지 41

버넌 부인이 레이디 드 쿠르시에게

처칠에서

사랑하는 엄마,

엄마 편지를 받고 정말 깜짝 놀랐어요. 두 사람이 영영 헤어진 게 사실인가요? 믿을 수만 있다면 너무 좋죠. 하지만 제가 곁에서 모두 지켜본 바로는, 누가 안심할 수 있겠어요? 그리고 동생이 정말 엄마와 함께 있다니! 그 애가 파크랜드에 왔다는 바로 그 수요일에, 전혀 예상치 못한 불청객인 레이디 수전의 방문을 받았기에 더 깜짝 놀랐어요. 형님은 아주 즐겁고 유쾌해 보였어요. 레지널드와 헤어지기는커녕 형님이 런던에 돌아가는 대로 결혼할 사이처럼 보였는걸요. 두 시간가량 머물렀는데, 여느 때처럼 다정하고 상냥했지요. 두 사람이 싸웠다거나 두 사람 사이가 식었음을 암시하는 말은 단 한 마디도 없었어요. 형님에게 동생이 런던에 도착한 뒤 그 애를 만났는지 물어보았죠. 엄마의 짐작처럼 뭔가 의심스러워서 그런 건 아니고 그저 형님이 어떤지 보려고요. 형님은 조금도 당황하지 않고 바로 지난 월요일, 친절하게도 레지널드가 방문했었고 지금쯤 집에 도착했을 거라고 대답하더군요. 저는 그 말을 전혀 믿을 수 없었어요.

엄마의 친절한 초대를 기쁘게 받아들일게요. 다음 목요일, 저희 부부와 아이들이 엄마 집에서 함께 지낼 거예요. 제발 그때까지 레지널드가 런던으로 다시 가는 일이 없길 바라요!

사랑하는 프레더리카도 함께 데려갈 수 있으면 얼마나 좋을까요. 그 아이 엄마가 조카를 멀리 데려가려고 우리 집에 왔었다는 사실을 덧붙이게 되어 유감이에요. 그 가련한 소녀가 떠나 비참해져도 붙들 수 없었어요. 정말 보내고 싶지 않았어요.

그 애 작은아버지도 마찬가지고요. 우리는 모든 수단을 동원해 만류했죠. 하지만 레이디 수전은 자신이 이제 몇 달간 런던에 정착할 예정이므로 딸과 함께 있지 않으면 마음이 편치 않다며, 데려가서 그곳 선생님들에게 맡길 거라고 선언했어요. 겉으로 보이는 형님의 태도는 매우 상냥하고 정중했어요. 남편은 조카가 앞으로 따뜻한 보살핌을 받게 될 거라고 믿더군요. 저도 그렇게 믿고 싶어요!

우리 집을 떠나야 한다는 사실에 그 가엾은 아이는 정말 가슴 아파했지요. 이 작은엄마에게 자주 편지하고, 힘들 때마다 우리가 항상 그 애 편이라는 걸 잊지 말라고 신신당부했어요. 이런 말을 해주려고 그 아이만 따로 불러 이야기했어요. 그 애를 조금이라도 더 위로해주고 싶었거든요. 하지만 제가 런던에 가서 조카의 상황을 직접 확인해볼 때까지는 안심할 수 없어요.

엄마가 편지 끝에 쓰신 대로 저도 레지널드와 프레더리카의 결혼이 성사될 가능성이 지금보다 많아지길 바란답니다. 하지만 지금 상황으로 보면 그럴 가능성은 희박하네요.

사랑하는 딸,

캐서린 버넌

이렇게 편지를 주고받던 몇몇 사람들이 직접 만나고 헤어지는 바람에 편지 교환이 줄면서 우체국 수입도 많이 줄었다. 버넌 부인과 조카는 계속 편지를 주고받았지만, 그런 상황의 개선에는 별로 도움이 되지 않았다. 왜냐하면 프레더리카의 편지 스타일로 보건대 그 편지들이 아이 엄마의 감시하에 쓰였다는 걸 버넌 부인이 곧 눈치챘기 때문이다. 따라서 버넌 부인은 직접 런던에 가서 상세히 물어보기로 하고 편지를 자주 보내지 않았다.

그사이 마음이 열린 동생으로부터 레이디 수전과의 사이에 벌어진 일을 듣고, 버넌 부인은 레이디 수전이 자신의 기대보다 훨씬 못한 인물임을 깨달았다. 그녀는 프레더리카를 그런 엄마로부터 구해 자신이 돌보고 싶었다. 그래서 성공할 가능성은 별로 없지만, 형님의 허락을 받을 수만 있다면 뭐든 해보기로 마음먹었다. 이 일이 걱정된 그녀는 런던 방문을 더 일찌감치 앞당기고 싶었다. 이미 다 알겠지만 원하는 일이라면 뭐든 하면서 살아온 버넌 씨는 곧 런던에 가야 할 적당한 핑곗거리를 찾아냈다. 이 일에 관해 부푼 가슴을 안고 런던에 도착하자마자 버넌 부인은 레이디 수전을 찾아갔다. 너무도 편안하고 밝고 다정한 모습으로 맞는 형님이 두려워서, 그녀는 순간 형님한테서 돌아설 뻔했다. 레지널드에 관한 기억은커녕 죄책감조차 없는 그 여자의 모습이 당혹스러웠기 때문이다. 그녀는 아주 잘 지내고 있었다. 온갖 주의를 기울여 시동생 부부가 그동안 베풀어준 친절에 감사한다고 인사했지만, 동시에 런던 사교계에서 누리는 즐거움을 과시하고 싶은 듯했다.

프레더리카는 레이디 수전만큼 변하지 않았다. 예전처럼 엄마 앞에서 잔뜩 긴장한 태도에 여전히 자신 없는 표정은 아직도 불편한 상황에 있는 조카의 처지를 작은엄마에게 확인시켜주었고, 이 상황을 바꿔주어야겠다는 원래 계획을 더욱 굳게 다짐하게 해주었다. 하지만 레이디 수전에게 불친절한 모습은 보이지 않았다. 제임스 경에 관한 이야기도 쏙 들어갔다. 그의 이름은 그저 지금 런던에 없다는 정도로만 언급되었다. 입만 열면 이제 자기 삶의 중심은 오직 프레더리카의 행복과 발전에 있으며, 날마다 점점 더 부모가 원하는 존재로 성장하고 있는 딸아이가 기특하고 감사하다는 것이었다.

레이디 수전에 대한 생각이 확고했던 버넌 부인은 그런 변화에 놀라서 선뜻 믿지 못했다. 그리고 자기 목적을 달성하는 게 어렵지 않을까 두려웠다. 프레더리카의 모습이 처칠에서처럼 좋아 보이냐고 레이디 수전이 물어보자, 처음으로 희망이 보였다. 이 질문은 런던 생활이 딸에게 잘 맞는지 확신이 없어 걱정이라고 레이디 수전이 스스로 고백한 것이나 마찬가지였기 때문이다.

버넌 부인은 형님의 걱정을 부추기면서 그들 부부가 조카를 시골에 데려가겠다고 직접 제안했다. 레이디 수전은 친절은 고맙지만 여러 가지 걸리는 일이 많아 도저히 딸과 헤어질 수는 없다고 대답했다. 아직 구체적인 계획은 미정이지만 머잖아 마음만 먹으면 언제든지 직접 딸을 시골로 데려갈 수 있다고 자신하고 있었다. 그러면서 동서가 자기한테 처음으로 베풀어준 호의를 전적으로 거부하는 쪽으로 매듭지었다. 그러나 버넌 부인은 계속 데려가겠다고 고집을 피웠다. 레이디 수전은 계속 반대했지만, 며칠 지나자 그녀의 반대도 다소 수그러들었다.

다행히 유행성 감기에 대한 공포 때문에 속히 결정되지 못할 뻔한 일이 일사천리로 진행되었다. 그때 레이디 수전은 엄마로서 너무나 큰 공포에 사로잡힌 나머지 감염의 위험에서 프레더리카를 벗어나게 하는 것 외에 다른 생각은 할 수 없었다. 딸의 체질상 유행성 감기를 세상에서 가장 조심해야 한다는 사실을 잘 알고 있었던 것이다. 프레더리카는 작은아버지 부부와 함께 처칠로 돌아왔다. 3주 후, 레이디 수전은 제임스 마틴 경과의 결혼 소식을 전했다.

그제서야 버넌 부인은 이전부터 의심하던 바를 비로소 확인하게 되었다. 딸을 치워버리려는 레이디 수전의 수고를 스스로 자처하여 떠맡은 것이었다. 분명 레이디 수전은 처음부터 이렇게 할 작정이었다. 명목상 프레더리카의 방문은 6주였다. 아이 엄마는 한두 번 다정한 편지를 보내 딸에게 집에 돌아오라고 했지만, 더 오래 머물러도 된다고 기꺼이 허락하면서 온 식구에게 감사했다. 두 달이 지나자 편지에서 딸의 부재를 언급조차 하지 않았고, 두 달이 더 지나자 딸에게 편지를 딱 끊어버렸다.

그래서 프레더리카는 작은아버지 가족의 일원이 되었다. 레지널드 드 쿠르시가 조카에게 마음을 열어 연애를 하려면 적어도 1년은 걸릴 터였다. 그는 레이디 수전에게 농락당한 아픈 과거로 인해 모든 연애라면 다 포기하고 여성을 증오하게 되었기 때문이다. 보통은 3개월이면 충분하겠지만, 레지널드가 입은 상처는 그리 쉽게 아물 만한 것이 아니었다. 레이디 수전이 두 번째 결혼에서 행복한지 여부는 어떻게 확인해야 할지 모르겠다. 어느 쪽이든 그 여자의 대답을 누가 믿겠는가? 세상은 그저 짐작해서 판단해야 한다. 자신의 남편과 자신의 양심 말고 그 여자에게는 아무 거리낄 것이 없었다.

새신랑이 된 제임스 경은 아마 어리석은 지난날보다 더 가혹한 운명을 맞이했을 것이다. 그래서 언젠가는 세상 모든 사람이 그를 불쌍하게 여길 것이다. 나 자신은 맨워링 양만 동정한다고 고백한다. 제임스 경과 결혼하려고 런던에 온 그녀는 값비싼 옷 치장에 가산을 탕진해서 이후 2년 동안 가난에 시달려야 했기 때문이다. 게다가 그녀는 자신보다 열 살이나 손위인 레이디 수전한테 제임스 경도 빼앗기지 않았던가.

왓슨 가족

10월 13일 화요일에 서리*의 D라는 도시에서 첫 번째 겨울 무도회가 열릴 예정이었다. 모두들 아주 멋진 모임이 될 거라는 기대에 들떠 있었다. 시골 마을의 많은 집안이 참석 예정 명단에 이름을 올렸고, 사람들은 오스본 가문도 참석할 거라 예상하며 즐거워했다.

무도회가 결정되자 에드워드가에서는 당연히 왓슨가에 곧바로 초대장을 보냈다. 에드워드가는 시내에 거주하면서 가족마차**를 소유할 만큼 부유한 자산가였다. 반면 약 3마일 가량 떨어진 마을에 살고 있던 왓슨가는 넉넉지 못한 형편 탓에 이륜마차도 없었다. D시에서 무도회가 열리기 시작한 이래, 겨울이면 에드워드가에서는 매달 왓슨가 사람들을 초대해 자신들

*영국 잉글랜드 남동부에 위치한 주. 주도(州都)는 길퍼드이다.
**두 좌석이 마주 보고 있는, 여섯 명이 탑승 가능한 지붕 있는 마차.

의 집에서 함께 정찬을 하며 머물도록 해주었다.

이즈음 왓슨가에는 여러 자녀들 중 단 두 명만이 머물고 있었다. 왓슨 씨는 병약한 데다 아내와도 사별한 터라 둘 중 한 명은 늘 아버지의 곁을 지켜야 했다. 그러므로 지금으로서는 나머지 한 명만이 아버지 친구의 다정한 호의를 누릴 수 있었다. 에마 왓슨 양은 자신을 길러준 이모와 함께 살다가 최근에야 집으로 돌아와, 이번에 처음으로 이웃에 선을 보이기로 되어 있었다.* 그녀의 큰언니는 사교계에 나간 이후 10년간 한결같이 무도회를 즐겨왔지만, 그 중요한 날 아침이 되자 낡은 마차에 여동생을 태우고 화려한 옷들을 실어 D시까지 배웅하는 역할을 기꺼이 받아들였다.

마차가 흙탕물을 튀기며 더러운 길을 달리고 있을 때, 왓슨 양이 사교계에 전혀 경험 없는 여동생에게 이렇게 조언했다.

"장담하는데 아주 근사한 무도회가 될 거야. 장교들이 많이 올 테니 파트너가 부족할 일도 없겠지. 에드워드 부인의 하녀가 친절하게 널 도와줄 거고, 어려운 일이 생기면 메리 에드워드에게 조언을 구하면 돼. 취향이 아주 고상하거든. 에드워드 씨가 카드놀이에서 돈을 잃지만 않으면 네가 원하는 만큼 오래도록 그곳에 머물 수 있을 거야. 만약 돈을 잃으면, 아마 서둘

*당시에는 의학적 지식이 부족하여 자녀를 아주 많이 낳거나 아예 갖지 못하는 경우가 비일비재했다. 따라서 자녀를 친척 집으로 보내 그곳에서 양육하는 것이 관습상 폭넓게 허용되었다. 제인 오스틴의 오빠인 에드워드도 자녀가 없는 부유한 친척 토머스 나이트 집안에 입양되어, 그 집안의 이름과 재산을 물려받았다.

러 널 집에 돌려보내겠지. 하지만 맛있는 수프를 원 없이 먹게 되리라는 건 확실해. 사람들 눈에 네가 예쁘게 보이면 좋겠다. 넌 이번 무도회에서 '새로운 인물'이라는 장점이 있으니까, 네가 거기서 가장 예쁜 여자들 중 하나로 여겨진다 해도 이상할 게 없어. 어쩌면 톰 머스그레이브가 너한테 관심을 보일지도 몰라. 하지만 절대 그 사람한테 헛바람 넣지 마. 톰은 새로운 여자가 나타날 때마다 매번 관심을 보이지만, 대단한 바람둥이에다 무엇 하나 진지하게 여기지 않는 인물이니까."

"전에 언니가 그 사람 얘길 하는 걸 들어본 것 같아." 에마가 말했다. "대체 어떤 사람이야?"

"엄청난 부자야. 아주 독립적이고 유쾌하고 어딜 가나 호감을 얻는 청년이지. 인근의 여자들 대부분이 그와 사랑에 빠졌거나 한때 사랑에 빠졌었어. 아마 톰에게 마음의 상처를 입지 않은 사람은 나 하나뿐일걸. 6년 전 이 마을에 와서 처음으로 관심을 보인 사람이 바로 나였단다. 정말이지 얼마나 다정하게 굴었는지 몰라. 어떤 사람들은 그가 이후로 어떤 여자도 나만큼 좋아한 적이 없었다고들 해. 늘 이 여자 저 여자 옮겨 다니면서 그녀만이 특별하다는 듯이 행동하는데도 말이야."

"그런데 왜 언니만 그 사람을 냉정하게 대했어?" 에마가 미소를 지으며 물었다.

"그럴 만한 이유가 있었어." 왓슨 양이 얼굴을 붉히며 대답했다. "에마, 난 그 사람들과 있는 게 편치 않았어. 네 운은 나보다 나았으면 좋겠구나."

"언니, 혹시 내가 쓸데없는 말을 꺼내서 괴롭혔다면 미안해."

"처음 톰 머스그레이브를 알게 되었을 때," 왓슨 양은 못 들은 척 말을 이었다. "난 로버트 오빠의 절친한 친구인 퍼비스라는 청년과 가깝게 지냈어. 퍼비스는 우리와 자주 어울렸고, 모두들 우리가 결혼할 줄 알았지."

그녀는 이렇게 말하며 한숨을 내쉬었다. 에마는 조용히 언니의 말에 귀를 기울였다. 언니는 잠시 침묵하더니 말을 이었다. "우리가 왜 결혼하지 않았는지, 왜 그가 다른 여자와 결혼했는지 당연히 궁금하겠지. 아직도 난 미혼인데 말이야. 하지만 그 이유는 내가 아니라 그 사람한테 물어봐야 해. 아, 퍼넬러피한테도 물어봐야겠네. 그래, 에마, 퍼넬러피가 이 모든 사건의 장본인이야. 그 애는 남편을 얻기 위한 일이라면 뭐든 정당화된다고 생각하는 애야. 난 퍼넬러피를 믿었는데, 그 애는 퍼비스를 차지하려고 우리 둘을 갈라놓았어. 결국 그는 방문을 딱 끊더니 금방 다른 여자와 결혼해버렸지. 퍼넬러피는 자신의 행동을 대수롭잖게 여기지만 내게는 지독한 배신이었어. 그 일로 난 불행해졌지. 앞으로 누구도 퍼비스만큼 사랑할 수는 없을 거야. 톰 머스그레이브 따윈 퍼비스에 비할 바가 못 돼."

"퍼넬러피 얘기는 정말 충격적이다." 에마가 말했다. "어떻게 그럴 수가 있어? 자매끼리 경쟁하다 배신하다니! 퍼넬러피 언니를 만나기가 무서울 지경이야. 사실이 아니었으면 좋겠어. 퍼넬러피 언니가 잘못한 것 같긴 하지만."

"넌 퍼넬러피가 어떤 애인지 몰라. 결혼하기 위해서라면 무슨 짓이든 할 애야. 이건 그 애가 직접 네게 말한 것만큼이나 확실한 얘기야. 그 애를 믿고 네 비밀을 다 털어놔선 안 돼. 내 경고 새겨듣고 절대 그 애를 믿지 마. 좋은 점도 있지만, 자기 이익을 위해서라면 신뢰나 명예, 양심의 가책 따위는 느끼지 않는 애야. 난 진심으로 그 애가 결혼을 잘하기를 빌었어. 정말 나보다 오히려 그 애가 결혼을 잘하길 바랐어."

"언니 자신보다! 그래, 그 심정 이해해. 언니처럼 마음에 상처를 입으면 더 이상 결혼하고 싶은 마음도 별로 안 생기겠지."

"정말 그래. 하지만 너도 알다시피 우린 결혼해야만 해. 나는 혼자서도 잘 지낼 수 있어. 영원히 젊음을 유지할 수 있다면야 친구 몇 명 있고 가끔 열리는 즐거운 무도회에 가는 것만으로도 충분하겠지. 하지만 아버지에겐 우리를 부양할 능력이 없어. 가난하고 나이 든 데다 비웃음까지 산다면 서글픈 일이겠지. 난 퍼비스를 잃었어. 그렇긴 하지만, 첫사랑과 맺어지는 경우는 흔치 않아. 퍼비스가 아니라는 이유로 다른 남자를 뿌리치지 말았어야 했는데. 난 퍼넬러피를 절대 용서 못 해."

에마는 잠자코 수긍했다.

"하지만 퍼넬러피한테도 문제가 생겼지." 왓슨 양이 말을 이었다. "그 애는 톰 머스그레이브에게 크게 실망하고 말았어. 톰의 관심은 이후 내게서 퍼넬러피에게로 옮겨 갔고, 퍼넬러피도 그를 정말 좋아하게 됐어. 하지만 톰은 그 애를 진지하게 사귈 생각이 없었어. 퍼넬러피를 데리고 놀다가 질리자 그 애를

버리고 이번에는 마거릿을 사귀기 시작했지. 불쌍한 퍼넬러피는 가련한 신세가 됐고. 그 뒤로 그 애는 치체스터에 가서 남편감을 찾으려 하고 있어. 상대가 누구인지 우리한테 알려주진 않았지만 내 생각엔 하딩 박사라는 나이 많은 부자인 것 같아. 그 애가 만나러 간 친구의 삼촌이지. 그 애는 그 부자한테 적잖이 공을 들였고 시간도 엄청 투자했지만 아직까진 이렇다 할 성과가 없어. 최근에 갈 때는 이번이 마지막이라고 했었지. 그 애가 치체스터에 무슨 특별한 볼일이 있었는지, 네가 여러 해 집을 떠나 있다가 돌아오는 바로 그 시점에 왜 스탠턴을 떠나야 했는지 넌 짐작도 못 했겠지."

"응, 전혀 못 했어. 하필 내가 집에 돌아올 무렵에 퍼넬러피 언니가 쇼 부인과의 약속으로 집을 비우다니 아쉽다고만 생각했지. 집에 오면 언니들을 다 볼 줄 알았어. 금방 다 친해질 수 있을 거라 생각했는데."

"내 짐작으론 하딩 박사가 천식 발작을 일으켜서 그렇게 급히 떠난 것 같아. 쇼 집안은 전적으로 그 애 편이고 말이야. 아무튼 내 생각은 그래. 하지만 그 애는 나한테 한 마디도 안 했어. 자기 일은 자기가 알아서 하겠다는 거지. 그 애 말로는 '사공이 많으면 배가 산으로 올라간다'나, 뭐 맞는 말이긴 해."

"퍼넬러피 언니가 초조해한다니 유감이야." 에마가 말했다. "하지만 언니의 방식이나 의견에는 동의할 수 없어. 난 언니가 두려워. 틀림없이 남성적이고 무모한 기질일 거야. 결혼에 그렇게 목을 매고, 상황이 좀 어렵다고 고작 남자나 쫓아다니다니 충격적이야. 이해가 안 돼. 가난은 커다란 악이야. 하지만 생각도 있고 제대로 교육받은 여성에게 가난은 제일 큰 문제가 될 수도 없고 또 되어서도 안 돼. 나라면 마음에도 없는 남자와 결혼하느니 차라리 학교 선생이 (이보다 더 최악은 생각할 수가 없어) 되겠어."

"난 학교 선생이 될 바에야 무엇이든 좋으니 다른 걸 하겠어." 언니가 말했다. "에마, 난 학교에 있어봤고 교사의 삶이 어떤지도 알아. 넌 학교에 가보지 않았잖니. 나도 너만큼이나 마음에 없는 사람과 결혼하고 싶지 않아. 하지만 세상에 그런 남자만 있는 건 아니야. 유쾌한 성격에 안정된 수입을 가진 남자라면 누구든 좋아할 수 있을지도 모르고. 그건 그렇다 치고 에마, 넌 이모 덕분에 정말 우아한 숙녀가 된 것 같구나."

"글쎄, 난 잘 모르겠어. 내가 어떻게 자랐는지는 내 행동거지를 보고 언니가 판단하겠지. 나 스스로 판단할 수는 없어. 다른 사람들의 양육 방식을 모르니 그들과 비교해볼 수도 없고 말이야."

"여러모로 참 우아해 보여. 네가 집에 돌아온 뒤로 쭉 지켜봤거든. 하지만 그 우아함이 네 행복에는 도움이 안 될까 봐 걱정이다. 퍼넬러피가 널 보면 많이 놀릴 거야."

"분명 내 행복에는 도움이 안 될지도 몰라. 만약 내 생각이 잘못된 거라면 고쳐야지. 분수에 넘치는 생각이라면 감추려고 노력해야하고. 하지만 놀림을 당할 만한 일인지는 모르겠어. 퍼넬러피 언니는 그 정도로 똑똑해?"

"그럼, 너무 똑똑해서 자기가 한 말에 신경도 안 쓰지."

"마거릿 언니는 그보다 상냥하겠지?"

"그래, 주위에 다른 사람들이 있을 땐 특히 더 그렇고. 누가 옆에 있으면 한없이 상냥하고 온화해. 하지만 우리끼리 있을 땐 좀 신경질적이고 삐딱하게 굴지. 가엾은 마거릿! 그 앤 톰 머스그레이브가 다른 여자들을 다 제치고 자기와 진지한 사랑에 빠졌다고 확신하고 있어. 늘 그 사람이 청혼하기만을 고대하고 있지. 로버트 오빠네 집에 가서 한 달씩이나 머물다 온 게 올해만 해도 벌써 두 번째야. 갑자기 자리를 비워서 톰의 애간장을 태우려는 속셈이지. 하지만 그건 그 애 착각이야. 지난 3월처럼 톰이 크로이던*으로 그 애를 따라갈 일은 이제 없을 거야. 톰은 지체 높은 여자가 아니면 결혼하려 하지 않을걸. 오스본 양이나 그 비슷한 수준의 여자 말이야."

"엘리자베스 언니, 이 톰 머스그레이브라는 사람에 관한 얘기를 듣다 보면 그 사람을 알고 싶은 마음이 사라져."

"너 그 사람이 두렵구나. 놀랄 일도 아니지."

"아니, 그저 싫고 경멸스러울 뿐이야."

"톰 머스그레이브가 싫고 경멸스럽다고! 아니, 절대 그럴 순 없을걸. 톰이 너한테 관심을 보이면 네가 좋아하지 않을지 어디 두고 보자. 그 사람이 너를 춤 파트너로 고르면 좋겠다. 오스본가 사람들이 한 무리 잔뜩 이끌고 나타나지만 않는다면 아마 너

*잉글랜드 남동부의 도시. 현재는 런던에 편입되었다.

랑 춤을 출 텐데. 그러고 나면 너하고만 얘기를 나눌 테고."

"그 사람 태도가 정말 매력적인가 봐!" 에마가 말했다. "뭐, 톰 머스그레이브와 내가 서로를 어떻게 평가할지는 만나보면 알겠지. 무도회장에 들어서자마자 그 사람을 알아볼 수 있을 것 같아. 분명 얼굴에도 매력이 넘칠 테니까."

"장담하는데 무도회장에서는 그 사람을 못 볼 거야. 에드워드 부인이 난롯가에 좋은 자리를 잡으려 할 테니 넌 일찍 들어가게 될 거야. 톰은 늘 그렇듯 늦게 나타날 테고. 오스본가 사람들이 참석한다면 복도에서 기다렸다가 그들과 함께 들어오겠지. 무도회에서 네 모습을 보고 싶다, 에마. 아버지 상태만 괜찮으면, 옷을 챙겨 입고 무도회장에 갈게. 아버지께 차를 드리는 대로 제임스한테 마차로 데려다달라고 해야지. 춤이 시작될 무렵엔 너랑 있을 수 있을 거야."

"뭐라고! 밤늦게 이런 마차를 타고 오겠다고?"

"그래. 좀 전에 네가 참 우아해 보인다고 했지. 이게 바로 그런 경우야."

잠시 아무런 대답도 못 하던 에마가 마침내 입을 열었다.

"엘리자베스 언니, 내가 이 무도회에 꼭 가야 한다고 말하지 마. 나 말고 언니가 갔으면 좋겠어. 언니가 나보다 더 즐길 수 있을 테니까. 난 이곳에서 낯선 외지인이고 아는 사람이라고는 에드워드 가족뿐이야. 이런 상황이니 무도회를 즐길 수나 있을지 모르겠어. 반면 언니에겐 다들 친근한 사람들일 테니 마음 편안히 즐길 수 있을 거야. 아직 늦지 않았어. 에드워드가에 사과할 필요도 없어. 그분들도 나보다 언니를 더 반길 거야. 난 아버지한테 돌아가봐야겠다. 이 말 못 하는 늙은 말을 몰고 집으로 가는 거 정말 아무렇지도 않아. 언니 옷을 어떻게 보낼지 방법을 찾아볼게."

"사랑하는 에마," 엘리자베스가 외쳤다. "내가 그런 짓을 할 것 같니? 절대로 아니야! 하지만 그런 제안을 해준 네 착한 마음씨는 잊지 않을게. 넌 정말 다정한 아이야. 너처럼 마음이 다정한 사람은 여태 본 적이 없어. 내가 대신 갈 수 있도록 포기하겠다니! 하지만 에마, 일이 그렇게 되도록 내버려둘 정도로 난 그렇게 이기적인 사람이 아니야. 내가 너보다 아홉 살이나 많긴 하지만 그렇다고 네 데뷔에 방해물이 될 생각은 없어. 넌 정말 예뻐. 다른 자매들처럼 너도 행운을 잡을 정당한 기회를 가져야지. 그러지 못한다면 그건 너무한 일이야. 올겨울에 누가 집에 있어야 하건 간에, 분명히 에마 넌 아니야. 나라면 열아홉 살에 무도회에 참석 못 하게 방해한 사람을 두고두고 용서하지 않을 거야!"

에마는 고마움을 표했고, 그런 뒤 두 사람은 잠시 흔들리는 마차에 앉아 아무 말도 하지 않았다. 먼저 침묵을 깬 사람은 엘리자베스였다.

"무도회에 가면 메리 에드워드가 누구와 춤을 추는지 봐줘."

"가능하다면 그 사람 이름을 기억해볼게. 하지만 언니도 알다시피 나한테는 다 낯선 사람들이라."

"메리가 헌터 대령과 두세 번 춤을 추는지만 살펴봐줘. 걱정이야. 메리의 부모님은 장교를 별로 좋아하지 않지만, 메리가 그 사람이랑 여러 번 춤을 춘다면 너도 알다시피 불쌍한 샘한테는 희망이 없는 셈이지. 메리가 누구와 춤을 추는지 내가 샘한테 편지로 알려주기로 약속했거든."

"샘 오빠가 에드워드 양을 좋아해?"

"몰랐어?"

"전혀 몰랐지. 슈롭셔에 있던 내가 서리에서 일어나는 일을 무슨 수로 알겠어? 지난 14년간 언니와 편지를 주고받은 적도 거의 없었는데 그런 미묘한 상황을 알 리 없잖아."

"내가 편지에 그 이야기를 안 썼나 보구나. 네가 집에 온 뒤로는 편찮으신 아버지를 돌보고 산더미 같은 빨랫감을 치우느라 바빠 너한테 말할 새도 없었고. 하지만 네가 다 아는 줄 알았어. 샘은 2년 전부터 에드워드 양한테 홀딱 빠졌어. 그래서 늘 우리 무도회에 참석하지 못하는 걸 몹시 아쉬워했지. 하지만 샘이 휴가를 내버리면 커티스 씨가 곤란해지는 모양이야. 길퍼드에선 요즘이 환자가 가장 많은 때이기도 하고."

"언니가 보기엔 에드워드 양이 오빠를 좋아하는 것 같아?"

"아닌 것 같아. 너도 알다시피 메리는 무남독녀에 적어도 1만 파운드를 물려받을 상속녀잖아."

"그래도 우리 오빠를 좋아할지도 모르지."

"아, 아니야! 에드워드가는 우리보다 훨씬 지체 높은 집안이야. 메리 부모님이 허락하지 않으실 거야. 너도 알다시피 샘은 그저 외과의사일 뿐이니까.* 가끔은 메리가 샘을 좋아하는 것 같기도 해. 하지만 메리 에드워드는 워낙 새침한 데다 속을 잘 드러내지 않는 성격이야. 난 항상 메리가 무슨 생각을 하는지 모르겠더라."

"오빠가 그 아가씨와 잘되리란 확신이 있다면 몰라도, 그렇지 않다면 자꾸 그녀 생각을 하도록 부추기면 안 될 것 같아."

"청년이라면 각별히 연모하는 사람이 있어야지." 엘리자베스가 말했다. "샘이라고 로버트 같은 운이 따르지 말란 법 있니? 로버트는 6천 파운드나 되는 재산을 가진 좋은 아내를 얻었잖아."

"우리 모두가 다 행운아가 되길 기대할 순 없지." 에마가 대답했다. "가족 중 한 사람만이라도 운이 좋으면 온 가족한테 다 행운인 셈이야."

"분명 내게도 운이 오겠지." 엘리자베스가 퍼비스 생각에 다시 한숨을 지으며 말했다. "난 별로 운이 없었어. 이모가 어리석은 재혼을 했으니 네 운도 좋다고는 못 하겠구나. 아무튼 무도회는 분명 재밌을 거야. 다음 길목에서 돌면 유료도로도 진입해. 산울타리 위로 교회 탑이 보이고 그 근처에 화이트 하트가 있어. 네가 톰 머스그레이브를 어떻게 생각할지 정말 궁금하다."

*사회적으로 외과의사의 지위는 상당히 낮은 편이었고, 따라서 외과의사는 신사가 할 만한 직업이 아니었다. 제인 오스틴의 미완성 소설 〈샌디턴〉에 등장하는 의사의 전반적인 능력을 고려해보면 그 이유를 짐작할 수 있다.

왓슨 양이 여기까지 말했을 때 마차는 유료도로 입구를 지나 포석이 깔린 마을로 들어섰다. 마을에서 들려오는 온갖 소음 때문에 더 이상은 대화를 나눌 수가 없었다. 늙은 말은 무거운 걸음으로 터벅터벅 나아갔고, 고삐를 당기지 않아도 제 방향으로 돌아, 딱 한 번 여성용 모자가게 앞에서 멈추려 한 것을 제외하곤 실수 없이 에드워드가의 문간에 이르렀다. 에드워드 씨는 그 거리에서 가장 멋진 저택에 살고 있었다. 은행가인 톰린슨 씨가 관목을 심고 마차용 진입로를 낸, 마을 끝자락에 자리한 자기 신축 저택을 그 주에서 가장 좋은 집이라 부르도록 내버려둔다면, 마을에서 으뜸가는 집이라고 해도 좋을 터였다. 에드워드 씨의 저택은 다른 이웃집들보다 높이 솟아 있었다. 문 양쪽으로 하나씩 창문을 냈고, 창들은 기둥과 쇠줄로 보호되고 있었으며 현관까지 돌계단이 놓여 있었다.

"여기야." 마차가 멈춰 서자 엘리자베스가 말했다. "무사히 도착했네. 시장의 시계를 보니 여기까지 오는 데 35분밖에 안 걸렸어. 제법 먼 거리인데 그럭저럭 순탄하게 온 것 같아. 하기야 퍼넬러피라면 식은 죽먹기겠지만. 꽤 괜찮은 마을 같지 않니? 봐, 에드워드가의 저택은 아주 웅장해. 이 가족은 아주 멋지게 살고 있어. 분명 제복을 입고 머리에 분을 바른 남자가 문을 열어줄걸."

에마는 에드워드 가족을 어느날 아침 스탠턴에서 딱 한 번 봤을 뿐이었다. 따라서 그들은 그녀에게 낯선 사람이나 마찬가지였다. 저녁에 열릴 무도회가 기대되지 않는 것은 아니었지만,

그에 앞서 이런저런 생각이 떠올라 마음이 조금 불편했다. 엘리자베스와 나눈 가족에 관한 대화로 기분이 가라앉은 탓에 다른 이유에서 비롯된 불쾌감까지 한층 강하게 느껴졌고, 잘 모르는 사람들과 갑자기 친한 척하려니 더욱 어색한 기분이 들었다.

에드워드 부인과 에드워드 양의 태도에는 에마의 이런 기분을 씻어줄 만한 구석이 전혀 없었다. 에드워드 부인은 매우 친절했지만 딱딱한 태도에 격식과 예의를 따지는 여성이었다. 에드워드 양은 스물두 살 된 품위 있는 아가씨로 종이에 머리를 말고 있었는데*, 당연한 일이지만 자기 어머니와 스타일이 꽤 흡사해 보였다. 에마는 얼마 안 가서 그들 모녀의 성품을 파악할 수 있었다. 엘리자베스가 사정상 출발을 서두른 탓에 그녀 혼자 남겨진 것이었다. 집 주인이 나타나기까지 반시간 동안, 아마도 화려한 무도회가 될 거라는 모녀의 한가한 대화만이 이따금 침묵을 깨뜨렸다.

에드워드 씨의 태도는 아내나 딸보다 훨씬 더 느긋하고 친근했다. 외출했다가 이제 막 돌아온 그는 흥미로운 이야기라면 뭐든 가리지 않고 끼어들 태세였다. 그는 에마를 따뜻하게 맞이한 뒤 딸에게 돌아서서 말했다. "자, 메리, 네게 좋은 소식이 있다. 오늘 밤 무도회에 오스본 집안이 참석한단다. 9시까지 오스본 캐슬에 도착하도록 화이트 하트에서 마차 두 대를 끌 말을 주문한 모양이야."

* 당시에는 머리에 종이를 말아 컬을 만들었다.

"잘됐네요." 에드워드 부인이 말했다. "그 사람들이 오면 무도회의 격이 한층 높아질 테니까요. 올겨울 첫 무도회에 오스본 집안이 참석했다는 소식이 전해지면 다음 무도회에는 더 많은 사람들이 올 거예요. 하지만 사람들이 오스본 집안을 지나치게 높이 평가하는 것 같아요. 사실 그 사람들은 즐거운 저녁을 보내는 데 별로 도움이 안 돼요. 남들보다 한참 늦게 와서 일찍 가버리고 말이에요. 하기야 지체 높은 사람들에게는 그들만의 매력이 있는 법이죠."

에드워드 씨는 그날 아침 산책에서 들은 소소한 소식을 모두 이야기해주었다. 에드워드 부인이 옷을 갈아입으러 들어갈 때까지, 그들은 더욱 활발하게 이야기를 나누었다. 젊은 아가씨들에게도 늦지 않도록 하라는 주의가 주어졌다. 에마는 매우 안락한 방으로 안내되었고, 에드워드 부인이 점잖게 자기 곁을 떠나도 좋다고 하자 무도회에서 제일 즐거운 일이 시작되었다. 두 아가씨는 잠깐 동안 함께 옷을 갈아입으면서 자연히 가까워지게 되었다. 에마는 에드워드 양의 뛰어난 감각과 잘난 척하지 않는 겸손한 태도, 그리고 기꺼이 남을 도우려는 착한 마음씨를 알게 되었다. 응접실에 돌아와보니 에드워드 부인은 겨울용 새틴 가운 두 벌 중 하나를 입고 새로 구입한 모자를 쓴 채로 점잖게 앉아 있었다. 두 아가씨는 조금 전보다 훨씬 더 즐거운 기분으로 자연스럽게 미소를 지으며 응접실로 들어섰다.

이제는 복장을 점검받을 차례였다. 에드워드 부인은 본인도 인정할 만큼 구식이라, 설령 사회적으로 용인되는 정도라 하더라도 사치스런 유행에 쉽사리 동의할 수 없었다. 그녀는 딸의 아름다운 모습을 흐뭇한 표정으로 바라보면서도 무턱대고 칭찬하는 일은 삼갔다. 에드워드 씨도 딸의 모습에 아내만큼이나 마음이 흡족했지만, 딸 대신 에마에게 점잖게 관심을 보이며 기분 좋게 칭찬을 해주었다. 이 칭찬 덕분에 그들은 더욱 허물없이 대화를 나누게 되었다. 에드워드 양은 에마에게 바로 위의 오빠와 닮았다는 얘길 들어본 적 없냐고 상냥하게 물었다. 에마는 이 질문을 할 때 일순간 그녀의 얼굴이 살짝 붉어진 것 같다고 생각했다. 그리고 이 질문에 화제를 돌리는 에드워드 씨의 태도에는 훨씬 더 미심쩍은 구석이 있었다.

"메리, 그건 에마 양에게 대단한 칭찬이 아닌 것 같구나." 에드워드 씨가 서둘러 말했다. "샘 왓슨은 정말 훌륭한 청년이야. 분명 아주 뛰어난 외과의사지. 하지만 샘의 얼굴은 온갖 날씨에 노출되었으니, 에마 양에게 오빠와 닮았다는 말은 그리 듣기 좋은 칭찬이 아닐 게다."

메리가 당황하며 사과했다. "닮았다는 말이 각자가 가진 아름다움의 정도가 다르다는 사실을 가릴 수도 있다는 데까진 미처 생각 못 했어요. 표정에는 닮은 구석이 있을지도 모르지만 낯빛이나 이목구비는 전혀 닮지 않았네요."

"전 오빠가 어떻게 생겼는지 전혀 몰라요." 에마가 말했다. "일곱 살 때 이후로 한 번도 만난 적이 없거든요. 하지만 아버지 말씀으론 오빠와 제가 닮았대요."

"왓슨 씨가!" 에드워드 씨가 외쳤다. "거참, 놀랍군. 너희 남매는 전혀 안 닮았어. 네 오빠의 눈은 회색인데 에마 양의 눈은 갈색이잖니. 네 오빠는 얼굴이 홀쭉하고 입이 크지. 메리, 넌 두 사람 사이에 닮은 구석이 조금이라도 있는 것 같니?"

"전혀요. 에마 왓슨 양과 얘기하다 보면 에마 양의 큰언니가 생각나요. 가끔은 퍼넬러피 양의 모습도 보이고요. 한두 번은 로버트 씨의 모습도 보였어요. 하지만 새뮤얼 씨와 닮은 점은 보이지 않는걸요."

"왓슨 양과는 닮은 구석이 있는 것 같구나." 에드워드 씨가 대답했다. "아주 많이 닮았어. 하지만 다른 사람은 잘 모르겠다. 가족 중에서 왓슨 양만 닮은 것 같아. 하지만 분명 샘이랑은 닮은 점이 전혀 안 보여."

이 문제는 이렇게 결론짓고 나서 그들은 정찬을 하러 갔다.

"에마 양, 네 아버지는 나랑 죽마고우란다." 모두 난롯가에 모여 후식을 즐기고 있을 때, 에드워드 씨가 에마에게 포도주를 따라주며 말했다. "네 아버지의 건강이 회복되길 빌며 건배하자꾸나. 그렇게 몸이 약하니 정말 걱정이야. 네 아버지만큼 사교적인 방식으로 카드놀이를 즐기는 사람도 없지. 가장 공정하게 치기도 하고. 그 좋아하는 카드놀이를 못 하게 되다니 너무나 마음이 아파. 우리는 요즘 일주일에 세 번 화이트 하트의 조용한 휘스트 클럽에서 모인단다. 네 아버지가 건강만 되찾는다면 이런 기회를 얼마나 반가워하시겠니."

"분명히 회복되실 거예요. 정말로 아버지가 다시 함께 카드놀이를 하시게 되면 좋겠어요."

"당신이 그렇게 늦게까지 카드를 치지만 않는다면, 그 모임은 환자에게도 괜찮을 거예요." 에드워드 부인이 말했다.

오랜 불만에서 터져 나온 말이었다.

"그렇게 늦게라니. 당신 지금 무슨 말을 하는 거요." 남편이 농담을 가장한 말투로 외쳤다. "자정 무렵에는 늘 귀가했잖소. 그 정도를 늦는다고 한다면 오스본가에서 비웃을 거예요. 그 사람들에게 자정은 이제 겨우 정찬을 마쳤다는 뜻이니까."

"그런 비교해봐야 아무 의미도 없어요." 부인이 침착하게 반박했다. "오스본가를 기준으로 삼으면 안 되죠. 매일 밤 나가도 좋으니 두 시간만 일찍 끝내주면 좋겠어요."

그간 카드놀이에 대해 몇 차례 이야기했지만, 에드워드 부부는 이야기가 더 이상 진전되지 않도록 현명하게 피해왔다. 그래서 에드워드 씨는 이번에도 얼른 화제를 딴 데로 돌렸다. 그는 이 한가한 마을에서 모르는 가십거리가 없을 만큼 오래 살았다. 젊은 손님에 대해 이제껏 들은 것보다 좀 더 알고 싶은 호기심에 그는 이렇게 입을 열었다.

"에마 양, 30년쯤 전에 네 이모를 만났던 게 생생하게 기억나는구나. 내가 결혼하기 바로 전해에 바스의 오래된 무도회장에서 함께 춤을 추었지. 당시 네 이모는 아주 멋진 여성이었단다. 하지만 다른 사람들처럼 이제는 그 사람도 많이 늙었겠지. 이모가 두 번째 결혼에서 행복했으면 좋겠구나."

"저도 그랬으면 좋겠어요, 행복하신 것 같아요." 에마는 약간 당혹스러워하며 이렇게 대답했다.

"터너 씨가 돌아가신 지 얼마 안 됐지?"

"2년쯤 됐어요."

"이모가 재혼하면서 얻은 성이 뭐였더라."

"오브라이언요."

"아일랜드 사람인가! 아! 기억나는구나. 네 이모는 아일랜드에 가서 정착했었지. 에마 양, 넌 당연히 이모를 따라 그런 곳에 가고 싶지 않았겠지. 하지만 그분은 틀림없이 박탈감이 컸을 거야. 안됐어! 널 친자식처럼 다 키웠는데 말이야."

"전 이모를 두고 떠나고 싶어 할 만큼 그렇게 배은망덕한 사람이 아니에요." 에마가 발끈해서 말했다. "제가 그 집에 머문다면 두 분이, 특히 오브라이언 대령님이 불편하셨을 거예요."

"대령이라니!" 에드워드 부인이 반복했다. "그럼 이모부가 군대에 있나요?"

"네, 에드워드 부인."

"그렇군, 나이가 많든 적든 간에 장교만큼 여자들의 마음을 사로잡는 남자들은 없지. 군인한테는 넘어가지 않을 도리가 없다니까."

"난 그러지 않길 바라요." 에드워드 부인이 딸을 힐끗 보며 진지하게 말했다. 당혹스러운 순간을 모면한 에마는 에드워드 양의 뺨이 붉어지는 것을 보았다. 그녀는 엘리자베스 언니가 헌터 대령에 대해 얘기했던 것을 떠올리고 그와 자기 오빠 중에서 과연 누가 에드워드 양에게 더 큰 영향을 미칠지 궁금해졌다.

"나이 든 여자가 재혼을 할 때는 신중해야지." 에드워드 씨가 말했다.

"나이 든 여자가 재혼할 때만 조심성이나 신중함이 필요한 게 아니에요." 그의 아내가 이렇게 덧붙였다. "젊은 아가씨들이 배우자를 처음 선택할 때도 신중할 필요가 있어요."

"오히려 더 신중해야 할지도 모르겠구려, 여보." 그가 이렇게 대답했다. "젊은 여성은 자신의 선택에 따르는 결과를 더 오랜 세월 감당해야 할 테니까. 나이 많은 여성이라면 어리석은 행동을 한다고 해도, 자연의 순리로 볼 때 그리 오래 고통을 받지는 않지."

에마가 한쪽 손으로 눈을 가렸다. 이를 본 에드워드 부인이 모두에게 덜 부담스런 이야기로 화제를 돌렸다.

이후로는 출발 시간을 기다리는 것 말고 달리 할 일이 없었으므로, 두 아가씨에게는 오후 시간이 몹시 길게 느껴졌다. 에드워드 양은 어머니가 마음대로 일찍 약속을 잡는 것을 늘 부담스러워했지만 언제나 어머니가 하자는 대로 했다. 7시에 차를 들여오자 분위기가 다소 편안해졌다. 다행히 에드워드 부부는 늘 특별한 차를 마셨고, 늦게까지 잠자리에 들지 않을 때면 머핀까지 먹기도 했다. 덕분에 티타임은 거의 원하는 순간까지 연장되었다. 거의 8시가 되었을 무렵 톰린슨가의 마차가 지나가는 소리가 들렸다. 그러자 에드워드 부인은 곧 자기 마차를 문 앞에 대기시켰고, 몇 분 뒤에 일행은 조용하고 아늑하며 따뜻한 응접실을 떠나 시끄럽고 차가운 외풍이 스며드는 넓은 여관 입구에 당도했다.

에드워드 부인은 본인의 옷에 주의를 기울이는 한편, 자신이 맡은 아가씨들의 어깨와 목을 한층 더 세심하게 살피면서 앞장서서 넓은 계단을 올라갔다. 그러는 동안 부인의 뒤를 따르는 사람들의 귀에는 무도회장에서 연주를 시작하기 전 바이올린 현을 조율하는 소리만이 들려왔다. 에드워드 양이 사람들이 많이 모였느냐고 초초하게 묻자 급사에게서 "톰린슨 씨 가족은 방에 와 계십니다"라는 예상했던 답변이 돌아왔다. 일행이 짧은 회랑을 지나 밝은 조명이 눈부신 사교실로 가고 있을 때 정장 차림에 부츠를 신은 한 청년이 다가와서 말을 걸었다. 분명 수면실 문 앞에 서서 일행이 지나가기를 기다리고 있었던 모양새였다.

"아! 에드워드 부인, 안녕하세요. 에드워드 양, 잘 지내셨나요?" 그가 친한 사이인 듯 큰 소리로 인사했다. "늘 그렇듯이 오늘도 딱 적당한 때에 오셨군요. 이제 막 초에 불을 붙인 참입니다."

"머스그레이브 씨, 아시다시피 저흰 난롯가에 좋은 자리를 차지하고 싶거든요." 에드워드 부인이 대답했다.

"옷을 갈아입으러 가려던 참입니다." 톰이 말했다. "제 친구 녀석을 기다리고 있어요. 멋진 무도회가 될 것 같군요. 분명 오스본 집안에서도 참석할 겁니다. 오늘 아침 오스본 경과 함께 있었으니까 제 말을 믿으셔도 됩니다."

일행은 그대로 지나쳐 (에드워드 부인의 새틴 가운이 무도회장의 깨끗한 바닥에 끌렸다) 공식적으로 한 무리의 일행만 앉게 되어 있는 위쪽 끝 난롯가로 향했다. 서너 명의 장교가 느긋하게 카드 탁자가 있는 옆방을 들락거리고 있었다. 가까이 낯은 사람끼리 어색하게 인사를 나누고 모두 적당히 자리를 잡자 에마는 이 엄숙한 장소에 걸맞게 나지막한 목소리로 에드워드 양에게 물었다.

"아까 복도에서 지나친 신사가 머스그레이브 씨인가요? 대단히 유쾌하신 분이라고 들었는데요."

에드워드 양은 망설이며 대답했다. "네, 그분을 좋아하는 사람이 많지요. 하지만 우리 집안과 그리 친한 사이는 아니에요."

"부자라고 하던데."

"연 수입이 8, 9백 파운드쯤 되는 것 같아요. 아주 젊은 나이에 상속을 받았다더군요. 제 어머니와 아버지는 그 많은 재산 때문에 그가 오히려 불안정해진 것 같다고 생각하세요. 저희 부모님은 그 사람을 별로 좋아하지 않아요."

냉랭하고 휑하던 방의 분위기와 방 한쪽 구석에 옹기종기 모여 있는 몇몇 여성들의 얌전한 태도가 곧 바뀌기 시작했다. 유쾌한 분위기를 살리려는 듯 다른 마차 소리가 들려왔고, 한껏 차려입은 여자들이 풍채 좋은 보호자를 대동하고 속속 줄지어 입장했다. 가끔 뒤늦게 와서 파트너를 찾지 못한 신사들도 있었다. 이들은 아름다운 여성 근처에 자리 잡지 못할 바에야 카드 치는 옆방으로 피했고, 차라리 그게 즐거운 모양이었다. 점점 늘어나는 군인들 가운데 한 명이 열정적인 태도로 에드워드 양에게 다가왔고, 그의 태도로 말미암아 에마는 한눈에 그가 '헌터 대령'임을 알아차렸다. 그 순간, 에드워드 양을 관찰하던 에마는 그녀가 주춤하면서도 싫지 않은 기색임을 눈치챘고, 그와 첫 두 곡을 같이 추겠다고 약속하는 것을 들었다. 에마가 보기에 샘 오빠에게는 희망이 별로 없는 것 같았다.

그러는 사이 에마는 다른 사람들의 주목과 감탄을 받기 시작했다. 새로운 인물, 특히 정말 예쁜 여자라면 무시당할 수가 없는 법이다. 여기저기서 사람들의 입에 그녀의 이름이 오르내렸다. 오케스트라의 연주가 유쾌한 분위기를 뚫고 울려 퍼졌다. 이 소리가 젊은이들을 춤추게 하고 사람들을 무도회장 한가운데로 불러 모으는 듯했다. 곧 에마는 헌터 대령이 소개해 준 동료 장교와 춤을 추기로 했다. 에마 왓슨은 적당한 키에 균형 잡힌 몸매와 건강하고 활기찬 태도를 지니고 있었다. 피부는 짙은 갈색이었지만 깨끗하고 매끈하며 빛이 났다. 거기에 생기 있는 눈빛과 다정한 미소, 솔직한 표정이 어우러져 사람을 끌어당기는 아름다움을 부여했고, 그녀의 얼굴에 떠오른 표정은 그런 아름다움을 한층 더 돋보이게 했다. 파트너에게 이렇다 할 불만이 없었으므로, 저녁 무도회는 매우 유쾌하게 시작되었다. 에마는 훌륭한 무도회라고 감탄하는 사람들과 전적으로 같은 기분이었다.

처음 두 곡의 춤을 아직 추고 있을 때, 한동안 끊겼던 마차 소리가 다시 들리자 사람들은 이 소리에 주목했다. "오스본가예요! 오스본가 사람들이 오고 있어요!"라는 외침이 방 안에

연이어 들렸다. 몇 분간 문 밖에서는 기이한 소동이, 실내에서는 조심스러운 호기심이 일더니 뒤이어 문이 열리고 거물들이 등장했다. 세심한 여관 주인은 앞장서서 그냥 두어도 닫히지 않는 문을 굳이 붙잡고 호들갑을 떨고 있었다. 레이디 오스본이 아들 오스본 경과 딸 오스본 양을 데리고 나타났다. 오스본 양의 친구인 카 양과 오스본 경의 전직 가정교사였다가 지금은 오스본 캐슬의 교구 목사가 된 하워드 씨, 목사와 함께 살고 있는 과부 여동생 블레이크 부인, 부인의 사랑스러운 열 살짜리 아들, 그리고 지난 반시간 동안 자기 방에 틀어박혀 초조하게 음악을 듣고 있었던 톰 머스그레이브 씨도 함께 나타났다. 그들은 방으로 들어와 에마 바로 뒤에 멈춰 서서 몇몇 지인들로부터 인사를 받았다. 유난히 춤을 좋아하는 블레이크 부인의 어린 아들을 위해 이번 무도회에 일찌감치 참석하기로 했다는 레이디 오스본의 말이 에마의 귀에 쏙 들어왔다. 지나가는 그들의 모습이 보였다. 그녀의 최대 관심사는 톰 머스그레이브가 어떤 인물인가 하는 것이었다. 분명 우아하고 잘생긴 청년이었다. 여자들 중에서는 레이디 오스본의 모습이 가장 멋졌다. 그녀는 쉰 살쯤 됐지만, 매우 아름다운 외모에 기품 있는 상류층 귀부인의 면모를 지니고 있었다.

오스본 경은 멋진 젊은이였지만 차갑고 경솔한 데다 어색한 구석마저 있었다. 그런 태도는 그가 무도회장에 얼마나 어울리지 않는 사람인지를 알려주는 듯했다. 실제로도 그는 그저 자치구를 즐겁게 해주는 게 자신에게 유리하겠다는 판단하에 온 것 뿐이었다. 그는 여자들과 잘 어울리지 않고 춤도 추지 않았다. 한편 하워드 목사는 서른을 갓 넘긴 유쾌한 젊은이였다.

두 번의 춤이 끝난 뒤, 에마는 어느 샌가 영문도 모른 채로 오스본 가족과 그 일행들에게 둘러싸여 앉아 있었다. 그리고 이내 한 소년의 잘생긴 얼굴과 활기찬 몸짓이 그녀의 눈길을 끌었다. 소년은 어머니 앞에 서서 춤이 언제 시작될지 궁금해하고 있었다.

"우리 찰스가 누구와 춤추기로 했는지 아시면, 저렇게 안달하는 것도 당연하다고 여기실 거예요." 블레이크 부인이 곁에 선 부인에게 말을 걸었다. 그녀는 자그마한 체구에 서른대여섯 살가량 된 활발하고 명랑한 여성이었다. "친절하게도 오스본 양이 처음 두 곡의 춤 파트너가 되어주겠다고 약속했답니다."

"맞아요! 우린 이번 주에 약속했어요. 우리가 다른 커플들 코를 다 납작하게 해줄 거라고요." 소년이 외쳤다.

에마의 반대쪽에는 오스본 양과 카 양, 그리고 젊은 남자들이 선 채로 매우 활발하게 이야기를 나누고 있었다. 잠시 후 아주 말쑥한 복장의 장교가 오케스트라 석으로 가서 곡을 신청했다. 그사이 오스본 양은 에마 앞을 지나가면서 한껏 기대에 부풀어 있는 어린 파트너에게 황급히 말했다. "찰스, 약속을 못 지켜서 미안해. 베레스퍼드 대령님과 두 곡을 함께 추기로 했거든. 이해해주렴. 차 마시고 나면 꼭 너랑 출게."

그녀는 대답을 들을 새도 없이 다시 카 양에게 돌아섰다. 다음 순간 베레스퍼드 대령의 인도로 춤이 시작되었다. 조금 전

소년의 행복한 얼굴이 에마의 관심을 끌었다면, 지금 이렇게 갑작스레 거절당하고 슬퍼하는 그의 얼굴은 더 큰 관심을 불러일으켰다. 붉게 달아오른 뺨과 바들바들 떨리는 입술, 그리고 바닥에 시선을 떨군 모습에서 실망감이 고스란히 드러났다. 소년의 어머니는 굴욕감을 억누르면서 오스본 양이 다시 약속하지 않았느냐며 애써 아들을 위로했다. 소년은 아무렇지도 않은 척 "전 괜찮아요!"라고 말하려 했다. 그러나 여전히 혼란스러워 보이는 소년의 모습은 전혀 괜찮지 않음을 고스란히 드러내고 있었다. 에마는 깊이 생각하지 않고 느낀 그대로 말했다.

"괜찮으시다면 제 춤 파트너가 되어주시겠어요?" 그러고는 아주 자연스럽고 장난스럽게 손을 내밀었다.

소년은 순식간에 즐거운 기분을 되찾아 기쁜 표정으로 어머니를 바라보았다. 그는 솔직하게 "감사합니다"라고 말하면서 앞으로 나와 즉시 이 새로운 여성에게 관심을 보였다. 블레이크 부인은 더 깊이 감사했다. 부인은 예상치 못한 기쁨과 고마움이 담긴 표정으로 에마를 돌아보며 자기 아들에게 베푼 엄청난 친절에 대해 열렬히 감사를 표했다. 에마 역시 더없이 기쁘다고 진심을 담아 답했다. 찰스는 준비한 장갑을 계속 끼고 있었다. 두 사람은 거의 똑같이 흡족한 마음으로 빠르게 돌며 춤추는 무리들 사이로 끼어들었다.

모두 놀라서 두 사람을 쳐다보았다. 두 사람이 춤을 추며 지날 때 오스본 양과 카 양이 휘둥그레진 눈으로 에마를 보았다.

"찰스, 넌 정말 행운아로구나! (오스본 양이 소년에게 돌아서서 이렇게 말했다.) 나보다 더 멋진 파트너를 구했잖니." 찰스는 이런 칭찬이 흐뭇한 듯 "맞아요" 하고 대답했다.

카 양과 춤을 추던 톰 머스그레이브는 잔뜩 호기심 어린 눈길로 에마를 쳐다보았다. 한참 뒤에는 오스본 경이 다가와 찰스에게 말을 거는 척하면서 소년의 파트너를 바라보았다. 이렇게 대놓고 자신을 바라보는 눈길이 조금 민망했지만, 에마는 자기 행동을 조금도 후회하지 않았다. 그녀가 나선 덕분에 소년과 그 어머니가 둘 다 행복해졌던 것이다. 소년의 어머니는 다정하고도 정중하게 에마에게 계속 말을 걸었다. 에마의 어린 파트너는 주로 춤에 몰두해 있었지만, 그녀가 뭔가 묻거나 말을 걸면 대답할 거리가 있는 경우 기꺼이 답해주었다. 그래서 그녀는 꼭 필요한 몇 가지 질문을 했고, 다음과 같은 사실을 알아낼 수 있었다. 소년에게는 형제 두 명과 누이 한 명이 있으며, 윅스테드의 삼촌 집에서 다 같이 살고 있다. 소년은 삼촌에게 라틴어를 배웠고, 승마를 아주 좋아했다. 오스본 경에게 선물받은 말이 있으며, 한 번은 오스본 경의 사냥개를 데리고 승마를 한 적도 있다.

춤이 끝날 무렵, 다과 시간이 되었다. 에드워드 양은 에마에게 자기 곁에 붙어 있으라고 주의를 주었다. 다실로 갈 때 딸과 에마 둘 다 자기 곁에 있어야 한다는 에드워드 부인의 지시를 그녀에게 확인시키며 주의를 주었던 것이다. 그래서 에마는 가까운 곳에 자리 잡으려고 정신을 바짝 차렸다. 다과를 먹으러 자리를 옮기는 사이의 짧은 웅성거림이나 북적임은 일행에게 언제나 즐거움을 선사했다. 다실은 카드놀이 방 안쪽에 있는 조그만 방이었다. 탁자가 곧게 놓인 통로 옆 카드놀이 방을 지나가다가 에드워드 부인과 일행들은 잠시 사람들의 무리에 가로막혔다. 그들이 멈춘 곳은 레이디 오스본의 카지노 탁자 근처였다. 탁자에 앉아 있던 하워드 목사가 자신의 조카에게 말을 걸었다. 에마는 자신을 유심히 바라보는 레이디 오스본과 하워드 목사의 시선을 느꼈다. 하지만 자신의 어린 파트너가 기쁨에 들떠 "아! 외삼촌, 제 파트너를 좀 보세요. 아주 예쁜 분이에요!"라고 외치는 통에 못 들은 척하려고 곧 시선을 돌렸다. 그러나 일행이 다시 움직이기 시작했기에 찰스는 외삼촌의 의견을 듣지 못하고 급히 자리를 떴다.

긴 탁자 두 개가 준비되어 있는 다실로 들어가자, 한쪽 끝에 혼자 앉아 있는 오스본 경의 모습이 보였다. 마치 무도회에서 가능한 한 멀리 떨어져 마음껏 사색을 즐기고 아무 거리낌 없이 하품하려는 것 같았다. 찰스는 곧장 오스본 경을 가리켰다.

"저기 오스본 경이 계시네요. 저랑 그 옆에 가서 앉아요."

"아니, 아니야." 에마가 웃으면서 말했다. "네가 내 친구랑 앉아야지."

이번에는 찰스가 몇 가지 궁금한 점을 물어볼 차례였다.

"몇 시예요?"

"11시."

"11시라고요! 전혀 졸리지 않은걸요. 엄마는 제가 10시 전에 자야 한다고 하세요. 다과 시간이 끝난 뒤에 오스본 양이 약속을 지킬까요?"

"그럼, 지키겠지." 에마는 오스본 양이 좀 전에 약속을 지키지 않은 게 앞으로도 약속을 지키지 못할 가장 확실한 증거라고 생각했지만 이렇게 말했다.

"언제 오스본 캐슬에 올 거예요?"

"아마 못 갈 거야. 난 그 집안 사람들과 별로 친하지 않거든."

"그럼 윅스테드에 와서 우리 엄마를 만나요. 엄마가 분명 캐슬에 데려가주실 거예요. 거기엔 엄청 신기한 박제 여우와 오소리가 있어요. 다들 살아 있는 동물인 줄 알아요. 그 동물들을 못 보다니 안타깝네요."

차를 마시고 일어나자마자, 사람들이 방에서 먼저 나가려고 서로 밀치기 시작했다. 카드놀이를 하던 사람들 중 한두 무리가 자리를 파하고 흩어지면서 반대로 가려는 이들과 섞여 한층 더 혼잡해졌다. 이들 가운데는 하워드 목사도 있었다. 블레이크 부인은 오빠의 팔에 기대 있었다. 두 사람은 에마 가까이 앉았고, 블레이크 부인이 다정하게 에마를 톡톡 치며 이렇게 말했다. "친애하는 왓슨 양, 찰스에게 친절을 베풀어주셔서 우리 가족을 전부 데려왔어요. 제 오빠 하워드 목사를 소개할게요."

에마가 무릎을 굽혀 인사하자 그 신사도 고개 숙여 답례했다. 그러고 나서 에마의 손을 잡더니 다음 두 곡의 춤을 신청했고 그녀는 곧바로 수락했다. 그런 뒤 하워드 목사와 부인은 반대쪽으로 사라졌다. 에마는 이 상황이 아주 만족스러웠다. 하워드 목사는 조용하면서도 쾌활하며 신사다웠고, 에마는 그 점이 마음에 들었다. 잠시 뒤, 그 선약의 가치는 더욱 높아졌다. 에마가 문에 살짝 가려진 카드놀이 방에 앉아 있을 때, 근처 빈 탁자에 느긋하게 앉아 있던 오스본 경이 톰 머스그레이브를 자기 쪽으로 불러서 이렇게 말했다. "왜 저 아름다운 에마 왓슨과 춤을 추지 않는 거지? 자네가 그녀와 춤을 추면 좋겠어. 내가 자네 옆에 서 있도록 하지."

"그러려던 참입니다, 오스본 경. 곧장 저를 소개하고 춤을 청하죠."

"그렇게 해봐. 그리고 그녀가 자네와 이야기하는 걸 별로 좋아하지 않으면 나는 차차 소개해도 돼."

"알겠습니다, 오스본 경. 다른 자매들과 비슷하다면 이야기하는 걸 좋아할 겁니다. 지금 바로 다녀오겠습니다. 다실에 있을 겁니다. 저 나이 많고 꼬장꼬장한 에드워드 부인은 차 마시는 일에 질리는 법이 없으니까요."

톰이 자리를 떴고, 뒤이어 오스본 경도 일어났다. 에마는 서둘러 구석에서 나와 반대쪽으로 갔다. 서두르는 바람에 에드워드 부인을 뒤에 남겨두었다는 사실마저 깜빡했다. 채 5분도 안 되어 메리와 함께 뒤따라온 에드워드 부인이 에마에게 이렇게 말했다. "그만 에마 양을 놓쳤지 뭐예요. 이 방이 제일 마음에 든다면 물론 여기 있어도 돼요. 하지만 다 함께 있는 편이 더 좋을 거예요."

때마침 톰 머스그레이브가 합석하면서 에마는 먼저 자리를 떠난 것을 에드워드 부인에게 사과해야 하는 곤란한 처지를 모면했다. 톰은 에마 왓슨 양에게 직접 자신을 소개할 기회를 달라고 에드워드 부인에게 청했다. 그 선량한 부인에게는 선택의 여지가 없었기에, 차가운 태도로 마지못해 허락한다는 사실을 나타낼 수밖에 없었다. 그는 곧 에마에게 자신의 춤 파트너가 되어달라고 청했다. 에마는 귀족이든 평민이든 지위고하를 막론하고 자신을 아름답게 봐주는 게 기분 좋긴 했지만, 톰 머스그레이브와 같이 춤을 출 마음은 없었기에, 선약이 있다는 핑계로 거절하면서 통쾌한 기분을 만끽했다.

그는 그녀의 거절에 깜짝 놀라 동요하는 듯했다. 조금 전 그녀와 춤을 추었던 어린 파트너를 보고 누구나 신청만 하면 다 받아주는 줄 알았던 모양이다.

"제 어린 친구 찰스 블레이크가 저녁 내내 당신을 독점하다니 말도 안 됩니다." 그가 큰 소리로 외쳤다. "용납할 수 없는 일이에요. 무도회의 규칙에도 어긋나고요. 에드워드 부인처럼 이곳을 잘 아는 분이라면 이런 상황을 좋아하지 않을 겁니다. 부인께서는 예의에 민감한 분이니 이런 위험한 예외를 허락시지 않으실 겁니다."

"블레이크 도련님과는 이제 춤추지 않을 거예요."

당황한 그 신사는 다음번 춤을 기약할 수밖에 없는데도 좀처럼 에마의 곁을 떠나지 못했다. 친구인 오스본 경이 입구에서 결과를 기다리고 있는데도 말이다. 에마는 그 사실을 깨닫고 조금 즐거운 기분으로 지켜보았다. 그는 정중하게 그녀의 가족에 관해 묻기 시작했다.

"오늘 저녁엔 자매분들이 보이질 않네요. 어찌 된 일입니까? 우리 무도회에 자주 참석하셨는데, 오늘은 왜 못 오셨는지 이유를 모르겠군요."

"집에는 큰언니만 있어요. 그리고 언니는 아버지를 두고 떠날 형편이 못 돼서요."

"왓슨 양만 집에 있다고요! 놀랍군요! 마을에서 세 자매분을 다 만난 게 엊그제 같은데 말입니다. 제가 별로 좋은 이웃이 못 되나 봅니다. 어딜 가나 무심하다는 불만을 듣곤 하지요. 사실 꽤 오랜만에 스탠턴에 온 참입니다. 하지만 앞으로는 과거의 잘못을 만회하기 위해 노력할 겁니다."

따뜻하고 호의적으로 인사를 건네던 언니들과 달리 침착하게 대답하는 에마가 그에게는 매우 인상적이었다. 그는 자신의 영향력에 새삼 의구심을 느끼고 그녀에게서 지금보다 더 많은 관심을 받고 싶다고 생각했다. 이제 다시 춤이 시작되었다. 카양은 춤을 신청받지 못할까 봐 초조해했는데, 모두 일어나라는 지시가 떨어졌다. 하워드 목사가 앞으로 나와 파트너인 에마의 손을 잡는 것을 보자, 그녀가 과연 누구와 춤을 출지 궁금해하던 톰 머스그레이브의 호기심은 충족되었다. 톰에게서 소식을 전해들은 오스본 경은 "나도 청할 수 있겠군" 하고 말했다. 두 곡의 춤을 추는 동안 그는 계속 하워드 목사 바로 옆에 있었다. 그가 자꾸 곁에 오는 것이 하워드 목사와 춤을 추면서 유일하게 불쾌하고 불평을 할 만한 일이었다. 하워드 목사 본인은 외모만큼이나 기분 좋은 사람 같았다. 평범한 이야기를 할 때도 사려 깊고 가식이 없어서인지 무슨 이야기를 하든 재미있었다. 다만 제자인 오스본 경의 태도가 스승만큼 훌륭하지 못하다는 게 유감이었다.

두 곡의 춤은 매우 짧게 느껴졌는데, 그녀가 그렇게 느낀 데는 파트너의 존재가 컸다. 춤이 끝나자 오스본 가족과 그 일행이 모두 움직였다.

"드디어 돌아가게 됐군." 오스본 경이 톰에게 말했다. "자네는 이 천국에 좀 더 머물 생각인가? 해 뜰 때까지?"

"무슨 말씀을! 오스본 경, 충분히 오래 머물렀어요. 단언합니다. 레이디 오스본을 마차까지 모시고 나면 다시는 여기 나타나지 않을 겁니다. 가능한 한 이 집의 가장 후미진 구석으로 물러나 조용히 숨어 있을 거예요. 거기서 굴 한 통을 주문하고 조용히 은둔할 겁니다."

"그럼 곧 캐슬에서 보자고. 저 아가씨가 낮에는 어떤 모습인지 알려줘."

에마와 블레이크 부인은 오랜 친구처럼 아쉬워하며 헤어졌다. 찰스는 에마의 손을 잡고 적어도 열두 번은 "잘 가세요"라고 말했다. 오스본 양과 카 양이 지나갈 때는 그들에게서 갑작스레 절 비슷한 인사를 받았다. 심지어 레이디 오스본도 에마에게 만족스런 시선을 보냈다. 손님들이 모두 방에서 나간 뒤, 오스본 경이 돌아와서 "실례"라고 말하고는 그녀 뒤의 창가 자리를 살피며 잃어버린 장갑을 찾는 시늉을 했다. 그 장갑은 분명 그의 손에 쥐여져 있는데도.

톰 머스그레이브가 더 이상 보이지 않았으므로, 우리는 그가 자기 계획을 실행 중이라 짐작하고, 쓸쓸한 고독에 잠겨 굴통을 껴안고 괴로워하는 그의 모습을 상상해볼 수 있으리라. 혹은 행복하게 춤 추는 사람들에게 줄 신선한 니거스*를 만들기 위해 바에서 즐거이 여주인을 돕고 있는지도 모른다. 에마는 일행과의 헤어짐을 아쉬워하지 않을 수 없었다. 몇 가지 불쾌한 일도 있었지만 그녀는 그들 덕분에 주목을 받았다. 이어진 무도회를 끝내는 두 곡의 춤은 앞의 것들과 비교하면 눈에 띄게 활기가 덜했다. 에드워드 씨는 이번엔 카드 운이 따른 듯 몇몇 손님들과 함께 마지막까지 방에 남아 있었다.

"아, 다시 돌아왔네요." 에마가 정찬실로 걸어가면서 서글프게 말했다. 말쑥한 2층 하녀가 다 차린 식탁에 촛불을 붙이고 있었다. "에드워드 양, 얼마나 빨리 끝나버렸는지! 처음으로 돌아가 다시 시작하고 싶을 정도예요."

에마는 즐거운 저녁이었다고 아주 친절하게 감사했다. 에드워드 씨도 그녀만큼이나 기분이 들떠서 더없이 완벽하고 밝고 활기 넘치는 무도회였다고 찬사를 늘어놓았다. 그는 그저 한 차례 의자를 바꿔 앉았을 뿐 내내 같은 방 같은 탁자에 머물렀던 터라, 무도회 분위기가 어땠는지 제대로 알 리가 없었다. 그러나 그는 세 판 승부를 다섯 번이나 해서 그중 네 번을 이긴 데다가 만사가 순조로웠다. 그의 딸이 식욕을 돋우는 수프를

*끓는 물과 설탕, 향신료를 넣은 포도주(보통 포트와인이나 셰리주)를 섞은 음료. 젊은 숙녀들에게 감기로부터 몸을 보호해주는 음료로 여겨졌다.

먹으면서 잡담을 하거나 방금 끝난 무도회를 회상하는 동안, 이러한 만족감을 흡족한 마음으로 즐기고 있었다.

"왜 톰린슨가 사람들과 춤을 추지 않았니, 메리?" 어머니가 물었다.

"그분들이 청할 때마다 선약이 있었어요."

"난 네가 마지막 두 곡은 제임스와 출 줄 알았다. 톰린슨 부인이 제임스가 네게 춤을 청하러 갔다고 했고, 넌 2분 전까지만 해도 선약이 없다고 했으니까."

"맞아요. 하지만 착오가 있었어요. 착각했던 거죠. 선약이 있다는 걸 생각 못 했어요. 우리가 오래 머물면, 나중에 두 번쯤 춤을 더 출 줄 알았거든요. 하지만 헌터 대령님 말이 그게 바로 그 마지막 두 곡이라는 거예요."

"그래서 헌터 대령과 마지막 춤을 춘 거니, 메리?" 그녀의 아버지가 물었다. "그럼 시작은 누구랑 했어?"

"헌터 대령님요." 매우 겸손한 어조가 반복되었다.

"흠! 역시 그랬구나. 하지만 다른 사람과도 춤을 췄겠지?"

"노턴 씨와 스타일 씨요."

"그 사람들은 누군데?"

"노턴 씨는 헌터 대령님의 사촌이에요."

"그럼 스타일 씨는?"

"헌터 대령님과 친한 친구예요."

"다 같은 연대 사람이에요." 에드워드 부인이 덧붙였다. "저녁 내내 메리는 붉은 제복의 장교들에게 둘러싸여 있었네. 우리 딸이 옛 이웃과도 춤추는 모습을 봤더라면 더 좋았을 텐데."

"그렇고말고, 옛 이웃에게 소홀하면 안 되지. 하지만 이 군인들이 무도회장에서 다른 이들보다 재빨리 움직였다면 젊은 여자들이 별수 있겠소?"

"하지만 그 사람들이 춤 약속을 그렇게 많이 해둘 이유는 없었다고 봐요, 여보."

"그럼, 아마 그럴 거요. 하지만 당신도 나도 옛날엔 똑같이 했던 것 같은데."

에드워드 부인은 입을 다물었고, 메리는 또 한 번 안도의 한숨을 내쉬었다. 그 후로는 편안하고 유쾌한 이야기가 이어져, 에마는 기분 좋게 잠자리에 들었다. 머릿속에는 오스본가와 블레이크가, 그리고 하워드가에 관한 것들로 가득했다.

다음 날 아침에는 손님이 많이 찾아왔다. 무도회 다음 날 아침이면 으레 에드워드 부인을 방문하는 것이 이 마을의 오랜 관습이었다. 이번에는 에마로 인해 이웃들의 호기심이 한층 고조되었다. 모두들 전날 밤 오스본 경이 그토록 감탄한 아가씨를 다시 보고 싶어 했기 때문에, 이런 의례에도 한층 탄력이 붙었다.

에마는 많은 사람들의 시선을 받았다. 그녀를 직접 본 사람들의 반응은 다양했다. 몇몇은 에마에게서 별다른 흠을 찾지 못했고, 다른 몇몇은 그녀가 별로 예쁘지 않다고 생각했다. 몇몇은 그녀의 갈색 피부가 전혀 우아하지 못하다고 여겼다. 10년 전 엘리자베스 왓슨의 아름다움에는 절반도 미치지 못한다는 의견에 찬성할 수 없다는 사람들도 있었다. 그날 아침은 줄줄이 모여드는 손님들과 어제저녁 즐거웠던 무도회 이야기를 하면서 조용히 지나갔다. 에마는 문득 벌써 오후 2시가 되었으며, 아버지의 마차가 아직 오지 않았다는 것을 깨닫고 걱정이 되었다. 그녀는 창가로 가서 두 번이나 거리를 내다보았다. 벨을 울려 막 상황을 물어보려던 참이었다. 바로 그때 문간으로 들어오는 경쾌한 마차 소리가 들려서 에마는 안심했다. 그녀는 다시 창가로 발걸음을 돌렸다. 편하지만 아주 허름한 자기 집 마차 대신 깔끔한 쌍두 이륜마차가 보였다. 곧이어 톰 머스그레이브가 도착했다는 소식이 전해졌다. 에드워드 부인은 그의 방문이 전혀 달갑지 않은 듯했다. 그러나 그는 부인의 냉랭한 태도에도 아랑곳하지 않고 두 여성에게 거리낌 없이 인사했다. 그리고 에마에게 계속 말을 걸면서 그녀의 언니한테서 받았다는 쪽지 하나를 건네주었다. 그러면서 자신이 직접 전할 말도 있다고 했다.

에드워드 부인이 편히 읽으라고 말하기도 전에, 에마는 이미 그 쪽지를 읽고 있었다. 쪽지에는 엘리자베스의 글이 다음과 같이 몇 줄 적혀 있었다. 아버지의 몸 상태가 여느 때보다 좋아서 그날 갑작스레 외출을 하기로 했는데, 행선지가 R 마을에서 꽤 떨어져 있어 다음 날 아침까지는 그녀를 데리러 올 수 없다는 내용이었다. 무리일 거라고는 생각하지만 에드워드가에 데려다달라고 하거나, 운 좋게 마차를 만나거나, 그도 아니면 먼 거리를 걸어서 돌아와야 하는 상황이라는 것이었다.

그녀는 쪽지를 훑어보자마자 톰 머스그레이브의 말을 더 들어봐야겠다고 생각했다. "바로 10분 전, 왓슨 양의 어여쁜 손에서 이 쪽지를 건네받았습니다." 톰이 말했다. "스탠턴 마을에서 만났지요. 행운의 별들이 제 말머리를 그리 향하게 했나 봅니다. 마침, 왓슨 양이 심부름 보낼 사람을 찾고 있더군요. 저보다 빠르고 신속하게 전달할 사람은 없다고 그녀를 설득했으니 제 운이 좋았죠. 기억하세요. 제게 아무 사심이 없다는 말은 안 했어요. 제가 받을 보상은 이 쌍두 이륜마차에 당신을 태워 스탠턴으로 모시고 가는 겁니다. 쪽지에 그런 내용은 없겠지만 어쨌거나 당신 언니한테 부탁을 받고 왔어요."

에마는 몹시 곤란해졌다. 이 제안이 마음에 들지 않았고, 이런 제안을 한 남자와 친해지고 싶은 마음도 없었다. 하지만 에드워드가에 언제까지고 폐를 끼칠 수도 없는 노릇인 데다 혼자 돌아가고 싶지도 않아서 그의 제안을 어떻게 거절해야 할지 난감했다. 에드워드 부인은 상황을 이해하지 못한 건지, 아니면 에마가 뭘 원하는지를 확인하려는 건지 침묵을 지키고 있었다. 에마는 감사를 표하고 그에게 그런 수고를 끼치고 싶지 않다고 했다. "수고라니 터무니없는 말씀입니다. 오히려 영광이자 즐겁고 기쁜 일이지요. 저와 제 말들이 뭘 도와드리면 좋겠습니까?" 그래도 그녀는 망설였다. "죄송하지만 거절할게요. 그렇게 좋은 마차는 오히려 부담스러워요. 걸어서 갈 만한 거리예요." 에드워드 부인이 마침내 침묵을 깨뜨렸다. 부인은 이것저것 자세히 묻고 나서 이렇게 말했다.

"에마 양, 내일까지 우리 집에 머물러준다면 정말 기쁠 거예요. 하지만 그게 불편하다면 우리 마차를 써요. 메리도 당신 언니를 만나게 되어서 좋아할 겁니다."

이것이 바로 에마가 바라는 바였다. 그녀는 부인의 제안을 아주 감사한 마음으로 받아들였다. 언니가 아무도 없는 집에 혼자 있으니 정찬 시간에 맞춰 귀가하고 싶다고 했다. 그들의 손님인 톰 머스그레이브는 이 계획에 거세게 반발했다.

"그럴 수 없습니다. 당신을 모시는 행복을 빼앗기고 싶지 않아요. 분명히 말씀드리지만 제 말을 두려워할 필요는 없습니다. 당신이 직접 몰아도 아무 문제 없을 정도예요. 언니분들은 모두 제 말이 얼마나 얌전한지 알고 있지요. 설령 경마장을 달린다고 해도 그분들은 저를 전적으로 신뢰할 겁니다. 제발 저를 믿어보세요." 그가 목소리를 낮춰 이렇게 덧붙였다. "당신은 아주 안전하답니다. 위험한 건 저뿐이에요."

이 모든 말에도 불구하고 에마는 그의 제안을 받아들일 생각이 전혀 없었다.

"그리고 무도회 다음 날 에드워드 부인의 마차를 사용하는 건 지금껏 없었던 일이에요. 들어본 적도 없어요. 그 늙은 마부도 자기 말들과 똑같이 싫은 얼굴을 할 겁니다. 안 그렇습니까, 에드워드 양?"

이 말에 반응하는 사람은 아무도 없었다. 여자들이 입을 다물고 담담한 태도를 보였기에 신사는 그들의 결정에 따를 수밖에 없었다.

"어젯밤 무도회는 정말 근사했죠!" 잠시 후 그가 외쳤다. "오스본 가족과 제가 떠난 뒤 그곳에 얼마나 더 계셨습니까?"

"춤을 두 곡 더 추었어요."

"밤늦게까지 춤을 추셨다니 아주 피곤했겠군요. 인원이 부족하진 않았습니까?"

"네, 오스본 가족만 빼고 모두 남아서 전혀 부족하지 않았어요. 파트너가 없는 사람은 한 명도 없었고, 모두 밤늦게까지 신나게 춤을 췄죠."

양심에 걸렸지만 에마가 이렇게 대답했다.

"정말입니까! 그럴 줄 알았더라면 당신한테 다시 들를 걸 그랬네요. 저도 가만히 있는 것보다는 춤추는 편이 좋거든요. 오스본 양은 정말 매력적인 아가씨예요, 그렇지 않습니까?"

"아주 예쁘다고는 생각하지 않아요." 자기한테만 이 모든 이야기를 늘어놓는 남자에게 에마가 대답했다.

"물론 오스본 양이 아주 예쁘다고는 할 수 없지만, 태도는 아주 훌륭하죠. 그리고 패니 카는 사랑스럽고 아주 흥미로운 인물이에요. 그보다 더 순진하고 흥미진진한 인물을 상상할 수는 없을 겁니다. 오스본 경은 어떻습니까, 왓슨 양?"

"귀족이 아니라고 해도 잘생긴 사람이란 점에는 변함이 없겠죠. 그리고 아마도, 태도는 지금보다 더 나았을 테고요. 다른 사람들을 기쁘게 하는 일에 좀 더 관심을 기울이고, 적재적소에 기쁨을 드러내려 하셨을 거라 생각해요."

"이런, 제 친구에게 몹시 인색하시군요! 오스본 경은 정말 좋은 분이에요."

"그분의 미덕을 의심하는 건 아니지만, 경솔한 태도는 마음에 들지 않아요."

"비밀을 누설하는 일이 아니라면," 톰이 의미심장한 표정으로 대답했다. "제가 가엾은 오스본 경을 변호해드릴 텐데요."

에마가 그 이상 이야기하도록 부추기지 않았기 때문에 그는 친구의 비밀을 폭로할 수 없었고, 또 그쯤에서 방문을 끝내야 했다. 에드워드 부인이 이미 마차를 대기시켜놓은 터라, 에마는 떠날 채비에 바빠 다른 데 낭비할 시간이 없었기 때문이다. 에드워드 양이 에마의 집까지 동행했다. 하지만 그 무렵은 스탠턴의 정찬 시간이었기에 에드워드 양은 그저 잠깐만 머물렀다.

"자, 사랑하는 에마, 어제 무슨 일이 있었는지 숨기지 말고 다 털어놔." 단둘이 있게 되자 왓슨 양이 말했다. "아니면 만족 못 해. 하지만 우선 내니가 저녁 식사를 들여올 거야. 아쉽지만 어제처럼 대단한 식사는 기대하지 마. 우리에겐 소고기 튀김 몇 점밖에 없으니까. 새 외투를 입은 메리 에드워드의 모습이 아주 멋지던데! 이제 무도회에 참석한 사람들에 대한 네 느낌을 말해봐. 그리고 내가 샘한테 뭐라고 해야 할지도 좀 알려줘. 편지를 쓰기 시작했거든. 내일 잭 스토크스가 편지를 가지러 오기로 했어. 모레 잭의 삼촌이 길퍼드에서 1마일쯤 떨어진 곳으로 갈 예정이거든."

내니가 식사를 들여왔다. "우리끼리 먹을게." 엘리자베스가 계속 말했다. "그래야 시간 낭비하지 않지. 그래서 결국 집에 데려다주겠다는 톰 머스그레이브의 제안을 거절한 거야?"

"그래, 언니한테 그 사람에 관한 안 좋은 얘기들을 들은 터라, 그런 사람의 배려나 호의를 받고 싶지 않았어. 그 마차를 타면 친해져야 하잖아. 그런 척하고 싶지도 않았고."

"잘했어. 네 자제심에 놀랐어. 나라면 그렇게 못 했을 거야. 그 사람이 널 정말 데려오고 싶어 하는 것 같아서 거절을 못 하겠더라. 하지만 그의 수법을 잘 아니까, 너랑 오게 하는 게 양심에 걸리긴 했지. 하지만 널 보고 싶었고 그게 널 집으로 데려오는 제일 좋은 방법이었는걸. 게다가 그렇게 멋지게 해결될 줄 몰랐지. 에드워드가에서 널 마차로 데려다줄 거라고 누가 상상이나 했겠어. 마차가 다니기에 그렇게 늦은 시각에 말이야. 그런데 샘한테는 뭐라고 하지?"

"내 충고를 들을 거면, 샘 오빠한테 에드워드 양 생각은 접으라고 해. 에드워드 양의 아버지는 오빠를 싫어하는 게 분명하고, 어머니도 그리 우호적인 편은 아니야. 오빠 쪽에서 메리한테 관심을 가진 것 같아 걱정이야. 메리는 헌터 대령과 두 번이나 춤을 추었어. 그녀 성격이나 상황에 맞아서 대체로 그 사람에게 마음이 기우나 봐. 메리가 샘 오빠 이야기를 한 번인가 했는데, 조금 혼란스러워하는 것 같았어. 하지만 그건 그저 오빠가 자기를 좋아한다는 걸 의식하고 있기 때문인 것 같아. 오빠가 자길 좋아한다는 사실은 눈치챈 것 같더라고."

"아! 그렇구나. 메리는 우리한테서 그 얘길 많이 들었어. 가엾은 샘! 샘도 별로 운이 없구나. 에마, 난 내 경험 때문에 실연당한 사람들에게 연민을 느끼지 않을 수 없어. 자, 이제 어제 일어난 일들을 다 말해보렴."

에마는 언니의 말을 따랐다. 엘리자베스는 에마가 하워드 목사와 춤을 췄다는 이야기를 할 때까지 거의 말을 끊지 않고 귀를 기울였다.

"하워드 목사와 춤을 췄다고, 세상에! 말도 안 돼! 그 목사는 굉장한 거물이거든. 그렇게 높은 사람인 줄 몰랐지?"

"그분의 태도는 톰 머스그레이브보다 훨씬 더 편하고 믿음이 갔어."

"자, 계속해봐. 오스본가 사람이 파트너가 됐다면 난 제정신이 아니었을 거야."

에마가 자기 이야기를 끝냈다.

"그래서, 정말 톰 머스그레이브랑 춤을 한 번도 안 췄단 말이지? 하지만 네가 그 사람을 좋아할 거라 생각했는데. 그 사람이랑 같이 있었다면 틀림없이 좋아했을걸."

"난 그 사람 별로야, 언니. 외모나 인상은 괜찮아. 태도도 그럭저럭 봐줄 만하고. 말하는 것도 그런대로 재미있어. 하지만 그 밖에는 별로 칭찬할 만한 게 없어. 반면에 정말 허영심 많고 오만한 데다 어리석게도 특별 대우를 받으려고 안달이지. 그러려고 정말 한심하게 행동하고 말이야. 우스꽝스러워서 재미있긴 해. 하지만 함께 있으면 별로 유쾌하진 않아."

"에마! 세상에 너 같은 앤 또 없을 거야. 마거릿이 이 자리에 없어 다행이다. 너한테 화내는 건 아니야, 네 말을 얼마나 믿어야 할지 모르겠지만. 하지만 마거릿이라면 절대로 그런 말 용서하지 않을 거야."

"마거릿 언니가 이 마을을 떠난 줄 몰랐다는 그 사람 말을 들려줄 수 있으면 좋았을 텐데. 바로 이틀 전에 마거릿 언니를 만난 것 같다고 하더라고."

"그래, 그 사람답네. 하지만 마거릿은 그가 자기와 운명적인 사랑에 빠졌다고 상상하고 있어. 에마, 너도 잘 알겠지만 그 사람은 내 취향이 아니야. 하지만 넌 그 사람 정도면 괜찮다고 생각할 줄 알았는데. 가슴에 손 얹고 아니라고 할 수 있어?"

"정말 두 손 얹고 말할 수 있어. 열 손가락 다 펼쳐서라도."

"그럼 누가 제일 마음에 들었는지 말해줘."

"그야 하워드 목사지."

"하워드 목사라고! 이거 놀랍네. 그 사람을 떠올리면 언제나 레이디 오스본과 카드놀이를 하면서 젠체하는 듯한 모습밖에 생각나지 않는데. 하지만 지금 톰 머스그레이브에 관한 네 말을 들으니 마음이 놓여. 네가 그를 좋아할까 봐 속으로 은근히 걱정했거든. 네가 톰을 좋아하는 일은 없을 거라고 너무 장담하기에, 그러다 큰코다칠까 걱정했어. 네 마음이 변함없길 바랄 뿐이야. 그리고 그 사람이 너한테 관심을 많이 갖지 않기를. 남자가 여자의 마음을 얻겠다고 굳게 마음먹으면, 그 마음을 거절하긴 어려운 일이니까."

편안하고 조용한 분위기에서 조촐한 식사를 마쳤을 때, 왓슨 양은 정말로 즐거운 시간이었다고 말하지 않을 수 없었다.

"이렇게 평온하고 유쾌하게 식사를 할 수 있어서 정말 기뻐." 그녀가 말했다. "내가 갈등을 얼마나 싫어하는지 아무도 몰라. 튀긴 소고기 정도밖에 없었지만 정말 맛있었어. 다른 사람들도 너처럼 쉽게 만족을 느끼면 좋으련만. 하지만 유감스럽게도 마거릿은 걸핏하면 화를 내고, 퍼넬러피는 본인도 인정하듯이 입을 다물고 있느니 싸움이라도 벌이는 게 낫다고 생각하지."

왓슨 씨는 저녁에 돌아왔다. 외출로 인해 건강 상태가 더 악화되지는 않았기 때문에 그는 난롯가에서 그날 있었던 일들을 즐거이 이야기했다.

에마는 아버지의 외출에서 자신의 흥미를 끌 사건이 일어났을 거라고는 상상도 못 했다. 하지만 하워드 목사의 설교가 아주 훌륭했다는 아버지 말에는 귀를 기울이지 않을 수 없었다.

"이렇게 감동적인 설교를 들어본 게 얼마만인지 모르겠구나." 왓슨 씨가 말을 이었다. "이렇게 훌륭한 설교를 들어본 게 얼마만인지 모르겠어. 그 목사는 아주 적절하게, 강한 인상을 받게끔 잘 읽더구나. 그렇다고 지나치게 얼굴을 찡그리거나 격하게 행동하지도 않으면서 말이야. 설교단에서 과하게 행동하는 거 난 싫다. 사람들에게 꽤 인기 있고 존경받는 목사들이 보이는 꾸며낸 듯한 태도나 부자연스런 억양도 싫고. 헌신을 불러일으키는 데는 소박한 설교가 훨씬 더 효과적이지. 훨씬 더 고상한 취향도 보여주고 말이야. 하워드 목사는 마치 학자나 신사처럼 잘 읽었어."

"그런데 정찬으로는 뭘 드셨어요, 아버지?" 맏딸이 물었다.

그는 정찬에 나온 요리와 자신이 먹은 것들에 대해 말했다. "대체로, 오늘 하루는 아주 편안하게 보냈단다." 그가 이렇게 덧붙였다. "옛 친구들이 날 보더니 깜짝 놀라더구나. 모두 나한테 큰 관심을 보이면서 마치 환자 다루듯 세심하게 신경을 써줬단다. 내가 난롯가에 앉게 해주고, 리처드 박사는 메추리 요리가 제철이 아니라 건강에 해로울지도 모른다며 탁자 반대편으로 치우라고 지시할 정도였지. 리처드 박사의 배려에 고마운 마음이 들었단다. 하지만 무엇보다 반가운 건 하워드 목사가 보여준 관심이었어. 정찬실로 가는 길에 꽤 가파른 계단이 있었거든. 통풍 걸린 내 발로는 그 계단을 올라갈 수가 없었지. 그런데 하워드 목사가 아래층에서 2층까지 날 부축하고는 자기 팔을 잡으라고 하더구나. 젊은 나이치고는 됨됨이가 바른 청년이라고 감탄했단다. 내겐 그런 배려를 기대할 권리가 없었어. 생전 처음 만난 사람이니까 말이야. 곧 그 목사가 내 딸에 관해 묻더구나. 하지만 누구를 말하는 건지 모르겠다. 아마 너희는 누군지 알겠지."

무도회가 열린 지 사흘째 되던 날 3시 5분 전, 내니가 쟁반과 칼집을 들고 부산하게 응접실에 들어오려던 때였다. 갑자기 채찍 끝에서 나는 듯 톡톡 두드리는 소리가 들려와 그녀는 현관으로 갔다. 왓슨 양이 아무도 들이지 말라고 했지만, 잠시 뒤

내니가 당황한 듯 어색한 표정으로 돌아와 응접실 문을 열고 오스본 경과 톰 머스그레이브를 맞았다.

젊은 숙녀들이 얼마나 놀랐을지 가히 짐작할 수 있을 것이다. 그런 시간에는 어떠한 손님도 환영받지 못하리라. 하지만 이런 손님, 특히 오스본 경처럼 낯선 귀족 손님은 정말 불편한 존재였다. 그 역시 조금 당황한 듯 보였다. 태평하고 수다스러운 친구가 그를 소개하자, 오스본 경은 왓슨 씨를 방문하는 것은 명예로운 일이라나 뭐라나 하는 말을 중얼거렸다. 에마는 그들의 방문이 자기 때문이라고 생각하지 않을 수 없었다. 하지만 그 방문이 결코 기쁘지는 않았다. 그녀는 자기 가족의 소박한 생활 방식이 그런 지인들과는 어울리지 않는다고 생각했다. 또 이모와 함께 살면서 우아한 생활에 익숙해져 있었기에, 이 집이 부유한 이들에게 얼마나 비웃음을 살지 익히 알고 있었던 것이다.

엘리자베스는 에마가 느끼는 그런 고통스런 감정을 거의 알지 못했다. 더 단순한, 혹은 더 합리적인 이성 덕분에 엘리자베스는 그런 고통을 느끼지 않았다. 대체로 열등감으로 위축되긴 했지만 그렇다고 해서 특별히 수치심을 느끼지는 않았다. 내니는 두 신사에게 왓슨 씨의 건강 상태가 좋지 않아 아래층으로 내려올 수 없다고 알렸다. 두 신사는 꽤 신경 써서 자리를 잡았다. 에마 곁에는 오스본 경이, 자신이 매우 중요한 역할을 맡고 있다는 생각에 한껏 들뜬 머스그레이브 씨는 난로를 사이에 두고 반대편 엘리자베스 옆에 앉았다. 그는 결코 말이 막히는 법이 없었지만, 오스본 경은 에마가 무도회에서 감기에 걸리지 않았기를 바란다고 한 뒤 한동안 말을 잇지 못했고 이따금씩 곁에 있는 에마의 모습을 보며 만족하는 것밖에 할 수 없었다.

에마는 자신을 즐겁게 해주려는 오스본 경의 노력에 답하기 위해 수고를 할 마음이 전혀 들지 않았다. 반면 그는 머리를 쥐어짠 끝에 날씨가 정말 화창하다고 말한 다음 "오늘 아침에 산책은 하셨습니까?"라고 물었다.

"아니요, 산책하기엔 너무 궂은 날씨인 것 같아서요."

"하프 부츠*를 신으면 좋을 텐데요." 그는 다시 침묵하다가 말을 이었다. "멋진 발목을 돋보이게 하는 데는 하프 부츠만 한 게 없습니다. 검은색 가죽을 덧댄 담황색 남경 부츠는 정말 보기 좋죠. 하프 부츠를 싫어하십니까?"

"하지만 예쁜 모양을 망칠 만큼 튼튼하게 만들어진 게 아니라면, 시골길을 산책하기엔 적합하지 않아요."

"궂은 날씨엔 여성분들은 말을 타는 게 좋다고 생각합니다. 승마는 하십니까?"

"아니요."

"여성분들이 왜 말을 타지 않는지 이해가 되지 않습니다. 말을 탄 여자들의 모습이 가장 아름다운데요."

"하지만 모든 여자들이 승마를 하고 싶어 하는 것도 아니고, 또 말을 소유할 돈이 없을 수도 있어요."

*승마나 산책 등을 할 때 숙녀들이 유행에 따라 신던 신발. 에마가 지적한 것처럼 진흙탕 길에 신는 신발이라기보다 패션 아이템이었다.

"승마가 숙녀들에게 얼마나 어울리는지 안다면 누구나 하고 싶어 할 겁니다. 왓슨 양, 일단 하고 싶은 마음만 있으면 돈은 곧 생겨요."

"경께서는 우리 여자들이 늘 마음대로 할 수 있다고 생각하시나 봐요. 바로 그 점이 오랫동안 남자와 여자 간에 의견의 일치를 보지 못한 지점이죠. 하지만 그건 차치하더라도, 여자들에게도 어찌할 수 없는 상황이 있지 않겠어요. 오스본 경, 여성이 근검절약하면 꽤 많은 돈을 모을 수도 있겠죠. 하지만 아무리 절약해도 적은 수입을 큰 수입으로 바꿀 수는 없어요."

오스본 경은 할 말이 없었다. 그녀의 말투가 훈계조이거나 냉소적인 것은 아니었다. 그러나 그녀의 말은 물론, 상냥하기 그지없는 말투에도 무언가 진지함이 담겨 있어 그로 하여금 생각을 하게 만들었다. 다시 입을 열었을 때, 그는 딱딱하고 거침없던 조금 전과 달리 꽤 예의 바르게 배려하는 말투로 이야기를 했다. 난생처음 여성을 즐겁게 해주고픈 마음이 들었다. 여성에게, 그러니까 에마 같은 상황의 여성에게 어떻게 대해야 할지 생각한 것 자체가 처음이었다. 지금껏 그는 분별심이나 좋은 성격을 원한 적이 없기에, 그런 생각을 해본 적이 없었다.

"이곳에 오신 지 얼마 안 된 것으로 압니다." 그가 신사답게 말했다. "이곳이 당신 마음에 들었으면 좋겠군요."

에마는 한층 우아한 대답과 지금껏 보인 적 없는 환한 표정으로 이 말에 보답했다. 그는 자신을 드러내는 데 익숙하지 않았지만, 그녀를 바라보는 행복감에 젖어 잠시 아무 말 없이 앉아 있었다. 한편 톰 머스그레이브는 엘리자베스와 잡담을 나누고 있었는데, 내니가 끼어드는 통에 대화가 끊겼다. 반쯤 연 문틈으로 내니가 머리를 들이밀고 이렇게 말했다.

"아가씨, 나리께서 왜 아직 정찬을 하지 않는지 궁금해하십니다."

이제껏 정찬 시간을 알리는 표시를 모조리 무시했던 두 신사는 사과하며 자리에서 벌떡 일어섰다. 엘리자베스가 내니의 뒤에 대고 활기차게 소리쳤다. "베티에게 닭 요리를 올리라고 일러."

"이렇게 되어 죄송해요." 그녀는 머스그레이브에게 돌아서며 쾌활하게 덧붙였다. "하지만 저희가 얼마나 일찍 자고 일찍 일어나는지 아시죠."

사정을 잘 알고 있는 톰은 할 말이 없었다. 그렇게나 소박한 정직함, 수치스러워하지 않는 진실함이 오히려 당황스러웠다. 오스본 경은 작별 인사를 하는 데 시간이 꽤 걸렸다. 이야기를 나눈 짧은 시간을 아쉬워하며 뭔가 더 말하고 싶은 눈치였다. 그는 진창길에 신경 쓰지 말고 산책을 하라고 권하고는, 다시 하프 부츠를 추천했다. 그러고는 자기 누이를 통해 에마에게 제화공의 이름을 알려주겠다고 했다. 그러고 나서 이렇게 마무리했다. "다음 주에 이 근처에서 제 사냥개를 데리고 사냥을 하려고 합니다. 수요일 9시에 스탠턴 우드 숲에서 시작할 예정이에요. 사냥하는 걸 구경하러 와주셨으면 해서 드리는 말씀입니다. 당일 아침에 날씨가 좋으면 부디 발걸음을 해주시길 부탁드립니다."

손님들이 떠나자 놀란 자매는 서로를 쳐다보았다.

"상상도 못 할 영광이네!" 마침내 엘리자베스가 외쳤다. "오스본 경이 스탠턴에 올 거라고 누가 생각이나 했겠어. 아주 잘 생긴 사람이야. 하지만 톰 머스그레이브 쪽이 오스본 경보다 훨씬 더 말쑥하고 맵시 있어 보여. 그 사람이 말을 걸지 않아서 다행이야. 저렇게 멋진 남자한테는 말 한 마디 제대로 못 했을 테니까. 하지만 톰이 들어왔을 때 퍼넬러피와 마거릿은 어디 있냐고 묻는 것 너도 들었지? 정말이지 참을 수 없었어. 아무튼 내니가 그 식탁보를 덮지 않아서 다행이야. 정말 보기 흉했을 거야. 쟁반도 특별한 것이 아니었고."

오스본 경의 방문으로 에마의 마음이 조금도 움직이지 않았다면 그 말은 거짓말일 것이고, 그녀는 이상한 아가씨로 여겨졌을 것이다. 하지만 결코 만족스럽기만 한 것은 아니었다. 그의 방문은 그녀의 허영심을 자극했지만 자존심까지 채워주지는 못했다. 그리고 그녀는 이와 같이 실제 방문을 받기보다는 오스본 경이 자신을 방문하고 싶어 한다는 것을 아는 것만으로 만족하고 싶었던 것이다. 여러모로 그의 방문이 마음에 들지 않았지만, 문득 하워드 목사도 올 수 있었을 텐데 왜 오스본 경과 함께 오지 않았는지 그 이유가 궁금해졌다. 하지만 그녀는 목사가 이번 방문에 관해 전혀 몰랐거나, 혹은 올바른 예의에 근거해 이 무례한 방문에 가담하고 싶지 않았기 때문일 거라고 생각했다.

왓슨 씨는 방금 일어난 일을 듣고도 별로 기뻐하지 않았다. 당장 아파서 짜증이 난 데다 기분도 좋지 않아서 그저 이렇게만 대답했다. "빌어먹을! 오스본 경이 무슨 일로 여기까지 왔담. 난 그 집안 눈에 띄지 않고 여기서 14년이나 잘 살아왔어. 그런 사람을 여기 데려온 건 톰 머스그레이브같이 할 일 없이 빈둥대는 녀석이나 하는 어리석은 짓이야. 답례한답시고 그 집을 방문할 생각은 없다. 설령 몸 상태가 좋다고 해도 절대 하지 않을 거야." 그러더니 잠시 후 톰 머스그레이브가 다시 찾아오자, 건강이 좋지 않다는 둥 필요 이상으로 장황한 이유를 들어 답방할 수 없다는 말을 오스본 캐슬에 전해달라고 부탁했다.

두 신사가 방문한 뒤로 일주일에서 열흘가량은 아무 일 없이 조용히 흘러갔다. 그러고 나서 두 자매의 평화롭고 친밀한 관계를 반나절 만에 무너뜨리는 소동이 일어났다. 자매는 서로를 속속들이 알게 되면서 서로를 더욱 존중하게 되었다. 둘의 이런 평온한 일상을 깬 것은, 마거릿이 갑자기 집으로 돌아오게 되어 그녀를 데려다주는 김에 이삼 일간 머물며 여동생인 에마를 만나겠다는 로버트 왓슨 부부의 편지였다.

이 일은 스탠턴에 있는 자매의 머릿속에 이런저런 생각을 불러일으켰고, 적어도 둘 중 한 사람은 매우 분주하게 시간을 보내야 했다. 자산가인 올케 제인을 즐겁게 하기 위해서는 상당한 준비가 필요했기 때문이다. 엘리자베스는 집안일을 관리하는 데 있어 늘 요령보다 선의가 앞서는 사람이었으므로 부산을 떨면서 이것저것 준비했다.

에마는 14년간 이 집을 떠나 있었기 때문에 형제자매가 다 낯설었지만, 마거릿과의 만남을 기다리는 동안은 소외감에서 비롯되는 어색함 이상의 감정을 느꼈다. 그녀는 마거릿의 귀가 가 두려워지는 이야기를 들었다. 그리고 로버트 부부가 마거릿을 스탠턴에 데려온 날, 그간 편안했던 이 집에서의 모든 일상이 끝나는 기분이 들었다.

로버트 왓슨은 사업 수완이 좋은 크로이던의 변호사였다. 그는 자신이 서기로 일했던 변호사의 외동딸이자 6천 파운드의 재산을 지닌 자산가 아내와 결혼한 것에 매우 만족했다. 로버트 부인도 그 6천 파운드의 재산과 현재 소유한 멋진 크로이던 저택을 남편 못지않게 만족스러워했다. 그리고 그 저택에서 멋진 의상을 걸친 채 상류사회 파티를 열었다. 특별히 눈에 띄는 외모는 아니었고, 태도는 건방지고 오만했다. 마거릿은 꽤 예뻤다. 예쁘고 가냘픈 모습이었고, 그녀에게 부족한 게 있다면 그건 예쁜 이목구비가 아니라 표정이었다. 날카롭고 근심스런 표정이 그녀의 아름다움을 망가뜨리고 있었다. 오랫동안 보지 못했던 여동생을 만나자, 그녀는 과시할 기회가 있을 때마다 그래왔듯 다정한 태도를 취하며 상냥한 목소리로 말했다. 누군가의 마음에 들기로 마음먹으면 계속 미소 지으면서 느릿느릿 말하는 것이 그녀가 늘 사용하는 비책이었다.

그녀는 지금 "사랑하는 에마를 보니 너무 반가워서", 1분에 한 단어도 말할 수 없을 지경이었다. 두 자매가 함께 앉았을 때 마거릿이 "분명 우린 좋은 친구가 될 거야"라고 아주 감상적으로 말했다. 에마는 이 말에 어떻게 대답해야 할지 알 수 없었다. 그녀는 그런 말에 장단을 맞출 수 없었다. 로버트 왓슨 부인은 올케로서 당당하게 연민과 호기심을 갖고 에마를 지켜보았다. 순간 에마가 이모의 재산을 상속받지 못했다는 사실이 마음속에 가장 먼저 떠올랐다. 부인은 자신이 아일랜드 대령에게 몸을 의탁한 늙은 이모의 조카가 아니라, 부유한 크로이던의 신사 집안 딸이라는 사실이 얼마나 다행인지 모르겠다고 생각했다.

로버트는 부유한 자산가이자 오빠답게 무심하지만 친절했다. 그는 이제 유산을 상속받을 가망이 없는 여동생을 환영하기보다 우편을 보낼 때 징수되는 불합리한 요금에 욕설을 퍼붓고, 반 크라운짜리 화폐가 진짜인지 아닌지 들여다보고, 우편배달부와 이야기를 매듭짓는 데 관심을 쏟고 있었다.

"마을로 가는 길이 엉망이더구나, 엘리자베스." 그가 말했다. "저번보다 더 나빠졌어. 맙소사! 내가 이 집 가까이 산다면 기소할 텐데. 지금 감독관이 대체 누구냐?"

마음씨 착한 엘리자베스가 크로이던에 남겨진 작은 조카 소식을 다정하게 물었다. 그녀는 조카가 같이 오지 않아서 무척 아쉬워했다.

"착하기도 하셔라." 조카의 어머니가 대답했다. "우리가 그 애를 두고 나와버렸으니 오거스타가 힘들겠죠. 할 수 없이 우리는 그냥 교회에 갔다가 곧 돌아올 거라고 했답니다. 아시다시피 하녀도 없이 아이를 데려올 수는 없잖아요. 게다가 그 애가 제대로 보살핌을 받을 수 있도록 늘 신경 쓰고 있어요."

"가엾은 우리 조카!" 마거릿이 외쳤다. "그 애를 두고 와서 마음이 아파요."

"그렇다면 왜 그 애 곁에서 그렇게 급히 도망쳤나요?" 로버트 부인이 외쳤다. "아가씨는 참 인정머리 없는 사람이에요. 이곳에 오는 내내 아가씨랑 그 일로 언쟁을 했잖아요. 이런 식의 방문은 들어본 적도 없어요. 알겠지만 아가씨들 중 누구라도 우리 집에 와준다면 매우 기쁠 거예요. 설령 몇 달 동안 머문다 해도 말이죠. 올가을에 크로이던에서 즐거운 시간을 보내지 못해 (장난스런 미소를 지으면서) 유감이에요."

"올케, 그런 농담으로 날 기죽게 하지 좀 마세요. 제가 무슨 생각을 하면서 집으로 와야 했는지 올케도 알잖아요. 좀 봐줘요, 부탁해요. 난 언니 농담은 감당이 안 돼요."

"글쎄요, 다른 자매들이 크로이던에 가지 못하게 방해만 하지 말아줘요. 아가씨만 방해하지 않으면 분명 에마 아가씨는 우리랑 함께 가서 크리스마스 때까지 머물고 싶어 할걸요."

에마는 크게 감사했다.

"크로이던에는 멋진 사교계가 있어요. 난 무도회에는 거의 안 가요. 무도회에는 온갖 부류의 사람들이 참석하니까요. 하지만 우리 파티는 선별된 사람들이 오는 수준 높은 파티예요. 지난주에는 응접실에 탁자가 일곱 개나 필요할 정도로 많은 손님들을 초대했답니다. 아가씨는 시골이 좋아요? 스탠턴은 어때요?"

"아주 좋아요." 이 질문의 목적에 포괄적으로 가장 잘 맞는다고 생각하면서 에마가 이렇게 대답했다. 그녀는 곧바로 올케가 자신을 무시한다는 사실을 깨달았다. 로버트 왓슨 부인은 에마가 슈롭셔에 있을 때 어떤 가정에서 자랐는지 궁금해하면서, 이모에게 6천 파운드라는 재산은 없었을 거라 확신하고 있었다.

"에마는 정말 매력적이에요!" 마거릿이 로버트 부인의 귓가에 특유의 감상적인 말투로 속삭였다. 마거릿의 그런 행동을 보고 있자니 에마는 몹시 괴로웠다. 5분 뒤, 처음 만났을 때와 달리 날카롭고 빠른 어조로 엘리자베스 언니에게 말하는 걸 듣고 나자 그 말투가 더욱 싫어졌다.

"퍼넬러피가 치체스터에 간 뒤로 소식 들은 거 있어? 저번에 편지를 받았거든. 그 애한테 무슨 소득이 있을 것 같지 않아. 떠날 때부터 결혼도 못 한 '퍼넬러피 양'으로 돌아올 줄 알았다니까."

에마의 등장이 일으킨 효과가 사라지자 에마가 두려워하던 마거릿의 평상시 목소리가 드러났다. 그런 생각을 하고 있으니 감상적인 거짓 말투를 유지할 수가 없었을 것이다. 정찬을 위한 옷으로 갈아입기 위해 여자들이 2층으로 불려갔다.

"여기서 편히 지내셨으면 좋겠어요, 올케 언니." 평소에 쓰지 않던 침실 문을 열면서 엘리자베스가 말했다.

"다정하기도 하셔라." 제인이 이렇게 대답했다. "제게는 격식 같은 거 차리지 않아도 돼요. 저는 제가 처한 상황을 있는 그대로 받아들이는 사람이에요. 이삼 일 아무 일도 하지 않고 작은 방에서 머물다 갈 수 있으면 좋겠어요. 아가씨를 만나러 오면 늘 '허물없이' 지내고 싶어요. 우리 때문에 정찬을 거하게 차릴 필요 없어요. 그리고 석식은 안 먹는다는 거 기억해줘요."

"우리 둘이 함께 지내야 할 것 같아. 엘리자베스 언니는 늘 방을 혼자 쓰려고 하거든." 마거릿이 재빨리 에마에게 말했다.

"아니야, 언니가 자기 방의 절반을 나한테 줬는걸."

"아! (다정한 목소리로, 자기가 부당한 대접을 받지 않았다는 걸 깨닫고는 오히려 당황한 목소리로) 너랑 지내지 못해 아쉽다. 난 특히 혼자 있으면 긴장해서 말이야."

여자 중에서 에마가 제일 먼저 들어왔다. 응접실에 들어선 그녀는 혼자 있는 오빠를 발견했다.

"에마," 오빠가 말했다. "넌 이 집에서 외지인이나 다름없어. 네가 집에 있으니 좀 이상하긴 하구나. 터너 이모가 정말 예쁜 작품을 만들었어! 그런데 말이다, 돈 있는 여자는 믿을 수가 없구나. 이모부가 돌아가시는 즉시 이모가 너한테 재산을 떼어줬어야 했다고 내가 늘 말했었지."

"하지만 그럼 이모부가 돈을 주면 '나'를 믿는 게 되잖아." 에마가 대답했다. "나도 여자인데 말이야."

"장차 네가 쓸 돈을 마련해두었을지도 모르는데, 지금 넌 이모부의 재산에 아무런 권리도 없잖아. 너한테 얼마나 큰 타격이냐! 상속녀로서 8, 9천 파운드를 물려받기는커녕 6펜스짜리 은화 한 닢 없이 무거운 짐이 되어 집으로 돌아오다니. 이모인지 뭔지 하는 늙은이가 이 일을 후회하게 되길 빈다."

"무례하게 이모를 모욕하지 마. 이모는 나한테 아주 잘해주셨어. 경솔한 선택을 하셨다면, 나보다 이모가 더 괴로우실 거야."

"널 괴롭힐 생각은 없지만 다들 이모를 멍청한 늙은이라고 생각한다는 거 너도 알지. 터너 이모부는 아주 분별 있고 똑똑한 사람이라고 알려졌었는데. 그런 사람이 어쩌다가 그런 유언장을 썼을까?"

"이모를 사랑했다고 해서 이모부를 제정신이 아닌 사람으로 몰고 가선 안 된다고 생각해. 이모는 이모부한테 좋은 아내였어. 너그럽고 교양 있는 사람은 언제든 타인을 믿으니까. 이모부가 나에게 물려줄 재산을 따로 남기지 않은 건 불행한 일이지만, 이모를 존중하는 마음으로 그런 유언장을 썼기 때문에 그분에 대한 추억은 더 소중한 것이 되었어."

"그건 좀 이상한 얘기구나! 이모부는 이모가 물려받은 재산의 전부 혹은 일부를 마음대로 처분하도록 내버려두지 말고 홀로 남겨질 과부 아내에게 적당히 남겼어야 했어."

"이모가 잘못했는지도 몰라." 에마가 격하게 말했다. 잘못하셨겠지. 하지만 이모부는 잘못이 없어. 난 이모 조카야. 이모부는 나를 부양할 힘과 즐거움을 이모한테 남겨준 거야."

"하지만 불행히도 이모는 너를 부양할 즐거움을 무능력한 우리 아버지에게 남겼지. 그게 이 일의 핵심이야. 우리 남매간의 정이 모두 사라지고 네가 (내 생각에) 상류층 아가씨처럼 자랄 때까지 오랜 세월 가족과 떨어뜨려놓은 뒤에, 6펜스짜리 은화 한 닢 없이 돌려보내 가족의 짐이 되게 했다고."

"오빠도 알지," 에마가 애써 눈물을 참으며 대답했다. "이모부는 몸이 정말 안 좋았어. 아버지보다 더 심하게 아프셨지. 외출도 못 하셨어."

"널 울리려던 건 아니야." 로버트가 한층 부드러워진 태도로 말했다. 그는 잠시 입을 다물었다가 화제를 바꾸어 이렇게 덧붙였다. "지금 막 아버지 방에서 나왔다. 상태가 썩 좋아 보이진 않아. 아버지께서 돌아가시면 서글픈 이별이 될 거야. 불쌍하게도, 너희 중 한 명도 결혼을 못 했다니! 넌 다른 자매들처럼 크로이던에 와서 할 일이 있는지 찾아봐야지. 마거릿에게 1천 파운드나 1천5백 파운드의 돈이 있었다면 그 애와 결혼하려는 청년도 있었을 텐데."

그때 다른 사람들이 나타났고 에마는 안도했다. 로버트 오빠의 말을 듣고 있느니 차라리 올케의 화려한 옷과 보석을 구경하는 게 더 나을 것 같았다. 그리고 올케만큼이나 오빠 때문에 그녀는 화가 나고 대단히 슬픈 심정이었다. 로버트 부인이 마치 자신이 주최한 파티의 주인공처럼 깔끔한 차림으로 들어오면서 자기 복장에 대해 사과했다. "기다리게 하지 않으려고요." 부인이 말했다. "그래서 닥치는 대로 맨 처음 눈에 띄는 옷을 입었어요. 후줄근해 보일까 걱정이네요. 친애하는 왓슨 씨, (남편에게) 당신 머리에 분을 새로 바르지 않았군요."

"아니, 바를 생각 없어요. 아내와 누이들을 위해서라면 이미 바른 것만으로도 충분할 것 같소."

"남의 집을 방문할 때면 정찬 전에 옷을 갈아입어야 해요."

"말도 안 돼요."

"다른 신사들이 다 하는 일을 싫어하다니 정말 이상해요. 마셜 씨와 헤밍스 씨는 평생 매일매일 정찬 전에 옷을 갈아입었다고요. 그리고 당신이 새 코트를 입지 않는데, 나 혼자 입는다고 무슨 소용이 있겠어요?"

"멋쟁이 노릇은 당신이나 하고 난 좀 그냥 내버려둬요."

오빠 부부의 언쟁을 끝내고 올케의 분노를 가라앉히기 위해, 에마는 (그럴 기분이 아니었지만) 올케가 입은 가운을 칭찬하기 시작했다. 그 칭찬 덕분에 올케의 기분이 금방 나아졌다.

"이 가운 괜찮아요?" 올케가 말했다. "그렇게 칭찬해주니 기뻐요. 하지만 무늬가 너무 큰 것 같기도 해요. 내일은 아가씨가 더 좋아할 만한 옷을 입을게요. 내가 마거릿에게 준 옷 봤어요?"

정찬이 준비되었다. 로버트 부인은 남편의 머리를 쳐다볼 때만 빼면 내내 즐겁고 수다스러웠다. 음식을 많이 차렸다고 엘리자베스를 야단치고, 절대로 칠면조 구이를 내놓지 말라고 했다. 그녀는 정찬 내내 "이 요리들 좀 봐요" 하고 감탄했는데, 칠면조만은 예외였다. "오늘 칠면조를 들이지 말라고 신신당부했지요. 이미 요리를 많이 먹어서 정말 깜짝 놀랐어요. 칠면조는 참아요, 부탁이에요."

"올케 언니, 이미 다 구워서 부엌에 두었으니 그대로 들여오기만 하면 돼요." 엘리자베스가 대답했다. "게다가 자른 칠면조 고기를 보면 아버지도 식욕이 좀 나지 않을까 싶기도 하고요. 아버지가 칠면조 요리를 좋아하시거든요."

"그렇다면 어쩔 수 없죠. 들여와도 좋아요. 하지만 분명히 말하지만 난 손도 대지 않을 거예요."

왓슨 씨는 몸 상태가 좋지 않아서 정찬을 같이 하진 못했지만, 내려와서 차는 함께 마셨다.

"오늘 밤 카드놀이를 하면 좋겠어요." 엘리자베스가 안락의자에 편히 앉은 아버지를 보고 나서 로버트 부인에게 말했다.

"아가씨, 나 때문이라면 하지 말아요. 내가 카드놀이 좋아하지 않는 거 알죠. 작은 방에서는 대화를 나누는 게 훨씬 더 좋을 것 같아요. 늘 말했지만 가끔은 카드놀이가 딱딱한 분위기를 없애는 데 도움이 되기도 해요. 하지만 친구들 사이에서는 필요 없지 않을까요."

"카드놀이라도 하면 아버지가 좀 즐거워하실 것 같아요." 엘리자베스가 대답했다. "여러분이 싫지 않다면요. 아버지는 이제 자기 머리로 휘스트 게임도 못 하겠다고 하세요. 하지만 우리가 라운드게임*을 하면, 아마 아버지도 같이 하고 싶어 하실 거예요."

"아무렴요, 사랑하는 아가씨를 위해서라면 뭐든 할 수 있어요. 다만 나한테 게임 선택을 강요하진 말아요. 그게 다예요. '투기'**라는 게임이 지금 크로이던에서 유행하는 유일한 라운

*편을 짜지 않고 각자 단독으로 하는 게임.
**18세기 후반 30년간 인기를 누렸던 게임이다. 주요 특징은 트럼프 카드를 사고파는 것이며, 제인 오스틴도 이 게임을 즐기곤 했다.

드게임이지만, 난 뭐든 할 수 있어요. 틀림없이 집에 한두 명만 있을 때, 아버지를 어떻게 즐겁게 해드릴까 난감하겠죠. 왜 크리비지 게임*을 안 하죠? 마거릿과 난 저녁 약속이 없으면 늘 크리비지 게임을 하는데요."

그때 멀리서 마차 달리는 소리 같은 소음이 들렸다. 모두가 귀를 쫑긋 세웠다. 소리는 더 확실해지더니 점점 더 가까워졌다. 스탠턴에서는 이제까지 한 번도 들어보지 못한 이상한 소리였다. 마을은 대로변에 있지도 않았고, 목사 가족 외에는 이렇다 할 신사 집안도 없었기 때문이다. 바퀴 소리가 빠르게 가까워졌다. 2분 뒤에 사람들의 예상대로 마차 바퀴 소리가 목사관의 정원 문 앞에서 멈추었다.

"대체 누구일까요? 분명 사륜 역마차예요. 생각나는 사람은 퍼넬러피밖에 없는데요. 아마 예기치 않게 집에 돌아오게 됐나 봐요."

이내 긴장감이 사라졌다. 처음에는 집 창문 아래 현관으로 가는 포장 보도를 따라, 다음에는 복도에서 발소리가 들렸다. 남자의 발소리였다. 그렇다면 퍼넬러피일 리가 없었다. 분명히 새뮤얼일 것이다.

문이 열리더니, 어깨에 여행용 외투를 두른 톰 머스그레이브의 모습이 나타났다. 그는 런던에 머물다가 집으로 돌아가는 길이었다. 그는 스탠턴에 10분이라도 들르려고 도로에서 반 마

*2명부터 할 수 있는 카드놀이로 크리비지 보드라는 독특한 점수판을 사용한다.

일이나 벗어났던 것이다. 그는 예상치 못한 때에 갑자기 방문해 사람들을 놀래주고 싶었다. 게다가 이번에는 왓슨 양 가족의 안부를 묻는다는 핑계도 있었다. 그는 다과를 든 후 조용히 앉아 있는 왓슨 가족의 모습을 보게 될 거라 자신했다. 그런 다음 8시 정찬 시간에 맞춰 귀가할 예정이었다.

그러나 왓슨가에 들어섰을 때 보통 안내되는 작은 방 대신 열어젖힌 다른 방보다 양쪽으로 1피트씩 더 큰 응접실 문으로 안내되자, 그는 남들을 놀래주기는커녕 자신이 더 놀랐다. 곧이어 누가 누구인지 알 수 없는 멋진 사람들이 예를 갖추어 난로 주위에 원형으로 모여 있는 모습이 보였다. 왓슨 양은 앞에 최고급 다기를 놓고 최고급 펨브로크 탁자에 앉아 있었다. 그는 깜짝 놀라 아무 말 없이 몇 초 동안 서 있었다.

"머스그레이브!" 마거릿이 갑자기 다정하게 외쳤다.

톰이 마음을 진정시키고 앞으로 나섰다. 그는 둥글게 둘러앉은 모임에 끼게 되어 기뻤고 예기치 않게 카드놀이를 하게 된 자신의 행운을 축하했다. 그는 로버트와 악수하고 숙녀들에게는 미소를 지으며 허리 굽혀 절했다. 그리고 모두와 멋지게 인사했다. 에마는 톰을 면밀히 관찰했지만, 그가 마거릿에게 특별히 다정한 말을 건네거나 애정을 드러내는 모습은 보지 못했다. 마거릿은 겸손한 미소를 지으며 톰이 자기 때문에 방문했다는 암시를 주었지만, 엘리자베스 언니의 의견이 맞는다고 할 만한 낌새는 전혀 보이지 않았다.

그는 외투를 벗고 함께 차나 마시자는 그들의 제안에 선뜻

응했다. "8시에 식사를 할 것인지 아니면 9시에 식사를 할 것인지는 대수롭잖은 문제예요." 그는 이렇게 말하고 자리를 찾으려는 기색도 없이 마거릿이 부지런히 자기 옆에 마련해준 의자에 앉았다. 마거릿은 이런 식으로 다른 자매들로부터 그를 보호했다. 하지만 톰을 찾는 오빠로부터 그를 보호할 힘은 없었다. 톰은 불과 네 시간 전에 런던을 떠나 이제 막 돌아오는 길이었으므로, 로버트는 국가 대사가 아닌 일이나 여자들의 사소한 요구에 관심을 기울이기 전에 그에게서 그날의 새로운 소식이나 여론 같은 걸 듣고 싶었기 때문이다.

그러나 마침내 톰은 마거릿의 다정한 말을 자유롭게 들을 수 있었다. 마거릿은 그가 춥고 궂은 날씨에 끔찍한 여행을 한 게 아닌지 걱정이라고 했다.

"그렇게 늦게 출발하지 말았어야 했어요."

"더 일찍 출발할 수는 없었습니다." 그가 대답했다. "친구와 이야기하느라 베드퍼드에서 지체됐어요. 제게 시간은 언제나 마찬가지예요. 여기 온 지 얼마나 됐죠, 마거릿 양?"

"우리도 오늘 아침에 왔어요. 친절한 오빠 부부가 데려다줬어요. 특별한 인연이잖아요?"

"한참 떠나 있었네요, 그렇죠? 두 주쯤 된 것 같은데요."

"고작 두 주를 길다고 하시네요, 머스그레이브 씨." 로버트 부인이 재빨리 이렇게 말했다. "한 달도 짧은걸요. 우리는 우리 뜻과 달리, 마거릿을 한 달 만에 데려왔답니다."

"한 달이라고요! 정말 한 달이나 떠나 있었군요! 시간이 얼마나 빨리 가는지 놀랍습니다."

"상상할 수 있겠죠." 마거릿이 속삭였다. "스탠턴에 돌아온 느낌이 어떤지 말이에요. 오빠네 집에서 지내는 내내 제가 얼마나 불행했을지도요. 게다가 에마가 너무나 보고 싶었어요. 그 애를 만나는 게 두려우면서도 동시에 엄청 보고 싶었어요. 당신은 이런 느낌 이해 못 하시겠죠?"

"전혀요." 그가 큰 소리로 외쳤다. "나는 에마 왓슨 양이나 다른 자매들을 만나는 게 두렵지 않으니까요."

그가 다른 자매를 끝에 붙인 게 다행이었다.

"저한테 말씀하셨어요?" 자신의 이름이 언급되는 것 같아서 에마가 물었다.

"딱히 그런 건 아닙니다." 그가 대답했다. "하지만 아마 이 순간 아주 먼 곳에 있는 많은 사람들이 당신 생각을 하듯이, 당신 생각이 났어요. 아주 화창한 날씨예요, 에마 양! 사냥하기 딱 좋은 시기죠."

"에마는 유쾌해요, 그렇죠?" 마거릿이 속삭였다. "기대 이상이에요. 저 애보다 더 아름다운 사람을 본 적 있어요? 제 생각엔 당신도 저 애의 가무잡잡한 피부에 반하게 될 것 같군요."

그는 대답을 망설였다. 마거릿은 아름다웠지만, 그는 특별히 그녀를 칭찬할 마음은 없었다. 하지만 오스본 양이나 카 양도 똑같이 아름다웠고, 그녀들에 대한 그의 헌신은 성공했다. "당신 여동생의 피부는, 가무잡잡하지만 괜찮아요." 그가 마침내 말했다. "하지만 솔직히 말하자면 난 여전히 흰 피부를 더 좋아합니다. 당신도 오스본 양을 봤죠? 그녀는 제가 가장 선호하는 여성다운 피부를 갖고 있어요. 아주 흰 피부죠."

"저보다 흰가요?"

톰은 대꾸하지 않았다.

"맹세코, 숙녀분들," 자신의 몸을 힐끗 보며 그가 말했다. "이렇듯 단정치 못한 차림의 저를 응접실에 받아들여주시다니 정말 큰 신세를 졌습니다. 제가 이곳에 얼마나 어울리지 않는 존재인지 미처 생각을 못 했습니다. 또한 여러분을 더럽히지 않도록 일정한 거리를 지켰기를 바랍니다. 레이디 오스본이 이런 차림을 한 저를 보셨다면, 제가 자기 아들처럼 경솔하다고 나무라셨을 겁니다."

여성들은 적당히 예의를 갖추어 대답했다. 반대편 유리창에 비친 자신의 머리를 살피던 로버트 왓슨도 마찬가지로 정중하게 화답했다.

"제가 당신보다 더 엉망이에요. 아주 늦게 이 집에 도착하는 바람에 머리에 다시 분을 바를 시간도 없었거든요."

에마는 그 순간 올케 언니의 기분이 어떨지 궁금했다.

다기를 다 치우자 톰이 자기 마차 이야기를 꺼냈다. 하지만 왓슨 양이 낡은 카드 탁자를 세팅하고 꽤 깨끗하게 포장된 카드와 모조 화폐를 앞으로 가져왔다. 게임을 같이 하자고 여러 사람이 강권하는 바람에, 그도 15분간 같이 하기로 했다. 심지어 에마도 그의 합석을 기뻐했다. 모든 파티 가운데 가족 파티가 최악이라는 생각이 들기 시작했기 때문이다. 다른 사람들도 좋아했다.

"무슨 게임을 할 거죠?" 그들이 탁자 주위에 둘러서자 그가 외쳤다.

"'투기'인 것 같아요." 엘리자베스가 말했다. "올케가 추천했는데, 다들 좋아할 거예요. 당신도 알 텐데요, 톰."

"지금 크로이던에서 유행하는 카드놀이 중 유일한 라운드게임이에요." 로버트 부인이 말했다. "다른 게임은 생각이 안 나요. 그게 당신이 좋아하는 게임이라 다행이에요."

"아! 저요!" 톰이 외쳤다. "부인이 정해주신다면 뭐든 다 좋습니다. 예전엔 저도 투기 게임을 하면서 많은 시간을 즐겁게 보냈죠. 하지만 그 게임을 오래 하진 않았어요. 21게임*이 오스본 캐슬의 인기 게임이에요. 요즘엔 21게임만 했습니다. 거기서 우리가 질러대는 고함 소리를 들으면 아마 놀라실 겁니다. 높고 멋진 고풍스럽고 높은 응접실이 다 울릴 정도예요. 레이디 오스본은 가끔 자기 말소리도 들리지 않는다고 하더라고요. 오스본 경이 그 게임을 좋아한다는 건 유명한 얘기죠. 경은 예외 없이 제가 여태껏 본 최고의 딜러입니다. 그 민첩성과 배짱이라니! 누구도 자기 카드를 넘보지 못하게 하죠. 카드 두 장을 뽑는 오스본 경의 모습을 보신다면 재미있을 텐데요. 아주 볼 만한 광경이랍니다!"

"저런!" 마거릿이 외쳤다. "그럼 왜 21게임을 하지 않나요?

*카드의 점수를 세어서 그것을 넘기지 않고 최대한 21이나 21에 가까운 숫자를 만드는 게임.

그게 투기 게임보다 훨씬 더 재미있을 것 같은데요. 저는 투기 게임을 그리 좋아하지 않거든요."

로버트 부인은 다시 그 게임을 추천하지 않았다. 그녀는 완패했다. 오스본 캐슬에서 유행하는 21게임이 크로이던의 대세가 되었다.

"오스본 캐슬에 사는 목사관 가족을 자주 보시나요, 머스그레이브 씨?" 그들이 자리를 잡자, 에마가 물었다.

"아! 네. 목사 가족은 늘 거기 있죠, 블레이크 부인은 체구가 작지만 친절하고 쾌활한 분이에요. 부인과 저는 아주 친한 친구죠. 하워드 목사는 훌륭한 신사분이고요! 그곳 사람들 모두 당신을 기억하고 있을 거라 생각합니다, 에마 양. 장담해요. 웬일인지 당신은 이따금씩 뺨에 홍조를 띠네요. 지난주 토요일 밤 9시나 10시경에 조금 화를 내고 계시지 않았습니까. 그때 이야기를 할까요. 궁금하지 않으십니까. 하워드가 오스본 경에게 말한 것은……."

이 흥미로운 순간에 그는 게임을 정리하고 몇 가지 문제를 해결해달라는 요청을 받고 불려갔다. 처음에는 그 일들을 처리하느라고, 나중에는 게임 자체에 몰두하는 바람에 좀 전에 자기가 하던 말은 완전히 잊어버린 모양이었다. 에마는 그의 다음 말이 무엇일지 몹시 궁금했지만 굳이 상기시키지는 않았다.

그는 카드 탁자에서 자신의 가치를 입증했다. 그가 없었다면, 아까처럼 재미도 없고 조금 불만스러운 가까운 일가친척 모임이 되었을 것이다. 하지만 그의 존재 덕분에 게임이 다양해졌고, 게임을 하는 태도도 화기애애해졌다. 그는 라운드게임에서 탁월하게 빛나는 존재였다. 몇 가지 상황들이 그를 장점 많은 인물로 돋보이게 했다. 그는 활기가 넘쳤고, 대화에도 능숙했다. 자신만의 위트는 없었지만, 가끔 자리에 없는 친구의 위트를 빌려 인용했다. 그에게는 평범하거나 별것 아닌 것을 재미있게 말하는 재주가 있었다. 이는 카드놀이에 커다란 영향을 미쳤다. 이제 평상시 타인을 즐겁게 하는 그의 태도 위에 오스본 캐슬의 카드 치는 방식과 유쾌한 농담이 더해졌다. 그는 어떤 귀부인의 재치 있는 말을 반복하는가 하면, 다른 귀부인이 저지른 실수를 자세히 이야기하기도 하고, 두 장의 카드를 뽑는 오스본 경의 모습을 흉내 내어 사람들을 즐겁게 해주었다.

그가 이렇게 즐겁게 카드놀이에 몰두해 있는 사이에, 시계가 9시를 울렸다. 내니가 나리의 죽 그릇을 들고 들어오자, 그는 왓슨 씨에게 그만 일어나 석식을 드시라고 말했다. 그도 집으로 돌아가 정찬을 들어야 했다. 그는 마차를 문간으로 불렀다. 좀 더 머물라고 사람들이 붙잡아도 아무 소용없었다. 더 머물렀다간 석식에 초대되어 10분 이내에 급히 끼니를 때우게 되리라는 걸 잘 알고 있었기 때문이다. 다음 식사를 정찬이라 부르기로 마음먹은 사람에게, 이는 견디기 힘든 노릇이었다.*

떠나려는 그의 결심을 깨닫자마자, 마거릿은 다음 날 정찬에 그를 초대하라고 엘리자베스 언니에게 윙크를 했다. 결국

* 보통 늦은 오후에 먹는 정찬은 하루 중에서 가장 격식을 갖춘 식사였다. 다과에 이어 늦은 저녁에 먹는 석식에서는 대개 가벼운 음식들이 나왔다.

엘리자베스는 마거릿의 이 신호를 거스르지 못하고 그를 초대했다. 손님 대접을 즐기고 사교적인 그녀의 기질상 내심 이런 초대가 반가웠던 것이다.

"로버트 오빠를 방문해주신다면 매우 기뻐할 거예요."

톰은 "기꺼이 응하겠습니다"라고 대답하더니 잠시 뒤에 이렇게 덧붙였다. "제가 늦지 않게 오게 된다면요. 하지만 레이디 오스본께 붙잡힐 수도 있어요. 그러니 제가 오지 못하더라도 신경 쓰지 마십시오."

그러고 나서 그는 꼭 오겠다고 확실하게 약속하지 않은 것을 흡족해하면서 떠났다.

마거릿은 이 상황을 기뻐하며 특별히 좋은 징조로 받아들였다. 이튿날 아침, 잠깐 단둘이 있게 되자 그녀는 에마에게 다 털어놓으면서 이런 말까지 했다.

"사랑하는 에마, 어젯밤 여기 왔고 내일도 올 그 사람은 네가 생각하는 것 이상으로 나한테 관심이 있단다." 에마는 아무것도 모르는 척 엉뚱한 대답을 하고, 벌떡 일어나 불쾌한 주제를 피했다.

마거릿은 머스그레이브가 그날 저녁에 다시 올 것을 전혀 의심하지 않았기에, 그를 즐겁게 하려고 전날 필요하다고 생각한 것 이상으로 많은 음식을 준비했다. 언니로부터 부엌의 감독 책임을 인계받아서 오전 반나절 동안 부엌에서 직접 지시하고 야단쳤다. 그러나 요리를 잔뜩 하고 초조하게 기다린 후에도 기대한 손님이 오지 않자, 그들은 식탁에 앉아 기다려야만 했다. 톰 머스그레이브는 오지 않았다. 실망한 마거릿은 애써 짜증을 감추거나 까다로운 성질을 죽이려 들지 않았다.

그날 저녁과 다음 날 종일, 로버트와 제인의 방문 기간 내내 유지되었던 집안의 평화는 초조해하는 마거릿의 불만과 짜증으로 계속 금이 갔다. 엘리자베스는 여느 때처럼 마거릿이 쏟아내는 불만과 짜증을 감내해야 했다. 마거릿은 예의 바르게 행동하라는 오빠와 올케의 의견을 충분히 존중했지만, 엘리자베스와 하녀들은 아무런 대응도 하지 못했다. 아무 생각도 하지 않는 듯 굴던 에마는 자신이 계속 부드럽게 얘기할 수 없으리란 것을 깨달았다. 최대한 가족을 피하고 싶었다. 에마는 아버지와 2층에 머무는 편이 좋았고, 그래서 매일 저녁 아버지의 말벗이 되겠노라 자원했다. 반면 엘리자베스는 그 모든 위험을 무릅쓰더라도 아래층에 있는 것이 나았다. 누구랑 같이 있어도 상관없었다. 자주 대화가 끊기는 아버지하고 단둘이 있기보다 삐딱한 마거릿이 이따금씩 말을 가로막아도 올케와 크로이던 이야기를 나눌 수 있었기 때문이다. 일은 그렇게 해결되었다. 곧 엘리자베스는 그 일이 여동생의 입장에서도 결코 희생이 아니라고 믿게 되었다. 에마에게는 이것이 가장 즐거운 변화였다. 몸이 불편할 때면 아버지는 관대함과 침묵만을 원했다. 게다가 말할 기력이 있을 때면 교육받은 이성적인 분답게 훌륭한 대화 상대가 되어주었다.

에마는 아버지의 방에서 자신을 괴롭히는 양성 불평등 사회나 가족간의 불화에서 벗어나 평화를 누렸다. 무정한 번영, 저급한 허영심, 비뚤어진 성품이 더해진 완고한 어리석음을 마주하고 견뎌야 하는 괴로움에서 벗어났다. 그런 현실을 떠올리면 여전히 괴로웠다. 지난 일을 떠올리거나 앞으로의 일을 생각하면 괴로웠지만, 그런 것들은 잠시 잊기로 했다. 그녀는 느긋하게 독서하며 생각에 잠길 수 있었다. 지금 처한 상황이 사색에 별 도움이 되지는 않았지만 말이다. 이모부를 잃음으로써 생겨난 문제들은 사소하지도 않았고, 줄어들 것 같지도 않았다. 과거와 현재를 대조하며 자유로이 생각에 몰두했다. 그러자 오로지 독서에 정신을 집중할 수 있었고 불쾌한 생각들도 사라졌다. 감사하게도 책에 의지할 수 있었다.

이모부가 돌아가시고 이모가 경솔히 행동한 결과, 에마의 가정 환경과 생활 방식은 크게 바뀌었다. 그녀는 부모처럼 정성껏 그녀를 돌보고 정신적 토대를 형성해준 이모부가 최고의 희망으로 생각하고 늘 염려했던 대상이었으며, 다정한 성격으로 뭐든 하고 싶은 대로 하게 해주었던 이모가 사랑해 마지않던 존재였다. 그리고 매사 아늑하고 우아했던 가정의 생명이자 천사이며, 모두가 순조롭게 독립하리라 기대하던 상속녀였다. 이런 존재에서 벗어나 이제 누구에게나 하찮고, 애정을 기대할 수 없는 부담스런 존재, 가정의 편안함이나 앞으로의 지원을 기대할 가망도 없이 열등한 사람들에 둘러싸여 이미 너무 많은 대가족의 군식구가 되었다. 천성적으로 명랑한 성격이 그녀에게는 다행한 일이었다. 이러한 변화는 나약한 영혼을 절망에 빠뜨릴 수도 있는 것이었기 때문이다.

그녀는 같이 크로이던에 가자는 로버트와 제인의 제안에 시달렸고, 이를 거절하기란 쉽지 않았다. 그들은 자신들이 베푸는 친절과 상황을 너무나 과대평가해서, 그들의 제안이 누군가에게는 별로 도움이 안 될 수도 있다는 생각을 못 했기 때문이다. 엘리자베스 언니는 분명히 자신의 의사에는 어긋났지만, 개인적으로 에마에게 가라고 재촉하면서 관심을 보였다.

"넌 네가 어떤 제안을 거절하는지도 모르고, 에마." 언니가 말했다. "가정에서 참아야 할 게 뭔지도 모르는구나. 어쨌든 그 초대를 받아들이라고 충고할게. 크로이던에서는 늘 활기찬 사건들이 벌어지고 있어. 거의 매일 손님이 올 거야. 로버트 오빠 부부는 너를 매우 친절하게 대해줄 거고. 난 네가 없다고 해도 지금보다 더 나빠질 게 없어. 하지만 만약 네가 이 집에 머문다면 익숙하지도 않은 마거릿의 짜증을 견디느라 괴로울 거야."

에마는 이런 충고를 해준 엘리자베스 언니가 전보다 더 존경스러웠지만, 그렇다고 해서 언니의 말에 영향을 받지는 않았다. 어쨌거나 크로이던 손님들은 그녀를 남겨둔 채 떠났다.

작가의 언니인 커샌드라는 몇몇 조카에게 이 작품의 원고를 보여줄 때, 소설이 어떻게 전개될 것인지도 알려주었다. 작가는 수중의 작품에 관해 이 소중한 자매와(다른 사람은 없었던 것 같다) 자유롭게 대화를 나눈 것 같다. 왓슨 씨는 곧 사망하고 에마는 가정을 지키기 위해 편협한 올케와 오빠를 의지하게 된다. 그녀는 오스본 경의 청혼을 거절한다. 하워드 목사를 짝사랑하는 레이디 오스본과 에마를 사랑하는 하워드 목사 간의 엇갈린 사랑 때문에 여러 가지 흥미진진한 이야기가 전개된다. 결말에서 하워드 목사는 결국 에마와 결혼하게 된다.

《제인 오스틴 회상록》 2판(1871), 364쪽에서

샌디턴

1

한 신사와 숙녀가 턴브리지에서 출발하여 헤이스팅스와 이스트본 사이에 있는 서식스 해안*을 향해 가고 있었다. 용무 때문에 큰길에서 벗어나 노면 상태가 매우 좋지 않은 샛길로 접어든 그들은 한동안 울퉁불퉁한 긴 언덕길을 올라갔다. 그러다 이 샛길에 면해 있는 유일한 저택을 막 지날 무렵, 돌 반 모래 반의 길바닥에 마차가 전복되고 말았다. 이 길로 가라는 분부를 받았을 때 마부는 당연히 자신들의 목적지가 그 저택일 것이라고 생각했다. 그런데 그 집을 그냥 지나쳐 가자 마부는 못마땅한 기색을 역력히 드러냈다. 그는 연신 툴툴대며 어깨를 으쓱거렸고, 자기 말들의 처지를 한탄하면서 심하게 채찍질을 해대기도 했다. 그러므로 만일 신사의 저택을 지나자마자 길

*영국 남쪽 해안의 지명들.

의 상태가 더욱 나빠지지 않았다면 (더구나 마차는 마부의 주인 소유도 아니었기 때문에) 마부가 일부러 마차를 전복시켰다고 의심할 수도 있었을 것이다. 사실 그는 매우 불길한 표정을 지으며 이 지점 이후로는 짐수레 바퀴 이외의 어떤 바퀴도 안전하게 지나갈 수 없다고 단언하기도 했다. 마차 속도가 느렸던 데다 길도 좁았기 때문에 전복의 충격은 그리 심하지 않았다. 덕분에 신사가 먼저 마차에서 빠져나온 다음, 같이 탔던 숙녀를 부축해 안전하게 바깥으로 나올 수 있었다. 처음에 그들은 그저 놀라고 약간 긁혔을 뿐, 별다른 부상은 입지 않았다고 생각했다. 그러나 곧 신사의 발목이 아파오기 시작했다. 마차에서 빠져나오다가 발목을 삔 모양이었다. 그는 마부를 질책하는 한편 아내에게는 이만하길 다행이라는 말을 되풀이하고 있었는데, 이내 발목 때문에 이 두 가지를 모두 그만두고 땅바닥에 주저앉았다. 더 이상 서 있을 수가 없었던 것이다.

"여기가 좀 잘못된 것 같아요." 그는 발목에 손을 대며 말했다. "하지만 별것 아니오, 여보." 그는 미소를 지으며 아내를 올려다보았다. "어차피 사고가 날 거라면 이보다 더 나은 장소를 고를 수는 없었을 거요. 정말 불행 중 다행이지. 여기가 우리가 원하던 곳인지도 몰라. 곧 도움을 받을 수 있을 거요. 내 생각으론 '저기' 치료약이 있어요." 그는 조금 떨어진 높은 언덕 위 숲속에 낭만적으로 자리한, 깔끔한 외관의 집을 손가락으로 가리켰다. "'저게' 바로 거기 같지 않소?"

그의 아내는 그렇기를 간절히 바랐지만 그냥 우두커니 서 있기만 했다. 너무 겁이 나고 초조해서 아무것도 할 수 없었고, 또 아무 생각도 나지 않았기 때문이었다. 잠시 후 사람들이 그들 쪽으로 오는 것을 보고서 그녀는 안도의 한숨을 내쉬었다. 그들이 지나온 저택 옆 목초밭에서 일하던 사람들이 사고를 알아차리고 구조하러 달려온 것이다. 선두에 선 사람은 이곳 지주인 인상 좋고 건장한 중년 신사였다. 일꾼들과 함께 목초밭에 나와 있다가 사고를 목도하고는 가장 일 잘하는 일꾼 서너 명을 데리고 뛰어온 것이다. 목초밭은 그리 멀지 않은 곳에 있었고, 그곳에서는 남녀노소 많은 사람들이 그들을 지켜보고 있었다.

지주인 헤이우드 씨는 다가오면서 매우 예의 바르게 인사를 하고, 사고에 대한 염려와 이런 험한 길로 들어선 것에 대한 놀라움을 표한 다음, 도움이 되는 일이면 뭐든 기꺼이 하겠다고 말했다. 상대방은 그의 호의를 공손하고 감사하게 받아들였다. 곧 일꾼 한두 명이 마부를 도와 마차를 바로 세우기 시작했다. 그러자 여행자가 말했다. "선생님, 정말 감사합니다. 베푸신 친절을 그대로 받아들이겠습니다. 제 다리 부상은 별것 아닙니다만, 이런 경우 최대한 빨리 의사의 진찰을 받는 것이 좋지요. 그런데 길이 너무 나빠서 제가 직접 의사를 찾아갈 수 없을 것 같네요. 그러니 저 친구들 중 한 명을 보내서 의사를 불러오면 좋겠습니다."

"의사라고요?" 헤이우드 씨가 놀라서 반문했다. "이 근처에는 의사가 없는데요. 하지만 없어도 상관없습니다."

“아니요, 선생님. 만일 그 의사가 없으면 동료 의사라도 괜찮습니다. 사실 전 그 동료 의사가 더 좋아요. 저 친구는 3분이면 그곳에 도착하겠죠. 의사 집이 어디인지 물을 필요는 없겠지요? (그러고는 오두막 쪽을 바라보며) 선생님 댁을 빼면 이 근처에는 신사가 살 만한 집이 하나도 없으니까요.”

헤이우드 씨는 매우 놀라며 이렇게 대답했다. “아니! 저 오두막에 의사가 있을 거라 생각하시는 겁니까? 우리 교구에 의사라고는 두 명은커녕 단 한 명도 없어요.”

그러자 신사가 말했다. “그럴 리가요. 선생님 말씀을 반박하는 것 같아 매우 죄송하지만 잘못 알고 계시는 것 같군요. 이 교구가 너무 넓어서 그런지 아니면 다른 이유가 있는지는 몰라도…… 잠깐만요, 혹시 제가 장소를 잘못 안 건 아닌지…… 여기 윌링든 아닌가요? 윌링든 맞지요?”

“네, 맞습니다. 윌링든이 확실합니다.”

“그럼, 이 교구에 의사가 있다는 증거를 댈 수 있습니다. 선생님이 그 사실을 아시건 모르시건 간에 말입니다. 자, 여기 있습니다. (지갑을 꺼내며) 여기 이 광고를 좀 보시겠습니까? 〈모닝 포스트〉와 〈켄트 신문〉에서 제가 직접 오린 것입니다, 바로 어제 아침 런던에서요. 이걸 보면 제 말이 허튼소리가 아니란 걸 아실 겁니다. 이 광고는 선생님 교구에 있는 의사들이 동업 관계를 청산한다는 광고입니다. 잘되는 병원, 좋은 평판, 확실한 신원, 따로 독립하기를 원함. 여기 전부 상세히 나와 있습니다.” 이렇게 말하며 그는 두 개의 길쭉한 종잇조각을 내밀었다.

헤이우드 씨가 빙그레 웃으며 말했다. "선생, 이 나라에서 일주일 동안 발간된 신문을 전부 보여주신다 해도 월링든에 의사가 있다고 저를 설득하지 못할 겁니다. 태어나서 57년 동안 죽 이곳에 살았으니 그런 사람이 있다면 '모를' 수 없습니다. '영업'이 영 시원치 못한 의사라면 모르지만요. 신사분들이 사륜 역마차를 타고 이 길을 자주 지난다면 언덕 위에 의사 집이 하나 있는 것도 괜찮겠지요. 하지만 저 오두막은 아닙니다. 물론 이렇게 멀리서 보면 말쑥해 보이긴 해요. 하지만 실제로는 초라하기 그지없죠. 이 교구에 흔한 두 가구용 가옥이랍니다. 한쪽에는 우리 집 목동이 살고 다른 쪽에는 나이 든 여자 셋이 삽니다."

그는 오려낸 신문 기사를 넘겨받아 한 번 훑어본 다음, 이렇게 덧붙였다. "아, 이제 이해가 되네요. 장소를 헷갈리셨어요. 이 근처에 월링든이 두 군데 있는데 신문광고에 나온 곳은 여기 말고 다른 곳입니다. 그레이트 월링든 혹은 월링든 애벗이라 불리는 곳이죠. 여기서 7마일 떨어진 곳인데 배틀* 저쪽 반대편에 있어요. 윌드** 저지대 말이에요. 그런데 '우리'는 (상당히 자랑스러운 표정을 지으며) 윌드에 속하지 않아요."

"'저지대'가 아닌 건 확실해요." 여행자가 쾌활하게 말했다. "여기 언덕을 올라오느라 30분이나 걸렸으니까요. 과연, 선생님 말씀대로군요. 제가 바보 같은 실수를 했습니다. 순식간에

*남부 잉글랜드 지방 서식스 주의 도시 이름.
**남부 잉글랜드 지방의 저지대의 총칭.

결정된 일이라서요. 런던을 떠나기 30분 전에 우연히 이 광고를 봤습니다. 이것저것 정신없을 때였죠. 단기 체류 시에는 언제나 그래요. 마차가 집 앞에 도착할 때까지도 용무가 마무리 안 되기 일쑤니까요. 그래서 조금 알아보니, '윌링든'이 우리가 가는 길에서 1, 2마일 정도 떨어져 있다는 겁니다. 그래서 더 이상 확인하지 않고…… (아내를 향해) 여보, 이런 난처한 상황에 빠뜨려서 미안해요. 하지만 내 다릴랑 걱정 말아요. 가만히만 있으면 괜찮으니까. 이 친절한 분들이 마차를 바로 세우고 말들을 돌려놓으면 곧바로 오던 길을 되돌아갑시다. 국도로 헤일셤까지 가서 곧바로 집으로 가는 거요. 헤일셤에서 집까지는 두 시간이면 돼요. 그리고 집에 도착하면 다리는 곧 나을 거요. 상쾌한 바닷바람만 쐬면 금세 거뜬해질 테니까. 이런 경우엔 바다가 특효약이지. 바닷바람과 해수 찜질 말이오. 생각만으로도 거뜬해지는 것 같군."

이때 헤이우드 씨가 상냥하게 대화에 끼어들었다. 그는 먼저 발목을 살피고 목이라도 좀 축인 후에 떠나라며, 자기 집으로 가자고 매우 공손하게 청했다.

"우리 집에는 삔 데나 긁힌 데 쓰는 약이 항상 준비되어 있습니다. 두 분을 모시면 제 아내와 딸들도 무척 기뻐할 겁니다."

여행자가 발을 움직이려고 할 때마다 상당한 고통이 뒤따랐다. 그래서 그는 처음과는 달리 즉각적인 도움이 필요하다는 것을 인정하고 아내에게 "여보, 그 편이 낫겠소"라고 말한 다음 헤이우드 씨를 향해 말했다. "선생님, 호의를 받아들이기 전에 제 소개를 하고 싶습니다. 제가 허황된 것을 찾아다니는 것을 보고 혹시 좋지 않은 인상을 받으셨을까 염려가 되는군요. 제 이름은 파커입니다. 샌디턴의 파커 씨라고 합니다. 이쪽은 제 아내 파커 부인이고요. 저희는 런던에서 귀가하는 길입니다. 저희 집안은 조상 대대로 샌디턴 교구에 토지를 가지고 있습니다만 해안에서 이렇게 먼 내륙에서는 모를 수도 있겠습니다. 하지만 샌디턴은 아시겠지요? 샌디턴 얘기를 들어보지 못한 사람은 없을 겁니다. 새로 떠오르는 해수욕장, 서식스 해안에서 가장 좋은 곳이죠. 자연 조건이 가장 좋고, 앞으로 사람들이 제일 선호할 곳 말입니다."

"네, 샌디턴 얘긴 저도 들었습니다." 헤이우드 씨가 대답했다. "5년에 한 군데 꼴로 해안에 새 장소가 생겨나 인기 지역이 된다고들 하더군요. 그 반이라도 사람이 차는 것이 참 신기해요. 그런 곳에 갈 돈과 시간이 있는 사람들이 도대체 '어디서' 나올까요? 지역으로선 안 좋은 일이죠. 식료품 값이 올라갈 게 뻔해요. 게다가 가난뱅이들을 아무 짝에도 쓸모없는 인간으로 만드니까요. 물론 선생께서도 그렇게 생각하시겠죠?"

"아닙니다, 절대 그렇지 않아요." 파커 씨가 큰 소리로 말했다. "제가 장담컨대 그와는 정반대예요. 물론 많은 사람들이 그렇게 얘기합니다. 하지만 틀린 생각이에요. 브라이턴이나 워딩 혹은 이스트본처럼 급성장한 대도시는 그럴지도 몰라요. 하지만 샌디턴처럼 조그만 마을은 '다릅니다'. 워낙 작아서 애

당초 문명의 해악 같은 건 입을 염려가 없죠. 마을의 발전, 건물 신축, 종묘장 설치, 각종 물품에 대한 수요, 게다가 교양 있고 반듯한 가족들로 이루어진 신분 확실하고 점잖은 최고의 사교생활, 이런 것들이 가난한 사람들에게 일거리를 주고, 그들의 생활을 보다 편하게 개선시킵니다. 단언컨대 샌디턴은 절대로…….”

“선생, 저는 어떤 한 도시를 특별히 찍어서 비판하려는 게 아닙니다.” 헤이우드 씨가 말했다. “그냥 일반적으로 말해 이 지역 해안에 그런 곳이 너무 많다는 것입니다. 하지만 그보다 선생께…….”

“해안에 그런 곳이 너무 많다고요?” 파커 씨가 반문했다. “그 점에 있어서는 저랑 생각이 아주 다르지는 않은 것 같습니다. 적어도 이제 ‘충분하다’고 봅니다. 이 지역 해안에는 충분하니 더 이상은 필요 없어요. 모든 사람의 취향과 경제 사정에 안성맞춤인 곳이 충분히 있으니까 그 숫자를 더 늘리려는 사람은 매우 경솔한 거죠. 그런 사람은 얼마 안 있어 자기 계산이 잘못되었다는 걸 깨닫게 될 겁니다. 하지만 선생님, 샌디턴 같은 곳은 꼭 필요한 곳이고, 또 모두들 간절히 원하던 곳입니다. 자연이 선택하고, 누가 봐도 알 수 있게 뚜렷이 표시해놓은 곳이지요. 이 지역 해안에서 가장 순수하고 깨끗한 바닷바람, 이는 누구나 인정하는 바입니다, 기가 막히잖아요. 정말 좋은 해수욕장, 고운 모래, 해안에서 10야드만 들어가면 벌써 깊어지는 바닷물, 게다가 진흙도 없고, 해초도 없고, 미끄러운 바위도 없어요. 병자들의 요양지로 이처럼 좋은 천혜의 자연환경을 가진 곳은 어디에도 없어요. 바로 수천 명이 원하던 곳이죠. 런던과의 거리도 딱 알맞고요. 이스트본보다 런던에서 1마일 더 가깝습니다. 선생님, 생각해보세요. 긴 여행에서 1마일이란 큰 거예요. 어쩌면 선생님은 브린쇼어를 염두에 두시는지도 모르겠습니다만, 작년에 투기꾼 두세 명이 썩어빠진 늪과 쓸쓸한 황야와 썩은 해초 더미로 가득한 갯벌 사이에 자리 잡은 작은 마을을 가지고 뭔가 해보려고 했지만 분명 실패하고 말 겁니다. 도대체 브린쇼어에 추천할 게 뭐가 있습니까? 건강에 해로운 공기, 말할 수 없이 열악한 도로, 찝찔한 물, 너무 찝찔해서 도무지 3마일 이내에서는 제대로 된 차 한 잔도 마실 수가 없어요. 땅으로 말할 것 같으면 너무 춥고 척박해서 양배추 한 통도 얻을 수가 없을 정도예요. 선생님, 정말입니다. 브린쇼어에 대해 사실 그대로 말한 거예요. 하나도 더하거나 빼지 않고요. 만일 선생님께서 다른 얘기를 들으셨다면…… ."

"아니요, 생전 처음 듣는 얘깁니다." 헤이우드 씨가 말했다. "전 그런 곳이 있는 줄도 몰랐으니까요."

"있는 줄도 모르셨다고요! (의기양양하게 아내를 바라보며) 봤지, 여보? 브린쇼어의 명성이란 기껏 그 정도밖에 안 되는 거요. 이분은 그런 곳이 있는지도 모르셨다잖아요. 자, 선생님, 여기서 쿠퍼의 시구를 인용해도 되겠지요? 볼테르에 반대되는 인물인 쿠퍼가 신심 깊은 시골 아낙을 묘사한 시구를 브린쇼어에 적용해도 되겠지요? '집으로부터 반 마일 밖에서는 아무도 그녀에 대한 얘기를 들은 사람이 없었다.'"*

"되고말고요. 무슨 시구든지 좋습니다. 하지만 선생 다리에 약을 좀 발라야할 것 같은데요. 부인도 같은 의견이신 것 같습니다. 더 이상 시간을 허비하면 안 될 것 같군요. 저기 우리 딸들이 자기 어머니 말을 전하러 오는군요. (품위 있는 처녀 두세 명이 하녀 두셋을 거느리고 집에서 나오는 모습이 보였다.) 사실 저는 이 소동이 가족들에게 알려지지 않았나 의아해하던 차였답니다. 이런 사건이 일어나면 우리 집처럼 외딴곳에서는 금방 소문이 나는 법이니까요. 자, 그럼 선생을 집 안으로 옮길 가장 좋은 방법을 강구해봐야겠습니다."

젊은 처녀들이 다가와 아버지의 초대를 열렬히 지지했고, 가식 없는 그녀들의 태도는 여행자들의 마음을 편안하게 해주었다. 파커 부인은 간절히 휴식을 바랐고 그녀의 남편 역시 이제는 아내만큼이나 휴식을 원하게 되었기 때문에 예의상 약간의 사양만 했을 뿐이다. 게다가 마차를 바로 세우고 보니 땅에 부딪친 쪽의 피해가 상당하여 당장은 운행이 불가능했다. 따라서 더 이상의 사양 없이 파커 씨는 집으로 실려 들어갔고 마차는 빈 창고로 들어갔다.

*영국 시인 윌리엄 쿠퍼는 전원생활과 자연의 아름다움을 찬미하는 시를 썼으며, 훗날 낭만주의 시인들에게 영향을 주었다. 이 구절은 1782년에 출간된 쿠퍼의 시 〈진실〉에서 따온 것이다. 이 시에서 그는 순박한 시골 아낙과 볼테르를 비교했다.

2

이렇게 이상하게 시작된 인연은 그냥 짧게 끝나지 않았다. 여행자들은 두 주 동안이나 윌링든에 머물러야 했다. 파커 씨의 발목 염좌가 심해서 그 전에는 움직일 수 없었기 때문이다. 간병 조건은 더할 나위 없이 좋았다. 헤이우드 씨 가족은 반듯한 집안 출신이었다. 또한 그들은 과도하게 법석 떠는 법 없이 소탈하게, 그러나 최선을 다해 두 내외를 돌보았다. '남편'은 정성 어린 간병을 받았고 '부인'은 시종일관 매우 따뜻한 위로와 접대를 받았다. 파커 부부는 이런 환대와 친절에 걸맞은 감사를 표할 기회를 놓치지 않았다. 주인 가족은 한마음으로 손님을 위하고, 또 손님들은 깊이 감사하는 마음으로 이를 받아들였으며, 서로를 대하는 태도 또한 조금도 예의에 어긋남이 없었다. 이렇게 두 주를 보내다 보니 그들은 어느새 서로를 매우 좋아하게 되었다.

파커 씨의 성격과 살아온 이야기도 금방 알려지게 되었다. 파커 씨는 매우 외향적인 사람이어서 자기가 아는 것을 전부 털어놓았다. 게다가 파커 씨와 대화하는 사이 헤이우드 가족은 파커 씨 자신도 잘 모르는 것까지 알게 되었는데, 이런 정보들은 관찰을 통해 얻어진 것이었다. 그리하여 헤이우드 가족은 파커 씨가 매우 열정적인 사람이며, 특히 샌디턴에 대해서 거의 광적일 정도의 열정을 가지고 있다는 것을 알게 되었다. 샌디턴! 샌디턴을 작고 고급스런 인기 해수욕장으로 만드는 것이 그의 존재 이유인 것 같았다. 몇 년 전까지만 해도 이곳은 조용하고 소박한 마을이었다. 그러나 몇몇 자연 조건과 위치의 이점, 거기에 몇 가지 우연한 상황들이 겹쳐 파커 씨를 비롯한 마을의 유력 지주들은 개발을 통해 큰 이익을 얻을 수 있겠다는 생각을 하게 되었다. 그들은 곧 이 생각을 실행에 옮겨서 계획을 짜고, 건축을 하고, 자화자찬과 선전을 거듭했다. 그 결과, 마을은 어느 정도 유명세를 얻게 되었고 파커 씨는 이제 이것 외의 다른 생각은 거의 할 수 없게 되고 말았다.

헤이우드 가족과 나눈 보다 솔직한 대화에서 파커 씨가 털어놓은 바에 따르면, 그는 서른다섯 살로 7년 전에 아내를 얻어 행복한 결혼 생활을 하고 있었고, 슬하에 네 자녀를 두었다. 부자는 아니지만 불편하지 않을 정도의 재산을 가지고 있는 훌륭한 집안의 장남으로 특별한 직업 없이 이삼 대째 내려오는 집안의 재산을 관리하고 있었다. 그에게는 누나와 여동생, 그리고 남동생 둘이 있었는데 모두 미혼이었지만 독립된 재산을 가지고 있었고, 그중에서도 특히 첫째 남동생은 방계 친척으로부터 유산을 물려받아 장남 못지않은 재산을 가지고 있었다.

신문 광고에서 본 의사를 찾으러 국도를 벗어나 이곳까지 온 목적도 설명이 되었다. 몸소 발목을 삐거나 상해를 입음으로써 의사를 도와줄 목적은 전혀 아니었고, (어쩌면 헤이우드 씨는 그렇게 짐작했을지도 모르지만) 의사와 동업을 하려는 것도 결코 아니었다. 그는 샌디턴에 의사를 한 명 모셔 오고 싶었는데 마침 윌링든에 있는 의사가 낸 광고를 보고서 안성맞춤이라고 생각했다. 그는 의사의 존재가 마을의 번영에 큰 도움이 될 것이라고 확신하고 있었다. 그 외에는 달리 부족함이 없으니 의사만 있으면 수많은 사람들이 몰려들 거라 생각했던 것이다. 그는 작년에 어떤 가족이 바로 그 점 때문에 샌디턴에 오려다 말았다고 굳게 믿고 있었다. 분명히 그 외 다른 가족들도 있었을 것이다. 그의 누나와 여동생만 해도 그랬다. 병약한 그녀들은 그가 아무리 샌디턴에 오라고 강권한다 해도 손쉽게 의학적 도움을 받을 수 없다면 절대로 오지 않을 터였다.

전체적으로 보아 파커 씨는 호감 가는 가정적인 남자로서 처자식과 형제자매를 사랑하고, 마음씨가 좋은 사람이었다. 인색하지 않으며 신사적이고 소탈하지만 약간은 다혈질로, 상상력이 풍부한데 비해 분별력은 조금 모자랐다. 그리고 파커 부인은 분명 상냥하고 친절하고 온화한 여성으로 지혜로운 남자에게는 이상적인 아내였을 것이다. 하지만 그녀 남편에게는 때때로 보다 냉정한 충고가 필요했는데, 그녀는 이런 데는 완전 젬병이었다. 그녀는 항상 지시를 기다렸고 따라서 남편이 전 재산을 날릴 위험에 처했을 때나 발목을 삐었을 때나 한결같이 아무런 쓸모가 없었다.

파커 씨에게 있어 샌디턴은 제2의 아내이자 제2의 자식이었다. 그만큼 사랑했고, 분명 그 이상으로 열중해 있었다. 그는 샌디턴에 대해 끝없이 얘기할 수 있었다. 그는 샌디턴을 최우선으로 여겼다. 그곳은 그의 고향이자, 재산이자 집이었을 뿐만 아니라 금광이자 복권, 투자처이자 장난감, 또한 직업이자 희망이자 미래였다. 그는 윌링든의 친구들을 그곳에 데려가려고 무진 애를 썼다. 그것은 아무런 이해타산 없이 순수한 감사의 마음에서 우러난 열렬한 초대였다.

그는 방문 약속을 받아내려고 했다. 자기 집에 받아들일 수 있는 최대한의 인원이 최대한 빨리 방문해주기를 바랐다. 헤이우드 가족은 모두 건강했지만, 그럼에도 불구하고 그들 모두가 바다의 혜택을 입을 것이라고 장담했다. 그의 주장에 따르면 이 세상에 진정으로 건강한 사람은 없으며 (비록 지금은 운동과 정신력으로 건강 비스름한 상태에 있다 하더라도) 1년에 적어도 6주 이상 바닷가에서 정양하지 않으면 어느 누구도 안정적이고 지속적으로 건강을 유지할 수 없다. 바닷바람과 해수욕, 이 양자의 조합은 어느 병에나 거의 확실한 효과가 있으며, 적어도 둘 중 하나는 위장, 폐, 혈액 등 모든 종류의 기관 이상에 특효가 있다. 그것들은 경련 억제제이자 폐병 약이며 소독제이자 담즙병 치료제이며 또 류머티즘 치료제이기도 하다. 바닷가에서는 아무도 감기에 걸리지 않고, 바닷가에서는 아무도 식욕부진을 겪지 않으며, 활기와 기운을 잃지도 않는다. 바닷바람과 해수욕은 그때그때의 필요에 따라 때로는 치유하고, 안정시키고, 긴장을 풀어주고, 또 때로는 기운을 돋우고 활기를 불어넣는다. 만일 바닷바람이 실패하면 분명 해수욕이 효과가 있을 것이고, 해수욕이 맞지 않으면 바닷바람이 바로 자연이 처방한 치료제이다.

그러나 그의 주장은 별무소득이었다. 헤이우드 부부는 집을 떠나는 법이 없었다. 그들은 일찍 결혼하여 많은 자식을 두었기 때문에 오래전부터 행동반경이 매우 좁았다. 그들의 생활 습관은 그들의 나이보다도 더 보수적이었다. 헤이우드 씨는 1년에 두 번 배당금을 받으러 런던에 갈 때를 제외하면, 두 발로 걸어가거나 지친 늙은 말을 타고 갈 수 있는 곳 이상은 결코 가지 않았다. 헤이우드 부인의 외출이란 신혼 때 장만하여 큰아들이 성년이 된 기념으로 10년 전 내부를 새로 단장한 마차를 타고 가끔씩 이웃을 방문하는 것이 고작이었다. 그들의 재산은 상당했다. 만약 그들 가족의 숫자가 적당한 수준에서 유지되었더라면 그들도 다른 신사 집안처럼 적당한 사치와 변화를 즐길 수 있었을 것이다. 새 마차를 장만하고, 길도 잘 관리하고 때때로 턴브리지 웰스*에서 한 달 정도 시간을 보내고, 고기를 많이 먹어서 통풍에 걸리기도 하고, 바스에서 겨울을 보낼 수도 있었을 것이다. 하지만 아이가 열네 명이나 되다 보니 이들을 먹이고 입히고 교육하기 위해서 매우 조용하고 조심스런 집 지킴이 생활을 할 수밖에 없었다. 또 그러다 보니 이리저리 돌아다니지 않는 건강한 생활을 영위할 수 있었다.

이처럼 그들의 은거는 처음에는 필요에 의한 것이었으나 나중에는 습관이 되어 그 자체를 즐기게 되었다. 그들은 결코 집을 떠나지 않았고 그런 사실을 말하면서 일종의 자부심을 느꼈다. 그러나 자식의 경우는 달랐다. '자식들'은 자신들처럼 은거

*런던 남동쪽에 있는 도시로 17세기 중반 이래 온천 도시로 인기를 끌었다.

하지 말고 가능하면 더 많이 세상에 나가기를 원했다. 사실 그들이 집에 은거한 것은 자식들을 세상에 내보내기 위해서였다. 그래서 즐겁고 유쾌한 집안을 꾸리는 동시에, 자녀들에게 유용한 인연이나 좋은 친분을 맺어줄 기회가 있으면 언제라도 환영이었다. 그러므로 파커 부부가 가족 전체를 초대한다는 뜻을 접고 딸 한 명을 데려가겠다고 했을 때 그들에게는 거절할 이유가 전혀 없었다. 결국 양측 모두가 기뻐하고 동의할 만한 결말이 지어졌다.

초대를 받은 사람은 집안의 장녀인 샬럿 헤이우드 양으로, 스물두 살의 상냥한 처녀였다. 그녀는 어머니의 감독 아래 손님들을 접대하면서 누구보다도 많이 그들의 시중을 들었고, 따라서 누구보다 그들을 잘 알았다. 샬럿은 무척 건강했기 때문에 해수욕을 한다고 더 건강해질지는 의문이었지만 어쨌든 그녀는 해수욕을 하러 샌디턴에 가게 되었다. 그곳에서 동행인들이 감사의 표시로 제공하는 온갖 즐거움을 누리고, 또한 파커 씨가 도와주려고 애쓰는 대여 서점*에서 그녀 자신과 자매들을 위해 새 양산과 장갑과 브로치를 살 계획이었다.

헤이우드 씨 자신은 끝내 초대를 받아들이지 않았다. 그에게서 얻어낼 수 있었던 약속은 휴양지에 대해 그의 의견을 묻는 사람 모두를 샌디턴으로 보내겠다는 것과, 앞으로 (어찌할 수 없는 경우를 제외하고는) 브린쇼어에서 결코 푼돈조차 쓰지

*연회비를 받고 책, 특히 소설을 빌려주던 서점. 시골에서는 잡화점을 겸하기도 했다.

않겠다는 것이 전부였다.

3

동네마다 동네 유지 노릇을 하는 귀부인이 있는 법이다. 샌디턴의 귀부인은 바로 데넘 부인이었다. 윌링든에서 해안으로 오는 동안에 파커 씨는 그녀에 대한 보다 자세한 정보를 샬럿에게 알려주었다. 윌링든에 있는 동안에도 그녀 이야기는 자주 입에 오르내렸다. 해수욕장 개발 사업의 동업자였기 때문에 샌디턴 얘기에 그녀가 빠질 수 없었던 것이다. 데넘 부인이 매우 부유한 노부인으로 남편 둘을 먼저 보냈고, 돈의 가치를 잘 아는 데다, 사람들로부터 존경받으며 가난한 친척 처녀와 함께 살고 있다는 정도는 샬럿도 이미 알고 있었다. 여행 도중 샬럿은 부인의 성격과 일생에 관한 더 자세한 이야기를 들으며 지루한 언덕길과 험한 마찻길의 피로를 덜 수 있었다. 또한 앞으로 그녀가 매일같이 만나게 될 중요한 인물에 대한 정보도 얻을 수 있었다.

데넘 부인의 처녀 때 성은 브레러턴으로, 돈은 있었지만 교육 수준은 그다지 높지 않았다. 그녀의 첫 남편은 지역 유지인 홀리스 씨로 샌디턴 교구에 있는 성과 저택을 비롯한 상당한 토지를 소유하고 있었다. 결혼 당시 그녀는 서른 살 정도였는데 남편은 그녀보다 훨씬 나이가 많았다. 이미 40년이나 지난 일이라 당시 그녀가 왜 그런 결혼을 했는지는 알 수 없다. 그러나 어찌 되었건 그녀는 남편을 매우 잘 돌보았고 남편 역시 그녀에게 만족하여 죽을 때 토지를 비롯한 재산 전부를 그녀에게 물려주었다. 몇 년간 과부 생활을 하던 그녀는 재혼을 했다. 샌디턴 근처 데넘 파크의 해리 데넘 경이 바로 그 장본인으로, 그는 그녀와 그녀의 막대한 수입을 자기 집으로 끌어오는 데 성공했지만 그녀의 재산으로 자기 집안을 부유하게 만드는 데는 성공하지 못했다. (사람들은 그가 바로 그런 의도로 그녀와 결혼했다고 생각했다.) 그녀는 매우 신중해서 무엇이건 자신의 권한을 벗어나는 것을 허용하지 않았다. 그래서 해리 경이 죽고 난 뒤 그녀가 다시 샌디턴의 집으로 돌아왔을 때, 그녀는 친구에게 다음과 같이 호언장담했다고 전해진다. "내가 '얻은' 것은 귀족 작위뿐이야. 하지만 그 대신 '준' 건 아무것도 없어."

그녀가 결혼한 것은 바로 이 작위 때문이었던 것 같다. 그녀는 작위에 대해 상당한 중요성을 부여하고 있기 때문에 이 해석은 매우 자연스럽다. 그리고 이 점은 파커 씨도 인정하는 바이다. "그분은 때때로 약간 거드름을 피우는데 심하진 않습니다. 때론 돈을 너무 밝히기도 해요. 하지만 훌륭한 여성, 매우 선량한 여성이지요. 친절하고 우호적인 이웃이고요. 유쾌하고 독립적이고 반듯한 성격이에요. 부인의 과실은 전적으로 교육이 모자란 탓이지요. 분별력은 있지만 교양이 좀 부족해요. 칠십 노인치고는 머리가 잘 돌아가고 건강도 좋아요. 그리고 샌디턴 개발에 매우 적극적이에요. 물론 가끔은 좀 쩨쩨하게 굴

때도 있죠. 멀리 내다보지 못하고 작은 지출에도 수선을 떨어요. 일이 년 후면 얼마나 이익이 될지 생각을 못 하고 말이에요. 헤이우드 양, 사실 우린 생각하는 방식이 다르고, 때때로 사물을 보는 방식도 달라요. 잘 아시겠지만 사람들이 자기 얘기를 할 때면 조심해서 들어야 해요. 이 문제는 앞으로 헤이우드 양 스스로 판단할 수 있을 겁니다."

데넘 부인은 확실히 보통 이상의 귀부인이었다. 그녀에게는 연간 수천 파운드의 수입을 유산으로 물려줄 수 있는 재산과 이를 놓고 경쟁하는 세 부류의 친척이 있었다. 첫 번째는 부인의 친정 일가붙이로 그들은 그녀가 지참금으로 가져간 3만 파운드를 물려받기를 바라고 있었다. 두 번째 친척 집단인 홀리스 씨의 법정상속인들은 '홀리스 씨'가 전혀 챙겨주지 않은 자신들의 몫을 '그녀'가 정의감을 발휘하여 챙겨주기를 기대하고 있었다. 그리고 마지막으로 데넘 씨 가족이 있는데 그녀의 두 번째 남편은 이들에게 한몫 챙겨주려는 생각을 가지고 있었다. 그녀는 오래전부터, 그리고 지금까지도 계속해서 이들, 혹은 이들의 친척들에게 파상공격을 받고 있었다. 파커 씨에 의하면 이 세 친척 집단들 중에 가장 불리한 쪽은 홀리스 씨 집안이었고 가장 유리한 쪽은 데넘 씨 집안이었다. 홀리스 씨 집안은 홀리스 씨 사망 당시 매우 어리석고 부당한 분노를 표출함으로써 돌이킬 수 없이 미운털이 박혀버렸다. 이에 반해 데넘 씨 쪽 친척은 그녀가 상당히 높이 평가하는 집안의 자손인 데다 어릴 때부터 그녀가 죽 봐왔고, 또한 항상 가까이서 살갑게 대함으로써 자신들의 이익을 지켜왔다. 해리 경의 조카인 현 준남작 에드워드 경은 계속해서 데넘 파크에 정주하고 있었다. 파커 씨는 에드워드 경, 그리고 그와 함께 사는 누이 데넘 양이 데넘 부인의 유산의 주된 수혜자가 될 것을 의심치 않았고 또한 그 것을 진정으로 바랐다. 데넘 양은 재산이 거의 없었고 그녀의 오빠 역시 사회적 신분에 비해 가난한 편이었다.

"그분은 샌디턴에 대해 매우 우호적이죠." 파커 씨가 말했다. "능력만 있다면 마음뿐만 아니라 재물도 아낌없이 내놓을 겁니다. 정말 멋진 조력자가 될 거예요. 하지만 지금도 힘자라는 대로 성심껏 하고 있어요. 데넘 부인이 준 척박한 땅에 작고 멋진 코티지를 짓고 있으니까요. 장담하건대 이 시즌이 끝나기도 전에 세입자가 여럿 나타날 겁니다."

열두 달 전만 해도 파커 씨는 에드워드 경에게 경쟁자가 없으며 분명히 그가 부인의 유산 중 많은 부분을 물려받을 것이라고 생각했다. 그러나 이제 다른 변수가 생겼다. 데넘 부인이 집에 받아들인 젊은 친척 아가씨를 고려하지 않을 수 없게 된 것이다. 부인은 오랫동안 집에 친척을 받아들이기를 거절했고, 말동무 삼아 샌디턴 하우스에 이런저런 처녀를 들이려는 친척들의 기도를 기꺼이 격퇴해왔다. 그러다가 지난 미카엘 축일* 때 런던에서 브레러턴 양을 데리고 돌아왔다. 그녀는 자질이

*9월 29일. 잉글랜드, 스코틀랜드, 아일랜드에서 기리는 축일로 성모 영보 대축일(3월 25일), 세례 요한 축일(6월 24일), 크리스마스(12월 25일)와 함께 영국의 사분기 결산일 중 하나이다.

뛰어나고 심성도 좋아서 부인의 호의를 얻는 데 있어 에드워드 경의 경쟁자가 될 만했다. 또한 부인 재산 중에서 그녀와 그녀 가족이 의당히 물려받을 권리가 있는 일정 몫을 확보할 가능성이 다분했다.

파커 씨는 클라라 브레러턴 양에 대해 매우 좋게 이야기했고, 이 인물 덕에 그의 이야기는 더욱 흥미진진해졌다. 이제 샬럿에게 있어 파커 씨 이야기는 단순한 심심풀이 이상이었다. 파커 씨의 인물 묘사를 들으면서 샬럿의 마음속에는 클라라에 대한 깊은 관심과 유쾌한 감정이 솟아났다. 그녀는 사랑스럽고, 상냥하고, 친절하고, 겸손하며 항상 경우 바르게 행동하는 사람 같았다. 또한 그런 천성적인 장점으로 인하여 차츰차츰 데넘 부인의 마음을 얻어가는 것 같았다. 무릇 미모와 상냥함을 갖춘 여자가 가난하고 종속적인 처지에 있을 경우, 남자의 마음을 움직이는 데는 별다른 상상력이 필요치 않은 법이다. 몇몇 예외를 제외하면, 여자는 대개 다른 여자의 불행에 즉각 반응한다. 파커 씨는 클라라가 샌디턴에 오게 된 저간의 사정을 자세히 설명했다. 그에 의하면 이 과정은 데넘 부인의 복합적인 성격, 즉 인색하기 짝이 없기도 하지만 반대로 친절하고, 분별력이 있으며, 때로는 관대하기까지 한 성격을 잘 드러내는 사례이기도 했다.

데넘 부인은 오랫동안 런던에 가는 것을 회피해왔다. 그것은 무엇보다도 사촌들 때문이었다. 그들은 끊임없이 부인에게 편지를 썼고, 놀러 오라고 성화를 부리며 그녀를 괴롭혔다. 그녀는 그들과 거리를 두려고 굳게 결심하고 있었지만 지난 미가엘 축일 때는 도저히 배겨낼 도리가 없어서 할 수 없이 런던에 가게 되었다. 일단 가면 두 주쯤 머물러야 한다는 것은 불을 보듯 뻔한 일이었다. 처음에 그녀는 호텔로 갔다. 비싸다고 소문난 그런 종류의 숙소 비용에 대처하기 위해 (그녀 자신의 표현에 따르면) 데넘 부인은 매우 신중하게 생활했고 사흘 후에는 자신의 재정 상황 판단을 위해 계산서를 요구했다. 계산 총액을 본 그녀는 기겁하여 그곳에서는 단 한 시간도 더 머무르지 않겠다고 결심했다. 바가지를 썼다고 생각한 그녀는 몹시 화가 났지만 딱히 갈 곳도 없었다. 그래서 무작정 짐을 싸서 호텔을 나가려고 했다. 그때 그녀의 사촌들이 나타났다. 마치 스파이를 고용하여 부인을 감시하고 있었던 것처럼 정확히 때맞추어 나타난 것이다. 자세한 사정을 들은 그들은 그녀에게 남은 기간 동안 런던의 서민 구역에 있는 자신들의 누옥에서 머물 것을 간청했다.

그녀는 그곳에 갔다. 그리고 모든 사람들에게서 받은 환영과 환대와 관심에 기분이 좋아졌다. 또한 사촌인 브레러턴 가족이 예상 외로 괜찮은 사람들이라고 생각하게 되었다. 막상 그들의 넉넉지 않은 수입과 재정적 어려움을 알게 되자 그 집안 딸 중의 한 명을 겨울 동안 자기 집에 초대하지 않을 수 없었다. 먼저 딸 한 명이 여섯 달 동안 머물고, 그다음에는 십중팔구 다른 딸이 와서 그 자리를 차지하게 될 터였다. 그러나 그 한 명을 선택함에 있어 데넘 부인은 자신의 성격이 가진 좋은 면을 드러냈다. 그녀는 그 집 딸들을 모두 제쳐놓고 그 집에 얹혀사는 가난한 조카딸 클라라를 선택했다. 사실 클라라는 누구보다 힘없고 불쌍한 처지였으며 가뜩이나 넉넉지 않은 집에 짐만 더하는 존재였다. 그녀는 타고난 자질이 매우 뛰어났지만 세상의 눈으로 볼 때 신분이 매우 낮았기 때문에 애 보는 하녀 자리라도 받아들여야 할 정도로 딱한 신세였다.

클라라는 데넘 부인의 귀갓길에 동행했다. 그리고 타고난 분별력과 자질로 데넘 부인의 마음을 사로잡았다. 기약한 여섯 달은 벌써 한참 전에 지나갔지만 뭔가 변화가 일어날 조짐은 전혀 보이지 않았다. 모두들 그녀를 좋아했다. 그녀의 착실한 행실과 부드럽고 온화한 성격이 큰 영향력을 발휘했다. 처음 그녀가 샌디턴에 왔을 때 일부 사람들이 가졌던 그녀에 대한 선입견은 이제 모두 사라졌다. 모두들 그녀를 신뢰할 만한 사람이라고 생각했다. 그녀는 데넘 부인을 올바르게 인도하고 부인의 깐깐한 성격을 누그러뜨려줄 최고의 말벗임에 틀림없었다. 그녀는 분명 부인의 시야를 넓혀주고, 남들에게 넉넉한 손을 내밀 수 있도록 해줄 터였다. 그녀는 외모만 아름다운 것이 아니라 성격도 더할 나위 없이 좋았다. 게다가 샌디턴에 와서 좋은 공기를 쐰 덕택에 타고난 미모도 더욱 환하게 피어났다.

4

"이 예쁜 집은 누구 집이에요?" 샬럿이 물었다. 그들은 해안에서 2마일 정도 안쪽의 아늑한 분지에 있는 저택 옆을 지나고 있었다. 그 집은 그리 크지는 않으나 멋진 울타리와 울창한 나무로 둘러싸여 있었고, 이런 주택에 있어 최고의 장식품인 비옥한 텃밭과 과수원과 목장이 딸려 있었다. "윌링든만큼이나 안락한 집인 것 같네요."

"아!" 파커 씨가 말했다. "바로 제 옛집이랍니다. 조상 대대로 물려 내려오던 집이죠. 저와 제 형제자매들이 나고 자랐을 뿐만 아니라 제 아이들도 셋이나 저기서 태어났죠. 2년 전까지 아내와 함께 저기서 살았으니까요. 새집이 완성되기 전까지 말입니다. 저 집이 마음에 드신다니 저도 기쁩니다. 오래되었지만 훌륭한 집이니까요. 지금은 힐리어가 잘 관리하고 있지요. 아시다시피 제 땅 대부분을 관리하는 사람인데 바로 그 사람에게 집을 내주었죠. 그 덕에 힐리어는 더 좋은 집에서 살게 되었고 저는 더 멋진 터를 갖게 되었어요. 이제 언덕 하나만 넘으면 샌디턴입니다. 신(新) 샌디턴 말이죠. 멋진 곳이랍니다. 우리 조상들은 항상 움푹 꺼진 곳에 집을 지었어요. 바람도 통하지 않고 전망도 나쁜 이 좁은 구석에 웅크려 살았죠. 남 잉글랜드 곶에서 콘월 곶* 사이에 펼쳐져 있는 그 멋진 해안에서 1과 4분의

*남 잉글랜드 곶은 도버 북동쪽 약 3마일 거리에 있고, 콘월 곶은 영국 남서 해안 끝에 있다.

3마일밖에 떨어져 있지 않은데도 그 혜택을 전혀 누리지 못하고 말입니다. 트래펄가 하우스에 가보시면 제가 밑지는 장사를 한 게 아니라는 걸 알게 될 겁니다. 근데 사실 트래펄가 하우스라는 이름이 조금 그래요. 요즘은 워털루가 대세거든요.* 하지만 워털루는 아껴두죠. 만일 올해 사업이 잘되면 마을 가장자리 쪽으로 초승달 모양의 건물을 추가할 건데 (아마 실제로 그렇게 될 거예요) 그곳을 워털루 크레센트**라고 부를 거예요. 유행하는 멋진 스타일의 건물에 그 이름으로 주소가 붙으면 무척 인기가 좋겠지요. 성수기에는 공급보다 수요가 더 많을 테고요."

"어쨌든 참 좋은 집이었어요." 파커 부인이 마차 뒤 창문으로 집을 바라보며 아쉬운 듯이 말했다. "게다가 정원도 참 좋았어요. 정말 훌륭한 텃밭이 있었죠."

"맞아요, 여보, 하지만 우린 거의 정원을 떠메고 간 거나 다름없지 않소? 우리가 원하는 과일과 채소는 다 갖다주니까 말이오. 멋진 텃밭이 제공하는 혜택을 다 누리면서도 그 볼품없는 밭뙈기 모양이나 시들어빠진 채소 꼴을 안 봐도 되니까 얼마나 좋소. 사실 10월의 양배추 밭 몰골은 누구라도 견디기 힘들거든."

"아! 여보, 정말 그래요. 채소에 관한 한 예전과 전혀 다를

*트래펄가 해전은 1805년, 워털루 전투는 1815년에 일어났다. 오스틴이 〈샌디턴〉을 집필한 해는 1817년이다.
** 초승달이라는 뜻. 당시 각광받던 휴양지 바스에도 동일한 이름의 건물이 있었다.

바 없어요. 만일 잊어버리고 안 가지고 오면 언제든지 샌디턴 하우스에서 사면 되니까요. 그 집 정원사가 얼른 갖다주거든요. 하지만 그 집은 아이들이 뛰놀기 참 좋았는데 말예요. 여름엔 그늘도 시원하고!"

"여보, 몇 년만 지나면 새집 언덕에 나무 그늘이 무성해질 거요. 모두들 우리 나무 자라는 속도에 감탄을 금치 못하니까. 그동안은 차일을 치자고. 그럼 집 안은 괜찮을 거요. 메리에게는 휫비네 가게에서 양산을 사주거나 젭네 가게에서 큰 모자를 사주면 되겠지. 사내아이들은 그냥 햇볕에서 뛰노는 게 좋다고 생각해요. 여보, 당신도 나와 마찬가지로 사내아이들을 되도록 강하게 키우고 싶지요?"

"네, 저도 그래요. 메리에겐 작은 양산을 사줘야겠어요. 그 애가 무척 좋아할 거예요. 그걸 들고 귀부인이라도 되는 듯이 점잖게 걷는 모습을 상상해봐요. 아! 지금 있는 곳이 훨씬 나아요. 수영하고 싶으면 4분의 1마일 정도만 걸어가면 되니까요. 하지만 (여전히 뒤쪽을 바라보며) 옛 친구를 바라보듯이 행복했던 장소를 자꾸 바라보게 되네요. 힐리어 가족은 지난겨울에 폭풍우 피해를 전혀 입지 않았나 봐요. 우리 집 침대가 흔들릴 정도로 바람이 거셌던 그 무서운 며칠 밤이 지난 다음에 힐리어 부인을 만났는데 부인은 특별히 바람이 세었다고 생각하지 않는 것 같더라고요."

"그래요, 그럴 수도 있겠지. 우리 쪽에는 폭풍우가 매우 거셌지만 실제적인 위험은 크지 않아요. 바람이 사납게 몰아치기는 하지만 장애물이 없기 때문에 그냥 지나가거든. 반대로 이 도랑 쪽에서는 나무 꼭대기 아래쪽 바람 상태를 전혀 알 수가 없어요. 그러니 주민들은 대비도 없이 갑자기 상승기류에 휩쓸리게 되는데 골짜기에 부는 그런 상승기류는 툭 터진 곳에 휘몰아치는 심한 폭풍보다 더 큰 피해를 입힌다오. 그런데 여보, 과일이나 채소 중에 부족한 게 있으면 데넘 부인 댁 정원사가 바로 가져다준다고 했지요? 내 생각엔 그 집보다 딴 집 걸 쓰는 게 좋을 것 같소. 스트링어네 말이오. 그 사람한테 여기 오라고 내가 많이 권유했는데 지금 그 집 상황이 안 좋은 것 같아요. 물론 시간이 지나면 틀림없이 잘 되겠지만 초기라 어려운 거지. 그러니까 우리가 좀 도와줘야겠어요. 자주 집에 채소나 과일이 떨어지게 하면 좋겠소. 매일 이것저것 필요하도록 말이오. 물론 앤드루에게서 일거리를 뺏으면 안 되니까 데넘 부인 집에서도 조금 사야겠지만 그래도 대부분은 스트링어네서 사면 좋겠어요."

"여보, 그렇게 할게요. 어려울 것 없어요. 게다가 요리사도 좋아할 거고요. 요즘 들어 부쩍 앤드루에 대해서 불평이 많거든요. 자기가 원하는 것을 갖다주지 않는다고요. 아, 이제 옛집이 안 보이네. 그런데 병원이니 어쩌니 하는 시드니 도련님 말은 대체 무슨 얘기예요?"

"아, 메리, 그냥 그 애가 농담한 거요. 나보고 그 집을 병원으로 개조하라고 하더라고. 내 부동산 사업을 비웃느라고 말이지. 왜 당신도 알잖소, 시드니는 아무 말이나 막 하는 거. 언제나 하고 싶은 말은 뭐든지, 누구한테나 하지. 헤이우드 양, 어떤 집안이나 그런 사람이 하나쯤 있죠. 똑똑하고 유능해서 뭐든지 말할 수 있는 그런 사람 말이에요. 우리 집안에서는 그게 바로 시드니예요. 매우 똑똑하고 호감 가는 청년이죠. 사교 생활에 바빠서 아직 정착을 못 했어요. 그게 유일한 흠이지요. 동에 번쩍, 서에 번쩍, 사방에 출몰하죠. 전 그 애가 샌디턴에 오면 좋겠어요. 그 애를 만나보시면 참 좋을 텐데. 게다가 이곳 홍보에도 그만일 거예요. 시드니 같은 청년이 멋진 마차와 최신 유행 복장을 갖추고 이곳에 나타나면 그 파급효과가 어떨지. 메리, 당신도 상상이 가지 않소? 양갓집 사람들이 이곳에 많이 오겠지. 음전한 어머니들이 어여쁜 딸들을 데리고 이스트본과 헤이스팅스가 아닌, 바로 여기로 오는 거요."

그들은 이제 교회가 있는 구(舊) 샌디턴 마을에 이르렀다. 마을 뒤의 언덕으로 말하자면 측면은 숲과 샌디턴 하우스의 울타리로 감싸여 있었고 꼭대기는 평평했다. 이 고지대에는 장차 새로운 집들이 들어설 예정이었다. 바다 쪽 사면에는 완만한 계곡 한복판에 작은 시냇물이 구불구불 흘러내리고 있었고 그 끝머리에는 어부들의 집 몇 채가 모여 샌디턴의 세 번째 부락을 이루고 있었다.

구 샌디턴 마을의 집들이라야 모두 오두막에 불과했지만, 나름 유행을 따라가려는 노력이 엿보였다. 파커 씨가 기뻐하며 샬럿에게 지적했듯이 그중 괜찮은 집 두세 채에는 흰 커튼과 함께 '숙소 임대'라는 팻말이 걸려 있었다. 좀 더 나아가자 오래된 농가의 조그만 잔디밭에서 우아한 흰옷을 입은 여자 두 명이 접의자에 앉아 책을 읽고 있는 모습이 보였고, 모퉁이에 있는 빵 가게 위층 창문에서는 하프 소리가 흘러나왔다.

이런 광경을 보고 파커 씨는 무척 기뻐했다. 물론 그는 구 샌디턴 마을의 성공과는 전혀 개인적인 이해관계가 없었다. 해안에서 너무 멀다고 생각하여 전혀 투자를 하지 않았기 때문이다. 그러나 그 광경은 이 지역 전체의 인기가 높아지고 있다는 방증에 틀림없었다. 이 '마을'에 손님이 든다면 아마도 고지대의 숙소는 곧 만원이 될 것이다. 올여름 장사는 잘될 것 같았다. 작년 이맘때(7월 말 경) 구 샌디턴에는 손님이 한 명도 없었고, 여름 시즌을 통틀어 런던에서 아이들을 데리고 온 한 가족밖에 없었다. 그들은 백일해에서 회복 중인 아이들에게 바닷바람을 쏘이기 위해 이곳에 왔지만, 그 어머니는 혹시라도 아이들이 물에 빠질까 염려되어 안전한 이곳에 머물렀던 것이다.

"문명 세계, 문명 세계라고!" 파커 씨는 기뻐하며 소리쳤다. "여보 메리, 저기 좀 봐요. 윌리엄 힐리네 가게 진열장 좀 보라고. 파란 신발도 있고, 남경 부츠*도 있어요. 샌디턴의 제화점에 저런 것이 진열되리라고 누가 예상했겠소! 이건 한 달 안에 생긴 새로운 현상이오. 한 달 전 내가 여길 지나갈 때는 없었거든. 정말 멋져! 나는 죽기 전에 정말 뭔가를 해낼 수 있을 거요. 자, 이제 언덕으로 올라갑시다. 건강이 넘치는 우리의 언덕

* 담황색 천으로 만든 여성용 부츠. 19세기 초 당시의 패션 아이템이었다.

으로!"

올라가는 비탈길에서 그들은 샌디턴 하우스 관리인 주택 앞을 지나면서 정원의 나무들 위로 우뚝 솟은 본채 지붕을 보았다. 이 저택은 오래된 집들 중 교구 이쪽 편 맨 끝에 있는 집이었다. 좀 더 올라가면 현대가 시작되었다. 언덕 꼭대기의 평평한 고지대에는 '프로스펙트 하우스', '벨뷰 코티지', '데넘 플레이스' 등이 보였다. 샬럿은 재미있다는 듯한 표정과 호기심 어린 눈빛으로 찬찬히 집들을 살펴보았다. 반면 파커 씨의 눈에는 빈집이 없기를 바라는 간절한 마음이 드러나 있었다. 그러나 집 창문에는 그가 기대했던 것보다 더 많은 임대 광고가 붙어 있었고, 기대했던 것만큼 사람들이 북적이지도 않았다. 기대했던 것보다 마차도 적었고, 길을 거니는 사람 수도 적었다. 그는 이 시간쯤이면 바닷바람을 쐬러 갔던 사람들이 모두 저녁을 먹으러 돌아올 것이라고 생각했었다. 그러나 모래사장과 '테라스' 앞 산책로에는 여전히 몇몇 사람이 남아 있었고 또 지금은 밀물이 차오르는 시간이었다. 아마도 반쯤 차올랐을 것이다.

그는 모래사장에도 가보고 싶고, 절벽에도, 자기 집에도, 그리고 자기 집이 아닌 다른 모든 곳에도 동시에 가보고 싶었다. 바다를 보자 기분이 고조되어 심지어 다친 발목도 더 튼튼해진 것 같은 느낌이 들었다. 언덕의 가장 높은 곳에 있는 트래펄가 하우스는 심은 지 얼마 안 되는 작은 나무들로 둘러싸인 조그만 잔디밭 가운데 서 있는 섬세하고 우아한 건물이었다. 그 집은 그다지 높지는 않지만 매우 깎아지른 듯한 절벽으로부터 채

1백 야드도 떨어지지 않은 곳에 있었다. 절벽과 집 사이에는 '테라스'라고 불리는 일련의 말쑥한 집들이 자리 잡고 있었다. 앞쪽에 넓은 산책로를 갖춘 '테라스'는 이 지역의 상점가 구실을 할 예정으로 여성 모자 가게와 대여 서점, 그리고 조금 떨어진 곳에 호텔과 당구장이 들어서 있었다. 여기서부터 언덕을 내려가면 해변과 해수욕 기계*로 이어졌다. 그러므로 그곳은 미와 패션의 중심지였다.

그들은 테라스 뒤편 조금 떨어진 곳에 있는 트래펄가 하우스에 무사히 도착했다. 오랜만에 만난 부모와 아이들은 기뻐서 어쩔 줄 몰랐다. 그동안 샬럿은 자신이 머물게 될 방으로 갔다. 넓은 베니션 창문** 앞에 서서 그녀는 즐거운 마음으로 바깥을 내다보았다. 눈앞에는 한창 짓고 있는 건물들이 보였고 그 뒤로 펄럭이는 빨래와 집 지붕들이 보였다. 그 너머로 싱그러운 햇빛에 반짝이는 바다 위에 파도가 춤추고 있었다.

5

정찬 전에 다시 만났을 때, 파커 씨는 편지를 살펴보고 있었다.

*해수욕을 할 때 사용하는 조그만 방갈로 같은 것으로 그곳에서 옷을 갈아입고 물속으로 바로 들어갈 수 있었다.
**17, 18세기 영국에서 유행했던 창문. 중간에 있는 큰 아치형 창문 양쪽으로 작은 사각형 창문 두 개가 붙어 있다.

"시드니 건 없네!" 그가 말했다. "게으른 친구라서. 월링든에 있을 때 사고 얘길 자세히 써서 보냈으니까 답장이 올 줄 알았는데. 어쩌면 직접 달려오는지도 몰라. 아마 그럴 거야. 하지만 누이가 보낸 편지는 있군. 누이들은 절대로 답장을 거르는 법이 없어. 여자들은 꼭 답장하니까. 근데 메리, (아내에게 미소를 지으며) 편지를 개봉하기 전에 맞춰볼까요? 자기들 건강 상태에 대해 뭐라고 썼을지, 만일 시드니가 여기 있다면 뭐라 했을지 말이오. 헤이우드 양, 시드니는 입바른 소리를 잘하는 친구예요. 그 애는 누이들을 엄살쟁이라고 생각해요. 상상병자라는 거죠. 하지만 꼭 그런 건 아니에요. 조금 엄살을 부리는 정도지. 워낙 건강이 나빠서요. 또 우리가 여러 번 얘기했듯이 이런저런 병치레를 많이 했어요. 아마 하루도 안 아팠던 날이 없을 거예요. 하지만 매우 좋은 여자들이에요. 또 사람들한테 참 잘해요. 다른 사람들에게 도움이 되는 일이라면 물불을 가리지 않죠. 그래서 잘 모르는 사람들은 뭘 그렇게까지 하느냐고 이상하게 생각할 정도예요. 몸은 약하지만 정신력은 매우 강해요. 누이들과 함께 사는 막내 남동생은 스무 살이 조금 넘었을 뿐인데 몸이 약해서 직업을 가질 수가 없어요. 시드니는 비웃지만 엄살만은 아니에요. 하지만 시드니가 비웃는 바람에 때때로 저도 모르게 덩달아 웃게 돼요. 만일 시드니가 여기 있다면 이렇게 장담했겠죠. 지난달에 수전, 다이애나, 아서 셋 중 한 명은 거의 죽다 살았다고 편지에 쓰여 있을 거라고."

편지를 일별한 후, 파커 씨는 머리를 흔들며 말했다. "아쉽게도 샌디턴에서 누이들을 볼 가망이 없네요. 상태가 안 좋은 것 같아요. 정말이지 안 좋아. 메리, 누이들 건강이 얼마나 안 좋은지 알면 당신 마음이 불편하겠지요? 헤이우드 양, 괜찮으시다면 다이애나의 편지를 읽어드리죠. 저는 저와 가까운 사람들이 서로 알고 지내는 걸 좋아해요. 그런데 이번에는 이렇게밖에 서로 만날 수가 없겠네요. 다이애나에 대해서는 전혀 거리낄 것이 없어요. 본인 모습이 편지에 그대로 드러나거든요. 누구보다 활동적이고, 친절하고, 마음씨 곱고, 따뜻한 사람이니까 좋은 인상을 받을 거예요."

파커 씨는 편지를 읽기 시작했다.

친애하는 톰 오빠,

사고 소식을 전해 듣고 우리 모두 깜짝 놀랐어. 만일 그렇게 좋은 분들의 보살핌을 받고 있다고 알려주지 않았다면 편지를 받은 다음 날 바로 달려갔을 거야. 비록 그날은 내 지병인 담즙 발작이 심해져서 침대에서 소파까지 기어가기도 어려웠지만 말이야. 그런데 어떤 치료를 받았어? 다음번 편지에 좀 더 소상히 알려줘. 만일 오빠 말대로 단순한 염좌라면 마사지가 최고야. 뻰 '즉시' 그냥 손으로 문질러주면 돼. 2년 전에 내가 셸던 부인 집을 방문했을 때 마침 그 집 마부가 마차를 청소하다가 심하게 발을 삐어서 혼자 힘으로 집에 들어오기도 어려웠지. 그런데 즉각적이고 꾸준한 마사지로 (내가 잠시도 쉬지 않고 여섯 시간 동안 직접 내 손으로 문질러주었어) 사흘 만에 완쾌되었어. 친애하는 톰 오빠, 정말 고마워. 그렇게 우리를 위해서 동분서주하다가 사고까지 당하고. 하지만 이제 다시는 그러지 마. 우릴 위해서 약제사를 찾으러 돌아다니지 말라고. 사실 아무리 뛰어난 전문가가 샌디턴에 있다 하더라도 우린 별 흥미가 없어. 의약계는 벌써 졸업했거든. 의사란 의사는 죄다 찾아다녔는데도 차도가 없었어. 그래서 의사가 해줄 수 있는 건 아무것도 없다고 결론짓고 우리 병은 우리가 아니까 스스로 해결하기로 했어. 하지만 오빠가 그 '지역'에 의료진이 있는 것이 좋겠다고 생각한다면 기꺼이 나서줄 수 있어. 분명히 성공할 테니 그 문제는 빠른 시일 내 해결할 수 있을 거야. 하지만 내가 샌디턴에 가는 건 불가능하다고 봐야 해. 유감스럽지만 그건 생각도 할 수 없어. 지금 내 몸 상태에서 바닷바람은 곧 죽음이야. 수전 언니와 아서도 나를 두고 가려 하지 않을 거야. 물론 나로서는 2주일 정도 머물다 오라고 권하고 싶어. 하지만 수전의 신경이 그걸 감당할 수 없을 것 같아. 그동안 두통이 심해서 무척 힘들었거든. 열흘 동안 매일 거머리 여섯 마리를 붙여서 피를 뽑았는데도 차도가 없었어. 그래서 다른 방법을 쓸 수밖에 없었는데 잘 살펴보니 문제는 잇몸인 거야. 내가 그쪽을 손보라고 권했고 그에 따라 이를 세 개 뽑았더니 많이 좋아졌어. 하지만 그 바람에 신경쇠약에 걸려서 말도 크게 못 해. 오늘 아침만 해도 아서가 억지로 기침을 참는 것을 보고 두 번이나 기절했지 뭐야. 다행히 아서의 상태는 상당히 좋아. 하지만 기운이 없어서 걱정이야. 내 생각엔 간 문제 같아. 시드니는 오빠랑 함께 런던에 다녀간 이후로 아무 소식이 없어. 하지만 와이트 섬에 간다던 계획은 아직 실행하지 않은 것 같아. 만일 그랬다면 가는 길에 여기 들렀을 테니까 말이야. 샌디턴에서 좋은 여름 보내길. 우리가 직접 그곳 사교계에 기여하지는 못하겠지만 그래도 괜찮은 사람들을 보내려고 애쓰고 있고 아마도 대가족 둘쯤은 보낼 수 있지 않을까 싶어. 서리 출신의 서인도 제도 부호 가족과 캠버웰의 여자 기숙학교 식구들이야. 얼마나 많은 사람이 동원되었는지는 말하지 않겠어. 정말 힘든 작업이었거든. 하지만 성공했으니 노력에 대한 보상은 충분히 받은 셈이지.

사랑하는 동생

"자!" 낭독을 마치고 파커 씨가 말했다. "시드니는 이 편지에서 매우 재미있는 것을 찾아내어 우리를 반 시간쯤 웃게 만들겠지만 저로서는 몹시 마음 아프고 또 훌륭한 면밖에 찾을 수가 없네요. 그렇게 아픈데도 다른 사람을 위해 이토록 노력하다니! 샌디턴을 위해 이렇게 신경 써주다니! 대가족이 둘이라니! 한 가족은 프로스펙트 하우스, 다른 가족은 데넘 플레이스 2번지나 테라스의 모퉁이 집이 알맞을 것 같군요. 모자라면 호텔 방을 이용하면 되고. 헤이우드 양, 제가 말했죠, 우리 누이들은 매우 훌륭한 여자들이라고."

"매우 특별한 분이기도 한가 봐요." 샬럿이 말했다. "편지 글투가 너무 유쾌해서 놀랐어요. 두 분 건강 상태를 생각하면 말이죠. 생니를 한꺼번에 세 개나 빼다니! 어머나! 다이애나 양도 무척 아프시겠지만 누님인 수전의 치아 세 개가 더 심각한 것 같아요."

"아! 둘 다 수술에 익숙해요. 온갖 수술에 익숙하죠. 게다가 참을성도 얼마나 많은지!"

"누이들께서 어련히 알아서 하시겠지만 제가 보기엔 너무 극단적으로 나가시는 것 같아요. 저 같으면 아플 때 전문가의 의견을 따를 텐데요. 저나 제가 사랑하는 사람들의 건강 문제를 두고 모험은 안 할 거예요. 하지만 저희는 대단한 건강 가족이라 자가 치료 문제에 대해 제가 이러쿵저러쿵할 입장은 아닌 것 같네요."

"사실대로 말하자면, 두 분 누이들은 때때로 좀 심한 것 같아요." 파커 부인이 말했다. "여보, 당신도 그렇게 생각하잖아요. 몸에 대해 지나치게 안달하지 않으면 훨씬 나을 거라고요. 아서는 특히 그래요. 누이들이 아서를 부추겨서 멀쩡한 사람을 병자로 만든다고 했잖아요."

"그래, 맞아요, 메리. 불쌍한 아서는 그 젊은 나이에 병자 놀음이나 하고, 또 누이들은 그걸 부추기니 유감이오. 정말 유감이라고. 스물한 살 젊디젊은 애가 아프다는 핑계로 직업은 일찌감치 포기하고, 얼마 안 되는 재산에서 나오는 이자나 파먹으면서 눌러앉아 있으니. 재산을 불리거나 자타에 도움이 되는 유용한 직업을 가질 생각은 아예 없고. 하지만 이런 얘긴 그만하고, 즐거운 얘기를 합시다. 그 두 대가족은 바로 우리가 원하던 거요. 그런데 그보다 더 즉각적이고 즐거운 일이 있어요. 모건이 와서 식사가 준비되었다고 하는군."

6

그들은 정찬을 마치고 바로 집을 나섰다. 파커 씨는 대여 서점에 가서 회원 명부를 빨리 보고 싶었다. 샬럿 역시 모든 것이 새로운 이 고장을 빨리 둘러보고 싶었다. 그들이 집을 나선 때는 이 해안 마을이 가장 조용한 시간이었다. 대부분 집에서 정찬을 즐기거나 혹은 정찬 후 휴식을 취하기 때문이었다. 가끔 혼자서 거니는 노인들의 모습이 눈에 띄었다. 건강 때문에 걸어야 해서 남들보다 먼저 식탁에서 일어난 사람들이었다. 그러나 그 외 대부분의 사람들은 모두 자기 집에 있었다. '테라스'도, 절벽도, 모래사장도 인적이 끊겨 적막하기만 했다.

가게에는 손님 그림자도 비치지 않았다. 가게 안팎에 걸려 있는 밀짚모자와 레이스 끈은 자신들의 운명을 체념한 듯했다. 휫비 부인은 가게 뒷방에서 소설을 읽으며 무료함을 달래고 있었다. 도서 대여 회원 명부는 그저 그랬다. 데넘 부인, 브레러턴 양, 파커 부부, 에드워드 데넘 경과 데넘 양 등의 이름이 맨 위에 적혀 있고 그 아래로 매슈스 부인, 매슈스 양, E. 매슈스 양, H. 매슈스 양, 브라운 박사와 그 부인, 리처드 프랫 씨, 라임하우스의 스미스 R. N. 중위와 리틀 대위, 제인 피셔 부인,

피셔 양, 스크로그스 양, 핸킹 목사, 그레이스 여관의 사무 변호사 비어드 씨, 데이비스 부인과 메리웨더 양의 이름이 적혀 있었다.

파커 씨는 명부에 지체 높은 사람이 없을뿐더러 기대했던 것보다 회원 수도 적어서 적잖이 실망했다. 하지만 이제 겨우 7월 아닌가! 진짜 성수기는 8, 9월이니까! 게다가 서리와 캠버웰에서 온다는 대가족도 있으니! 그 생각을 하자 그는 적이 위로가 되었다.

휫비 부인은 독서삼매에서 빠져나와 그들을 맞았다. 예의 바르고 반듯하여 모두들 좋아하는 파커 씨를 다시 보아 매우 반가운 듯했다. 그들은 서로 안부를 묻고, 그동안의 소식을 전하느라 한동안 법석을 떨었다. 그동안 샬럿은 이번 시즌의 성공을 위한 첫 번째 기여로 도서 대여 명부에 이름을 올렸다. 그러고는 휫비 양이 치장을 마치고 윤나는 곱슬머리와 여러 가지 장신구를 달고 위층에서 내려오기를 기다려, 여러 사람들을 행복하게 해줄 물건들을 사려고 했다.

대여 서점에는 온갖 것이 다 있었다. 기실 별 필요는 없지만 그래도 없이 살기는 어려운 물건들이었다. 샬럿은 예쁜 물건들을 보자 마음이 동했다. 또 물건을 많이 사서 파커 씨를 기쁘게 해주고도 싶었다. 그러나 갑자기 스스로를 자제해야 한다는 생각이 들었다. 사실 스물두 살의 처녀로서는 다른 방도가 없었다. 첫날 저녁에 가진 돈을 전부 써버릴 수는 없었다. 그녀는 책을 한 권 집어 들었다. 《카밀라》*였다. 그녀는 '카밀라'처럼 어리지 않은 데다 그런 고난을 겪을 생각은 전혀 없었다. 그래서 그녀는 반지와 브로치가 담긴 서랍에서 바로 물러나 유혹을 뿌리치고 서둘러 계산을 마쳤다.

그들의 다음 목적지는 절벽이었다. 샬럿은 그곳에 가게 되어 무척 기뻤다. 그러나 대여 서점에서 나가다가 데넘 부인과 브레러턴 양을 만나는 바람에 계획에 차질이 생겼다. 그녀들은 트래펄가 하우스에 갔다가 파커 가족이 대여 서점에 갔다는 말을 듣고 뒤따라 온 것이었다. 데넘 부인은 1마일 정도는 쉬지 않고 걸어도 끄떡없을 정도로 정정했기 때문에 바로 자기 집으로 돌아가겠다고 했다. 하지만 파커 부부는 부인을 집으로 초대하여 함께 차를 마시자고 청하지 않을 수 없었다. 그래서 그들은 절벽으로 가는 대신 곧바로 집에 돌아가기로 했다.

"아니, 아니." 부인이 말했다. "나 때문에 다과 시간을 앞당기지 말아요. 이 댁은 원래 다과 시간이 늦잖아요. 우리 집의 이른 정찬과 다과 시간 때문에 이웃을 불편하게 하면 안 되죠. 정말 괜찮아요. 클라라 양과 나는 우리 집에 돌아가서 차를 마시겠어요. 우리는 두 사람이 정말 돌아오셨는지 보러 왔어요. 그뿐이에요. 그러니 차는 집에 가서 마시겠어요."

그러나 말은 이렇게 하면서도 그녀는 트래펄가 하우스로 가

*1796년 발표한 프랜시스 버니의 소설. 젊고 발랄한 아가씨 카밀라가 세상을 경험하며 소녀에서 어른이 되어가는 과정을 그렸다. 프랜시스 버니는 이처럼 사회에 처음 나가는 순진한 소녀들의 이야기들을 써서 제인 오스틴에게 영향을 미쳤다. 《카밀라》 제1권 첫머리에는 아홉 살의 어린 카밀라가 등장한다.

서 떡하니 응접실에 자리 잡았다. 집에 들어가자마자 파커 부인이 하인을 불러 차를 내오라고 한 말도 전혀 듣지 못한 것 같았다. 샬럿은 절벽에 가지 못해 적잖이 실망스러웠다. 하지만 오늘 아침의 대화로 인해 데넘 부인 일행에 대한 호기심이 한껏 커져 있었기 때문에 이들을 만나는 것도 나름 흥미로웠다. 그녀는 그들을 찬찬히 살펴보았다. 데넘 부인은 중키에 풍채가 좋고 꼿꼿한 데다 행동이 민첩했다. 시선은 날카롭고 태도에는 자만심이 살짝 비쳤기만 기분 나쁠 정도는 아니었다. 바른말하는 것을 자랑스러워하는 사람답게 단도직입적이고 퉁명스러웠지만 유머와 친절 또한 풍부했다. 샬럿과도 잘 사귀어보고 싶어 하는 태도가 엿보였다. 또한 오랜 친구인 파커 씨 부부의 귀가를 진심으로 환영하는 마음이 느껴져서 샬럿은 좋은 인상을 받았다. 브레러턴 양으로 말하자면 파커 씨가 입이 마르게 칭찬한 대로 외모가 뛰어났다. 샬럿은 그녀보다 더 사랑스럽고 흥미로운 젊은 여성을 본 적이 없었다.

적당히 큰 키, 뚜렷한 이목구비, 티 없는 흰 피부, 부드러운 파란 눈, 겸손하지만 자연스런 우아함이 넘치는 태도. 샬럿은 생각했다. 휫비 부인의 책장 선반에 있는 수많은 소설의 여주인공들 가운데 가장 아름답고, 가장 매력적인 여주인공들을 전부 합쳐놓은 완벽한 여주인공의 모습이 바로 저렇지 않을까? 이것은 어느 정도는 샬럿이 방금 대여 서점에서 나온 데서 기인하는지도 몰랐다. 그녀는 클라라 브레러턴과 소설의 여주인공을 분리시킬 수가 없었다. 데넘 부인 곁에 머무는 그녀의 처지만 해도 그랬다. 학대당하기 위해 일부러 그런 자리에 들어간 것 같았다. 그토록 아름답고 착한 처녀가 그토록 가난하고 종속적인 처지에 있으니 어찌 달리 생각할 수 있겠는가?

샬럿이 이런 생각을 한 것은 허황된 소설에 빠져 있었기 때문이 아니었다. 그녀는 매우 차분한 젊은 처녀로 소설을 즐겨 읽지만 결코 과도하게 빠지는 법이 없었다. 실제로 그녀는 처음 5분간 클라라라는 흥미로운 인물이 '당연히' 받게 마련인 박해를 상상하며 공상의 나래를 폈다. 이에 의하면 데넘 부인이 매우 야만적으로 클라라를 학대해야만 했다. 그러나 좀 더 관찰해보니 그들 두 사람 사이는 상당히 좋아 보였고 그녀는 이 사실을 기꺼이 인정했다. 데넘 부인의 단점이라면 구식으로 격식을 차리며 그녀를 "클라라 양"이라고 부른다는 정도였다. 또한 부인에 대한 클라라의 공손한 태도에도 특별히 못마땅한 기색은 없었다. 부인에게서는 보호자로서의 친절이, 젊은 처녀에게서는 감사와 애정 어린 존경의 염이 우러났다.

화제는 현재 방문객 수, 성수기의 여러 변화들과 같은 샌디턴 문제 일색이었다. 데넘 부인은 손해에 대해 동업자보다도 더 큰 불안과 두려움을 가지고 있는 것이 분명했다. 그녀는 이곳에 더 빨리 손님이 차기를 원했고, 숙소 임대에 차질이 생길까 봐 안달복달하고 있었다. 다이애나 파커 양이 말한 두 대가족도 빠지지 않고 언급되었다.

"좋아요, 아주 좋아." 부인이 말했다. "서인도 제도 가족과 학교라. 좋은 것 같아요. 돈이 꽤 들어오겠네요."

"서인도 제도 사람들보다 더 돈을 펑펑 쓰는 사람들은 없어요." 파커 씨가 말했다.

"그래요, 나도 그렇게 들었어요. 그 사람들은 지갑이 빵빵하니까 자기네들이 유서 깊은 집안이랑 동급인 줄 안다더군요. 또 그렇게 돈을 물 쓰듯 하면서도 자기들 때문에 물가가 오른다는 생각은 전혀 안 하죠. 서인도 제도 사람들이 꼭 그렇다더군요. 만일 그 사람들이 여기 오는 바람에 생필품 가격이 오른다면, 파커 씨, 우리가 그 사람들에게 고마워할 이유가 없는 거지요."

"부인, 그 사람들이 물자를 많이 소비하고 돈을 많이 풀어서 물가가 오른다 하더라도 우리에겐 손해보다는 이득이 더 많습니다. 이곳 푸줏간과 빵집과 가게들이 잘되면 우리도 덕을 보니까요. 만일 가게가 잘 안 되면 우리 임대료에 문제가 생겨요. 게다가 가게가 잘되면 우리 집값도 올라가니까 결국 우리에게도 이익인 셈이죠."

"아, 그렇군요. 하지만 난 고기 값이 오르는 건 싫어요. 그러니 최대한 가격이 오르지 않게 해야죠. 아, 저 아가씨가 웃네요. 나를 이상한 사람이라고 생각하나 보군요. 하지만 언젠가는 아가씨도 이런 일에 신경 쓰게 될 거요. 그럼, 그럼, 아가씨, 내 장담하건대 언젠가는 고기 값 걱정을 하게 될 거요. 물론 아가씨는 나만큼 먹여 살려야 할 하인이 많지 않겠지만. 정말이지, 하인은 적을수록 좋아요. 세상 사람들이 다 알다시피 나는 과시욕과는 거리가 먼 사람이에요. 돌아가신 홀리스 씨 체면만 아니라면 샌디턴 하우스를 지금처럼 유지하지 않았을 거예요. 내가 좋아서 하는 게 아니라고요. 그런데 파커 씨, 나머지 한 집은 기숙학교라고 했죠? 프랑스 기숙학교라고요? 나쁠 것 없죠. 6주간 머무를 텐데 그중에는 폐병 때문에 당나귀 젖이 필요한 아이가 있을지도 몰라요. 지금 우리 집에는 젖 짜는 당나귀가 두 마리 있는데. 하지만 아이들이 가구에 흠집을 내면 어떡하지? 엄한 가정교사가 아이들을 제대로 단속해야할 텐데……."

파커 씨가 윌링든에 가게 된 사안에 대해서는 데넘 부인도 다이애나 양과 마찬가지로 부정적이었다.

"맙소사! 파커 씨." 그녀가 소리쳤다. "어떻게 그런 생각을 할 수 있어요? 사고가 난 건 참 안되었어요. 하지만 사고를 당해도 싸요. 의사를 구하러 가다니! 아니, 의사는 어디 쓰게요? 의사가 가까이 있으면 하인과 가난뱅이들이 꾀병이나 부릴걸요. 아! 제발 부탁인데 의사 따위는 샌디턴에 들이지 맙시다. 지금 이대로도 문제없지 않아요? 바다도 있고, 언덕도 있고, 우리 집에 당나귀 젖도 있으니까. 또 돌아가신 홀리스 씨가 쓰던 새것과 다름없는 실내용 승마 연습기도 있어요. 휫비 부인에게 말했다시피 필요한 사람이 있으면 싸게 넘길 수 있어요. 그러니 뭐가 더 필요해요? 여기서 70년을 사는 동안 난 약이라고는 딱 두 번밖에 안 먹었어요. 의사 진료는 평생 받아본 적이 없고요. 만일 불쌍한 해리 경도 나처럼 했더라면 아직 죽지 않고 살아 있을 텐데. 의사 왕진 열 번에 남편은 저세상 사람이 되고 말았어요. 파커 씨, 제발 의사는 데려오지 말아요."

그때 찻상이 들어왔다.

"아! 파커 부인, 정말 이럴 필요 없는데. 뭣하러 괜한 수고를……. 지금 막 가려던 참이었거든요. 하지만 정 그러시다면 잠깐만 더 머물다 갈게요."

7

파커 부부는 그 지역에서 인기 있는 이웃이었기 때문에 귀가 다음 날 아침부터 이웃들의 방문이 이어졌다. 에드워드 데넘 경과 그 누이도 그중의 하나였다. 마침 샌디턴 하우스에 왔던 길에 소식을 듣고 안부 인사차 들른 것이었다. 아침 일찍 편지 쓰기를 끝내고 파커 부인이 있는 응접실로 내려와 있던 샬럿은 손님들을 모두 만날 수 있었다.

손님들 중에서 특히 샬럿의 관심을 끈 이는 데넘 씨 남매였다. 샬럿은 기뻤다. 이 남매를 만나면 이제 이 가족을 전부 알게 되는 셈이었다. 그들은, 적어도 두 사람 중 나은 한쪽은 (독신일 경우, '남자'는 종종 쌍을 이루는 여자에 비해 더 낫다고 여겨진다) 그녀의 흥미를 끌 만한 인물이었다. 데넘 양은 반듯한 젊은 여성이었으나 차갑고 내성적인 인상을 주었다. 그녀는 자신의 신분에 대해 대단한 자부심을 가지고 있었지만 경제적으로 가난한 것에는 불만이었다. 그녀는 마부가 말 한 필이 끄는 검소한 자기 집 이륜마차를 주차하는 것을 바라보고 있었는데 그 모습은 마치 좀 더 멋진 마차를 굴리지 못해 괴로워하는 것처럼 보였다. 에드워드 경은 그녀보다 훨씬 풍채와 매너가 좋았다. 잘생기기도 했지만 그보다 더 중요한 것은 붙임성 있는 태도, 그리고 남의 말에 귀 기울이고 좌중을 즐겁게 하려는 의지였다. 그는 응접실에 들어올 때부터 얘기를 많이 했으며 특히 옆자리에 앉은 샬럿에게 말을 많이 붙였다. 그는 외모만 뛰어난 것이 아니라 부드럽고 호감 가는 목소리로 대화를 적극적으로 이끌어갔다. 샬럿은 에드워드 경이 마음에 들었다. 그녀는 허황된 것과 거리가 먼 성격이었지만 그가 호감형이란 것은 부인할 수 없었다. 또한 그도 그녀에 대해 호감을 가지고 있을지 모른다는 것 역시 애써 부인하지 않았다. 실제로 그는 얼마 전부터 누이동생이 그만 가자고 계속 신호를 보내는데도 못본 척 시치미를 떼고 있었다. 나는 우리 여주인공의 허황된 자만심에 대해 사과하지 않겠다. 왜냐하면 또래 중에서 그녀보다 덜 공상적이며 남의 마음에 드는 것에 대해 신경 쓰지 않는 처녀는 알지 못하고, 또 있다 하더라도 별로 알고 싶지 않으니까.

파커 씨네 응접실의 프랑스식 창문에서는 샌디턴 고지대의 모든 마찻길과 오솔길이 한눈에 내다보였다. 따라서 그 앞에 앉은 샬럿과 에드워드 경은 데넘 부인과 브레러턴 양이 지나가는 모습을 놓칠 수가 없었다. 즉시 에드워드 경의 태도가 변했다. 그는 그녀들을 향해 불안한 시선을 던진 다음, 곧바로 누이에게 그만 일어나자고 했다. 함께 '테라스'로 걸어가자는 것이었다. 이 사건은 샬럿의 공상에 종지부를 찍고, 반 시간 동안의 열기를 가라앉혔다. 에드워드 경이 가고 나자 그녀는 실제로 그가 '그렇게' 훌륭했는지를 보다 냉정히 평가할 수 있었다. "어쩌면 그 사람의 외모와 번지르르한 말솜씨 덕택이었는지도 몰라. 작위도 나름 도움이 되었을 테고."

그녀는 곧 다시 그를 만나게 되었다. 아침 방문객들이 모두 돌아가고 나자 파커 부부는 곧 외출 준비를 했다. 목적지는 모든 사람의 목적지인 '테라스'였다. 산책을 하는 사람은 모두 먼저 테라스에 들렀던 것이다. 파커 씨 일행이 테라스에 도착했을 때 데넘 부인 일행은 자갈길 옆에 있는 두 개의 초록 벤치 중 하나에 앉아 있었다. 두 팀이 합쳐 이루어진 일행은 이제는 다른 방식으로 나뉘어져 있었다. 한쪽 끝에는 데넘가의 여성들이, 다른 한쪽 끝에는 에드워드 경과 브레러턴 양이 앉아 있었던 것이다. 샬럿은 에드워드 경의 태도가 연인의 태도라는 것을 첫눈에 간파했다. 클라라에 대한 그의 구애는 의심의 여지가 없었다. 그러나 클라라가 그것을 어떻게 받아들이는지는 분명하지 않았다. 어쩌면 그다지 긍정적이지 않은지도 몰랐다. 비록 그녀가 따로 떨어져 그와 함께 앉아 있기는 했지만 (아마도 어쩔 수 없이 맞춰주는 것이리라) 얼굴 표정에는 전혀 동요가 없었기 때문이었다.

그 반대쪽에 앉은 젊은 여성은 무척 힘든 시간을 보내고 있는 것 같았다. 조금 전 파커 씨 집의 응접실에서 본 데넘 양은 매우 냉랭하고 거만했다. 입을 꼭 닫고 있다가 다른 사람들이 말을 걸면 마지못해 몇 마디 응대를 하는 정도였다. 그런데 데넘 부인의 곁에서 그녀는 전혀 다른 사람이 되었다. 미소 띤 얼굴로 주의 깊게 경청하면서 열심히 맞장구를 치고 있었던 것이다. 데넘 양의 온도차는 매우 충격적이었다. 그것은 풍자적 관점에서는 매우 재미있고, 도덕적인 관점에서는 매우 슬펐다. 샬럿은 데넘 양의 성격에 대한 판정을 내렸다. 하지만 에드워드 경에 대해서는 좀 더 관찰이 필요했다. 그는 파커 씨 일행이 다가가자 바로 클라라 곁에서 떠났다. 그러고는 모두 함께 산책길에 나서자 오로지 샬럿에게만 관심을 집중했다. 이러한 갑작스러운 태도 변화에 샬럿은 적잖이 놀랐다.

그는 그녀와 나란히 걸어가며 연신 말을 걸었다. 마치 그녀를 다른 일행들에게서 가능한 한 멀리 떼어놓고 대화를 독점하려는 것 같았다. 그는 감상에 젖은 고상한 목소리로 바다와 해변에 대해 이야기하기 시작했다. 바다의 숭고한 아름다움, 그리고 감수성 짙은 마음속에 바다가 불러일으키는 '형용할 수 없는' 여러 감정에 대한 미사여구를 줄줄이 늘어놓았다. 폭풍우 칠 때 포효하는 대양의 위엄, 거울같이 반짝이는 잔잔한 바다의 표면, 갈매기와 해초, 깊이를 헤아릴 수 없는 심연, 시시각각으로 변하는 바다의 모습, 그 속임수, 태양 아래서 겁 없이 바다에 도전했다가 갑자기 불어 닥친 폭풍우에 경악하는 선원들. 이 모든 것에 대해 열변을 토해냈다. 물론 좀 상투적이긴 했지만 잘생긴 에드워드 경의 입에서 나오니 나름 그럴듯했다. 샬럿은 그가 그런대로 감수성이 있는 사람이라고 생각했다. 그러나 그가 문학 작품을 인용하며 문구들을 읊어대기 시작하자 사정이 달라졌다.

"바다에 대한 스콧의 아름다운 구절들, 기억하십니까?" 그가 말했다. "아! 얼마나 멋진 묘사인지 몰라요. 이곳을 산책할 때마다 머리에 떠오르지요. 그런 구절들을 읽고도 감동받지 않는 사람은 피도 눈물도 없는 인간이에요. 하느님, 그런 인간하고 밤길에 마주치지 않게 해주세요."

"어떤 묘사 말이에요?" 샬럿이 말했다. "저는 아무것도 떠오르지 않네요. 바다에 관한 스콧의 시든 뭐든 말예요."

"정말 안 떠올라요? 하긴 저도 지금은 첫머리가 확실히 기억나지 않네요. 하지만 여성에 관한 묘사는 잊지 않으셨겠죠?

> 아! 편안한 나날의 여인이여…….

대단하죠, 대단해! 오직 이 작품만 썼다고 해도 스콧은 불후의 위대한 작가일 겁니다. 게다가 부모의 사랑에 대한 비할 데 없이 멋진 시도 있죠.

> 인간에게 주어진 몇몇 감정들은
> 그들 속에 있는 흙이 아니라 하늘이 준 것이라,* 등등.

*영국의 시인이자 역사가인 월터 스콧의 시 〈마미언〉과 〈호수의 귀부인〉 중 일부이다.

시 이야기가 나왔으니 말인데요, 헤이우드 양, 번스가 메리에게 쓴 시에 대해 어떻게 생각하시나요?* 아! 정말이지, 대단한 비장미가 있죠! 감수성이라면 번스예요. 몽고메리**에게는 시의 불꽃이 있고, 워즈워스에게는 시의 영혼이 있어요. 캠벨은 〈희망의 기쁨〉에서 감각의 극치를 보여주죠.*** 예를 들어 '천사의 방문처럼 드물고 드문드문' 같은 구절 말이에요. 이보다 더 저항할 수 없고, 마음을 녹이는 구절을 생각할 수 있습니까? 정말이지 깊고 숭고하지요? 하지만 번스는, 헤이우드 양, 최고예요. 스콧의 단점이라면 열정이 없다는 거죠. 부드럽고, 우아하고, 묘사에 능하지만 힘이 약해요. 저는 여성의 매력을 제대로 평가하지 못하는 사람을 경멸합니다. 물론 가끔씩 감정의 섬광이 번쩍할 때도 있죠. 예를 들어 아까 말한 '아! 편안한 나날의 여인이여……' 같은 것 말이에요. 하지만 번스는 언제나 불같아요. 그의 영혼은 사랑스런 여인이 모셔진 제단이에요. 그의 가슴에는 그 여인에게 바치는 영원한 향불이 피워져 있어요."

"번스의 시는 저도 여러 편 읽었고, 또 좋아해요." 말할 틈이 생기자 샬럿은 재빨리 입을 열었다. "하지만 저는 시와 시인을

* 로버트 번스는 스코틀랜드의 시인이다. 그는 일생 동안 아내인 진 아머 외에도 많은 여성들과 교제했는데, 그의 작품 중 메리에게 부쳐진 시에 등장하는 여성은 〈메리 모리슨〉의 앨리슨 베그비, 〈하늘의 메리에게〉의 메리 캠펠이다.

** 스코틀랜드의 시인 제임스 몽고메리를 가리킨다.

*** 스코틀랜드의 낭만주의 시인 토머스 캠벨이 쓴 장시 〈희망의 기쁨〉은 당시 매우 인기가 있었다.

완전히 분리할 정도로 시적이지 못해요. 번스의 부정한 행실이 시 감상을 방해하죠. 시인이 느낀 사랑의 진실성을 믿기 어려우니까 시에서 표현된 사랑의 진정성도 믿지 못하겠어요. 그 사람은 사랑을 느끼고, 시로 표현하고, 그러고는 잊어버렸죠."

"아! 아니, 아니죠." 에드워드 경은 무아지경에 빠진 듯 소리쳤다. "그 사람은 열정과 진실로 충만해요! 워낙 천재인 데다 감수성이 뛰어나다 보니 실수도 했죠. 하지만 세상에 완벽한 사람이 있나요? 그렇게 고결한 천재에게 일반인의 비굴함을 기대하는 것은 과도한 비난이고 가짜 철학이에요. 남자의 가슴속에 들끓는 열정에서 솟아난 재능의 광휘는 산문적 삶이 요구하는 예절에 부합하지 않을지 몰라요. 가없는 열정의 지고한 충동에서 터져 나온 남자의 말과 시, 그리고 그의 행위는, 사랑스러운 헤이우드 양 당신은, 아니, 이 세상 어느 여성도 제대로 평가할 수 없을 겁니다."

그의 말은 매우 유려했다. 하지만 샬럿의 생각으로는 별로 도덕적이지 못했다. 게다가 자신에 대한 이상한 찬사도 마음에 들지 않았다. 그래서 그녀는 진중하게 대답했다. "저는 그런 건 잘 몰라요. 정말 날씨가 좋네요. 남풍이 부는 것 같아요."

"헤이우드 양의 관심을 끌다니, 참 행복한 바람이네요."

그녀는 그가 정말 바보 같다고 생각했다. 그가 자신과 함께 걸은 이유도 알게 되었다. 브레러턴 양을 자극하기 위한 것이었다. 한두 번의 초조한 듯한 그의 곁눈질에서 샬럿은 그것을 읽었다. 하지만 왜 그렇게 쓸데없는 얘기를 잔뜩 늘어놓는 것

일까? 그녀는 그 이유를 알 수 없었다. 그는 매우 감성적이고 이런저런 감정으로 충만하고, 또 최신 유행의 자극적인 단어를 많이 사용했다. 정신이 또렷하지 않고, 외운 말을 기계적으로 반복하는 것 같았다. 그를 이해하려면 좀 더 두고 보아야 할 것 같았다. 하지만 대여 서점에 들어가자는 제안이 나왔을 때 그녀는 하루아침 분량으로는 지겨울 만큼 오래 그를 보았기 때문에 테라스에 남아 있자는 데넘 부인의 제안을 기꺼이 받아들였다.

사람들은 그들을 두고 안으로 들어갔다. 에드워드 경은 떨어지는 것이 못내 아쉬운 양 절망적인 시선으로 그녀를 바라보며 멀어져갔다. 데넘 부인과 샬럿은 둘만의 즐거운 시간을 가졌다. 물론 데넘 부인은 진정한 귀부인답게 자기 얘기만 했고 샬럿은 주로 듣기만 했다. 샬럿은 에드워드 경과 데넘 부인의 대조적인 성격을 파악하는 것이 그런대로 재미있었다. 데넘 부인의 이야기에는 의심스런 감정을 일으키는 것도, 이해하기 어려운 말도 전혀 없었다. 부인은 자신이 어떤 이에게 관심을 보이면 그 사람은 그것을 의당 명예롭게 생각할 것이라고 여기는 듯 자연스러운 태도로 샬럿의 팔을 잡았다. 그러고는 자신의 중요성에 대한 확신 때문인지, 혹은 원래 말하기를 좋아하는 성격이기 때문인지는 몰라도 어쨌든 무척 얘기가 많았다. 둘이 남게 되자 부인은 곧 의미심장한 눈빛으로 샬럿을 바라보며 매우 만족한 어조로 말했다. "에스터 양은 내가 자기 남매를 작년 여름처럼 샌디턴 하우스에 일주일간 초대해주기를 원해요. 하지만 난 안 할 거요. 나를 구워삶으려고 얼마나 애를 쓰는지 몰라요. 이것저것 칭찬하면서 말이지. 하지만 그 이유를 단박에 알아봤죠. 다 꿰뚫어 보았다고. 난 쉽게 넘어가는 사람이 아니거든."

샬럿은 적당한 맞장구를 생각해낼 수가 없어서 단순히 반문했다. "에드워드 경과 데님 양 말인가요?"

"맞아요. '나의 젊은이들' 말이죠. 난 때때로 그 애들을 그렇게 불러요. 내가 많이 신경 쓰는 아이들이거든. 작년 여름 이맘때, 월요일부터 월요일까지 일주일간 우리 집에 머물렀어요. 무척 즐거워하고 내게 매우 고마워했어요. 당연하죠, 둘 다 좋은 젊은이들이니까. 내가 이 아이들을 돌보는 건 단지 고인이 된 해리 경 때문만은 아니에요. 아니지, 아니야. 걔들은 객관적으로 매우 훌륭한 젊은이들이에요. 안 그러면 이렇게 자주 내 곁에 두지 않을 거요. 난 아무나 맹목적으로 도와주는 사람이 아니거든. 난 언제나 내가 무슨 일을 하는지, 그리고 상대방이 어떤 사람인지 알기 전에는 손가락 하나도 까딱 안 한다오. 난 평생 속은 적이 없어요. 두 번 결혼한 여자로서 이런 말을 할 수 있는 건 대단한 거예요. 전 남편 해리 경은 (우리끼리 얘기지만) 처음엔 재산을 많이 얻을 줄 알았죠. 하지만 (작게 한숨을 내쉬며) 그분은 갔고, 죽은 사람 험담은 하지 말아야지. 우리보다 더 행복하게 산 부부는 없을 거예요. 그분은 매우 훌륭한 분이었죠. 유서 깊은 가문의 신사였지. 그분이 돌아가셨을 때 난 에드워드 경에게 그분의 금시계를 주었어요."

이 말을 하면서 부인은 흘깃 샬럿을 쳐다보았다. 크게 감탄하기를 바라는 눈치였다. 하지만 샬럿이 그런 반응을 보이지 않자 재빨리 덧붙였다. "그분은 조카에게 시계를 유증하지 않았어요. 유증이 아니었다고. 유언장에 들어 있지 않았죠. 물론 그 얘기를 내게 한 적은 있어요. 조카에게 시계를 줬으면 좋겠다고 딱 한 번 말한 적이 있어요. 하지만 법적 효력은 없는 거니까 안 줘도 되는 거였지."

"정말 대단하시네요. 훌륭하세요." 샬럿은 마지못해 감탄하는 척했다.

"그래요, 게다가 내가 잘해준 건 그것뿐만이 아니라오. 나는 에드워드 경에게 넉넉하게 베풀어요. 사실 그에겐 그게 절실히 필요하지. 나는 미망인에 불과하고 그 사람은 법정상속인이지만 우리 사이는 일반적인 미망인과 상속인 관계와 달라요. 나는 데넘 영지에서 한 푼도 받지 않아요. 에드워드 경은 내게 한 푼도 지불하지 않고 있어요. 형편이 그리 좋지 않거든. 그래서 도리어 도와주는 쪽은 나지. '내'가 '그'를 도와준다고."

"정말 대단하세요. 그분은 참 멋진 청년이에요. 예의 바르고 붙임성도 있으시고요."

이 말은 별생각 없이 맞장구치느라 한 말이었다. 그러나 다음 순간 샬럿은 아차 했다. 데넘 부인이 자신을 의심스런 눈길로 쳐다보며 이렇게 말했기 때문이었다. "그래, 맞아요. 참 보기 좋은 젊은이죠. 부잣집 규수 중에 그렇게 생각하는 아가씨가 있으면 좋겠는데. 에드워드 경은 반드시 돈을 보고 결혼해야 해요. 그 사람같이 잘생긴 젊은이는 이 여자 저 여자에게 웃음을 흘리며 다니겠죠. 하지만 결혼은 '반드시' 돈을 보고 해야 한다는 걸 잘 알고 있어요. 에드워드 경은 상당히 착실한 젊은이고 반듯한 생각을 가지고 있지요."

"에드워드 데넘 경은 그런 훌륭한 자질을 가지고 있으니 자기가 원하기만 하면 얼마든지 부잣집 아가씨를 얻을 수 있을 거예요." 샬럿이 말했다.

그녀의 이 훌륭한 마음은 데넘 부인의 의심을 불식시킨 것 같았다.

"아유, 아가씨, 참 좋은 말이오." 데넘 부인이 외쳤다. "샌디턴에 젊은 상속녀를 데려올 수만 있다면! 하지만 상속녀가 여간 귀한 게 아니라서! 샌디턴이 휴양지가 된 이후로 상속녀는 커녕 공동 상속녀도 온 적이 없어요. 여러 가족들이 다녀갔지만 내가 아는 바로는 부동산이건 동산이건 진짜로 재산을 가진 가족은 백에 하나 정도밖에 안 돼요. 수입은 있지만 재산은 없는 가족이 대부분이죠. 성직자, 도시의 법률가, 하급 장교, 혹은 미망인 연금*을 받는 과부들 말이에요. 그런 사람들이 무슨 쓸모가 있겠어요? 빈집을 채워준다는 정도? 사실 (우리끼리 얘기지만) 그 사람들은 뭣하러 자기 집을 놔두고 바보같이 남의집살이를 하는지 모르겠어요. 어쨌든 젊은 상속녀가 건강 문제로 여기 온다면, (당나귀 젖 복용을 처방받을 경우, 내가 대줄 수 있어요) 그리고 낫자마자 에드워드 경과 사랑에 빠진다

*남편 사후에 부인에게 주어지는 재산. 주로 연금 형태로 지급되었다.

면 얼마나 좋겠어요!"

"그러면 참 좋겠네요!"

"그리고 에스터 양도 돈 많은 사람과 결혼해야 해요. 부자 남편을 만나야 한다고요. 아! 돈 없는 젊은 처녀들은 참 불쌍해요. 하지만 (잠시 뜸을 들였다가) 에스터 양이 날 구슬려서 샌디턴 하우스에 초대를 받으려고 한다면 어림없는 일이지. 알다시피 작년 여름과는 상황이 다르니까. 지금은 클라라 양이 있으니까 얘기가 전혀 다르지."

부인의 어조는 매우 진지했다. 그러므로 그 말은 진지한 고려 끝에 나온 것임에 틀림없었다. 그래서 샬럿은 보다 자세한 얘기가 이어질 것이라고 생각했다. 그러나 부인이 꺼낸 다음 이야기는 매우 평범했다. "난 내 집을 호텔처럼 꽉 채우고 싶지 않아요. 하녀 두 명이 아침나절 내내 침실을 치우게 할 수는 없어요. 안 그래도 매일 내 방과 클라라 양 방을 치워야 하는데 만일 일이 더 많아지면 급료를 더 요구할 테니까요."

샬럿은 이런 이유를 전혀 예상하지 않았기 때문에 동의조차 할 수 없어서 그냥 잠자코 있었다. 데넘 부인은 매우 유쾌한 어조로 덧붙였다. "게다가 샌디턴에 해를 입히면서 내 집을 채우면 되겠어요? 바닷가에 머물고 싶으면 세를 들면 되잖아요? 빈집이 얼마나 많은데. 이 테라스에만 해도 세 곳이나 있어요. 지금 우리 눈앞에만 해도 세 군데나 임대 쪽지가 붙어 있네요. 3번, 4번, 8번. 끝에 있는 8번은 너무 클지 모르겠지만 나머지 두 집은 아담한 집이라 젊은 신사와 누이동생이 살기에 안성맞춤이죠. 그래서 다음번에 에스터 양이 또 데님 파크가 습하다는 둥, 해수욕이 자기에게 좋다는 둥 얘기를 꺼내면 저 집들 중 하나를 두 주간 빌리라고 권할 거요. 어때요, 좋은 생각이지? 알다시피 자선은 자기 집부터 시작하는 거라고."

샬럿은 재미있기도 하고, 화가 나기도 했다. 분노가 좀 더 컸고, 시간이 갈수록 점점 더 우세해졌다. 그녀는 내색하지 않고 예의 바르게 잠자코 있었지만 더 이상 도저히 참을 수가 없을 지경에 이르자 여전히 같은 식으로 떠들고 있는 부인의 말을 듣는 대신 머릿속으로 다음과 같은 생각을 했다.

'이 여자는 정말 치사하고 인색해. 이 정도로 나쁠 줄은 몰랐어. 파커 씨는 너무 좋게 말했어. 그분의 평가는 신뢰할 수 없어. 자기가 좋은 사람이다 보니 남들도 그런 줄 안 거야. 너무 마음씨가 좋아서 제대로 보지 못한 거야. 그러니 내 스스로 판단을 해야겠어. 게다가 두 사람의 이해관계 때문에 제대로 보지 못한 면도 있을 거야. 파커 씨는 그녀에게 투자를 권했고, 결국 함께 투자를 하게 되었어. 이쪽에서 목표가 같다 보니 다른 면에서도 자기와 같은 줄 아는 거야. 하지만 그녀는 매우, 매우 치사하고 인색해. 도대체 좋은 면이 없어. 불쌍한 브레러턴 양! 그런데 이 여자는 주위 모든 사람을 치사하게 만들어. 불쌍한 에드워드 경과 그의 누이로 말하자면 나는 그들의 본성이 훌륭한지 어떤지는 잘 모르겠어. 하지만 이 여자에게 굽실대는 까닭에 그들도 치사할 수밖에 없어. 그리고 나도 마찬가지야. 그녀 얘기를 잠자코 듣고 있고, 겉으로 보면 그녀와 의견

이 같은 것처럼 보이니까 나도 치사한 거지. 부자가 치사하고 천박하면 이렇게 되는 거야.'

8

두 여성이 이렇게 걷고 있을 때 다른 사람들이 서점에서 나왔다. 그 뒤로 휫비가의 아들이 책 다섯 권을 들고 따라 나와서 에드워드 경의 마차로 뛰어갔다. 에드워드 경은 샬럿에게 다가오며 말했다. "우리가 뭘 했는지 아시겠죠. 누이동생이 책 고르는 걸 도와달래서요. 우린 시간이 많아서 독서를 많이 합니다. 저는 아무 소설이나 막 읽지 않습니다. 대여 서점에 흔히 있는 쓰레기 같은 것들을 말할 수 없이 경멸하죠. 제가 그런 유치한 언술을 옹호하는 일은 절대로 없을 겁니다. 결코 합에 이르지 못하는 모순되는 원칙들로 가득 찬 그런 글들 말입니다. 또 아무런 유용성도 없는 일화의 총합에 불과한 그런 글들도 경멸합니다. 문학의 증류기에 넣고 아무리 끓여도 학문에 도움이 되는 건 하나도 산출되지 않죠. 무슨 말인지 아시겠죠?"

"글쎄요, 자신이 없는데요. 하지만 괜찮다고 생각하시는 소설이 어떤 건지 알려주시면 좀 더 잘 알 수 있을 것 같아요."

"기꺼이 알려드리죠, 아름다운 질문자님. 제가 인정하는 소설은 인간 본성의 위대함을 표현하는 소설입니다. 강렬한 감정의 숭고함을 드러내는 소설, 혹은 초기의 연약한 감정의 싹에서부터 반쯤 이성을 잃을 정도의 강렬한 에너지로 개화해가는 열정의 전개를 묘사한 소설, 여성이 가진 매력의 불씨가 남성의 영혼에 활활 타는 불꽃을 지펴 때로는 엄격히 지켜야 하는 기본적 의무에서 일탈하면서까지 그녀를 얻기 위해 모든 것을 감수하고, 모든 것을 성취하는 여정을 그린 소설 같은 것이죠. 이런 것들이 제가 즐겁게 읽고, 또 제게 도움이 된다고 말할 수 있는 작품들입니다. 그런 작품들은 고귀한 사상, 광활한 비전, 가없는 열정, 결연한 의지를 최고로 멋지게 표현해요. 그래서 소설의 사건들이 주인공, 즉, 이야기의 중심인 강력한 인물의 고귀한 계획과 정반대되는 방향으로 전개될지라도 우리는 그 사람에 대해 경외감을 느끼죠. 심장이 마비된다고나 할까요. 그 강력한 삶의 광채에 매혹되지 않는다고 하는 주장은 가짜 철학이에요. 그의 적대자들의 조용하고 음울한 미덕에 대한 찬양은 적선일 뿐이고요. 이런 소설은 우리 마음의 본원적인 능력을 확대시키죠. 또 우리는 그 의미를 결코 반박할 수 없어요. 이런 소설의 주인공은 가장 현명한 인물로서 모든 것에 정통해 있죠."

"제가 제대로 이해했다면 우리는 소설에 관한 취향이 다른 것 같네요." 샬럿이 말했다.

여기서 그들은 헤어져야 했다. 데넘 양이 그들 모두에 대해 진력이 나서 더 이상 함께 있고 싶어 하지 않았기 때문이었다.

사실인즉슨, 형편상 주로 한곳에 머물러 있을 수밖에 없었던 에드워드 경은 자신이 인정하는 것보다 더 많이 감상적인 소설을 읽었다. 매우 이른 시기부터 리처드슨* 소설의 가장 열정적이고 예외적인 부분과 그 아류의 소설에 홀딱 빠졌다. 그리하여 모든 감정과 관습을 무시하고 집요하게 여성을 추적하는 소설을 주로 읽었고, 그것은 그의 인격 형성에 큰 영향을 미쳤다. 에드워드 경은 판단이 삐뚤어져 있었는데 그것은 그의 머리가 별로 좋지 않다는 데 기인한다. 그는 소설에 나오는 악당이 보여주는 세련된 품위와 용기, 그리고 명민함과 인내심을 그의 어리석은 언행과 잔혹한 행동보다 더 중요하게 생각했다. 악당의 행위를 천재의 표식이자 불같은 정열, 감수성의 극치로 생각하여 흥미를 느끼고, 흥분했다. 그는 항상 악당의 성공을 갈망했고 그것이 실패하면 작가의 의도와는 정반대로 과도한 비탄에 잠겼다.

그가 가진 관념은 상당 부분 이런 종류의 책들에 의해 형성되어 있었다. 그러나 그가 다른 책을 전혀 읽지 않았다거나 그의 언어가 현대문학의 보다 일반적인 지식에 의해 형성되지 않았다고 말하는 것은 부당할 것이다. 그는 당대의 모든 에세이, 편지, 여행기, 비평서를 읽었다. 그러나 소설의 경우와 마찬가지로 도덕적 교훈으로부터 잘못된 원칙들을 이끌어내었고 권선징악의 이야기에서 악덕 찬미라는 정반대되는 교훈을 얻었다. 또한 최고로 위대한 작가들의 문체에서 오직 어려운 단어들과 난삽한 문장만을 따왔다.

* 18세기 영국 소설가 새뮤얼 리처드슨을 가리킨다.

에드워드 경의 일생일대의 목표는 유혹하는 사람이 되는 것이었다. 그것은 그에게 있어 일종의 의무였다. 그는 자신의 외모가 가진 장점을 잘 알았고, 재능도 갖췄다고 자부하고 있었으며, 자신이 러브레이스*와 같은 유형의 위험한 남자가 되기 위해 태어난 사람이라고 생각했다. 에드워드 경이란 이름 자체도 매우 매혹적이라고 생각했다. 여성에게 친절하고 예쁜 처녀들에게 달변을 늘어놓는 것은 그가 연기하는 역할 중 하수였다. 헤이우드 양, 혹은 조금이라도 미모를 갖춘 젊은 여성이라면, 그리고 조금이라도 아는 사이기만 하면, 누구에게라도 접근하여 찬사와 경탄을 늘어놓을 권리가 (사회에 대한 그 자신의 관점에 따르면) 자신에게 있었다. 그러나 그가 진지한 의도를 가지고 있는 것은 클라라였다. 그가 유혹하려는 여자는 클라라였다.

그는 작정하고 그녀를 유혹하려 했다. 그녀의 처지는 안성맞춤이었다. 그녀는 데넘 부인의 호의를 놓고 다투는 데 있어 그의 경쟁자였다. 게다가 젊고, 아름답고, 종속적인 입장이었다. 그는 일찍이 이 계획의 필요성을 깨달았고 오래전부터 신중하고 주도면밀하게 그녀의 마음에 인상을 남기고, 그녀의 원칙을 조금씩 훼손시키려 노력하고 있었다. 클라라는 그의 의도를 간파했으며 유혹당할 생각이 털끝만치도 없었다. 그러나 그녀는 인내심 있게 그를 견뎌냈기 때문에 그녀의 매력에서 유발

*리처드슨의 소설 《클라리사 할로》에 등장하는 악당. 클라리사를 납치하여 유혹하고, 성폭행한다.

된 그녀에 대한 그의 애착은 더욱 강력해졌다. 그녀가 그를 보다 강력히 거부했다 하더라도 에드워드 경은 개의치 않았을 것이다. 그는 최악의 경멸이나 혐오에 대한 대비도 되어 있었다. 만일 사랑으로 그녀를 얻을 수 없다면 납치라도 할 태세였다. 그는 자신의 일을 잘 알고 있었다. 벌써 이에 대해 깊이 숙고했고 다른 방법이 없을 경우, 새로운 방식을 도입할 작정이었다. 그래야 선배들을 뛰어넘을 수 있기 때문이었다. 그는 팀북투* 근처에 클라라에게 안성맞춤인 외딴집이 있는지 확인해보고 싶었다. 그러나 슬프다, 비용이 문제구나! 그런 고급스런 취향은 그의 호주머니 사정에 맞지 않았다. 게다가 신중을 기하기 위해서는 자신의 애정의 대상에게 그런 고급스런 방식이 아닌, 보다 조용한 방식의 파멸과 불명예를 안겨줄 수밖에 없었다.

9

샬럿이 샌디턴에 도착한 지 얼마 되지 않은 어느 날, 그녀는 모래사장에서 '테라스'로 올라오다가 역마가 끄는 신사용 마차가 호텔 문 앞에 서 있는 것을 보았다. 마차는 도착한 지 얼마 되지 않은 듯했고 내리는 짐이 많은 것으로 보아 아마도 좋은 집

*서아프리카 사하라 남단, 즉 현재의 말리 지역에 있는 오래된 도시로 14세기 이래 번창하였다. 이슬람 대학이 있어서 아프리카의 지적 중심지 역할을 하였기 때문에 서구인들에게 매우 부유하고 신비스런 도시로 알려졌으며 멀고 이국적인 도시의 대명사로 쓰인다.

안의 사람들이 장기 체류할 요량으로 온 것 같았다.

조금 전 집으로 돌아간 파커 부부에게 이 기쁜 소식을 알려 주기 위해서 샬럿은 발걸음을 재촉했다. 그리고 해안으로 불어오는 부드러운 맞바람을 받으며 두 시간을 보낸 젊은 처녀가 낼 수 있는 최대 속도로 트래펄가 하우스 쪽으로 갔다. 그녀가 막 집 앞의 조그만 잔디밭에 도착할 즈음, 한 여자가 이쪽을 향해 빠른 걸음으로 다가오는 것이 보였다. 샬럿은 이 지역에 아직 아는 사람이 없었던 까닭에 낯선 여자가 더 가까이 오기 전에 빨리 집에 들어가려고 걸음을 서둘렀다. 그러나 그 여자의 걸음걸이가 더 빨랐다. 샬럿이 현관 계단을 올라가서 초인종을 누르고 문이 열리기를 기다리는 동안 그 여자는 잔디밭을 가로질렀고, 하인이 문을 열었을 때는 현관문까지 도달했다.

샬럿은 깜짝 놀랐다. 낯선 여자가 매우 천연덕스럽게 "잘 있었어요, 모건?" 하고 인사를 하자 모건이 반가운 미소를 지었던 것이다. 바로 다음 순간, 파커 씨가 현관으로 달려 나왔다. 누이의 모습을 응접실 창문으로 보고 한달음에 달려온 것이다. 샬럿은 곧 다이애나 파커 양을 소개받았다. 그녀의 갑작스런 출현에 모두들 깜짝 놀랐지만 곧 놀라움보다 반가움이 더 커졌다. 파커 부부는 더할 나위 없이 다정하게 누이를 환대했다. "어떻게 왔어? 누구랑? 여기까지 올 수 있을 정도로 건강하다니 정말 다행이야! 물론 우리 집에 머물 거지? 당연히 그래야지." 부부는 누가 먼저랄 것도 없이 이런 말들을 쏟아냈다.

서른네 살가량인 다이애나 파커 양은 중키에 날씬한 체구로, 병약하기보다는 예민하고 섬세한 느낌이었으며 얼굴도 예쁜 편으로 눈동자에 생기가 가득했다. 그녀의 태도 역시 파커 씨와 마찬가지로 편안하고 소탈했지만 오빠와는 달리 말투가 좀 더 단정적이고 직선적이었다. 그녀는 곧 대답을 쏟아놓기 시작했다. 먼저 초대는 고맙지만 받아들일 수 없다고 했다. "그건 불가능해. 세 명 모두 왔으니까 말이야. 숙소를 빌려서 얼마간 머물려고 해."

"세 명 모두 왔다고! 아니, 수전 누나와 아서도! 누나도 올 수 있었다니! 정말 다행이네."

"그래, 우리 모두 함께 왔어. 어쩔 수가 없었어. 다른 방도가 없어서 말이야. 그건 나중에 얘기하고 메리 언니, 애들이나 좀 불러줘요. 보고 싶어 죽겠어요."

"누나는 어때? 먼 길에 괜찮은지 모르겠네. 아서는? 근데 왜 여기 같이 안 왔어?"

"언니는 잘 견뎌냈어. 어제 아침에 출발했는데 그저께 밤부터 한숨도 못 잤어. 물론 어젯밤 치체스터에서도 못 잤고. 나도 그렇지만 수전 언니도 이런 일은 흔치 않아서 무척 걱정을 했는데 잘 버텨냈어. 히스테리 발작도 한 번밖에 안 일으켰고. 구 샌디턴 마을이 보일 때 발작을 일으켰는데 다행히 심하지 않았고 호텔에 도착할 때쯤엔 거의 진정됐어. 그래서 우드스톡 씨의 도움만으로 마차에서 내릴 수 있었지. 내가 이리 올 때 수전 언니는 가방 묶은 줄을 풀어 마차에서 내리는 샘을 도우면서 짐을 어디로 옮길지 지시하고 있었어. 모두에게 안부 전해달라더군. 몸이 약해서 같이 못 오는 게 속상하대. 아서도 오고 싶어 했는데 내가 못 오게 했어. 바람이 너무 불어서 안 되겠더라고. 요통이 도질지도 모르고. 그래서 코트를 입혀서 테라스로 보냈어. 숙소 좀 알아보라고. 헤이우드 양은 분명히 호텔 앞에서 있던 우리 마차를 보았을 거야. 내 앞을 걸어가는 걸 보고 단박에 누군지 짐작했다니까. 톰 오빠, 그렇게 잘 걷는 걸 보니 참 기쁘네. 근데 발목 좀 만져보자. 아, 좋아. 깨끗해. 근육 움직임에 큰 문제가 없네. 거의 촉진되지 않을 정도야. 자, 이제 내가 왜 여기 왔는지 설명해줄게. 지난번 편지에서 말했던 두 가족 있지. 내가 여기 유치하려고 애쓰던 서인도 제도 가족과 학교 말이야."

파커 씨는 의자를 누이 곁으로 바짝 당기고 그녀의 손을 다정스럽게 잡으며 말했다. "응, 그래. 애 많이 썼어. 정말 고마워."

"둘 다 좋은 가족이지만 그래도 청출어람이라고 둘 중에서 내가 더 좋게 생각하는 서인도 제도 가족은 그리피스 부인 가족인데 몇 다리 건너서 알게 되었어. 예전에 내가 캐퍼 양 얘기하는 것 들었지? '내' 절친 패니 노이스의 절친 말이야. 그런데 캐퍼 양은 그리피스 부인과 꾸준히 서신 교환을 하는 달링 부인과 매우 친해. 그러니까 우리 사이는 그리 먼 게 아냐, 서너 다리만 건너면 되니까. 그리피스 부인은 집의 젊은이들을 위해 바닷가로 갈 계획을 세우고 있었대. 정확한 장소는 정하지 않고 막연히 서식스 해안 쪽 어느 조용한 곳 정도로 생각하고 있었나 봐. 그래서 친구인 달링 부인에게 편지를 써서 물어본 거야. 근데 그리피스 부인의 편지가 도착했을 때 캐퍼 양이 마침 그곳에 있어서 내용을 알게 되었지. 캐퍼 양은 그날 그 얘기를 편지에 써서 패니 노이스에게 보냈고, 패니는 우리를 떠올리고 바로 내게 편지를 써서 자초지종을 소상히 알렸어. 물론 그때는 이름을 밝히지 않았기 때문에 내가 이름을 안 지는 얼마 안 되었어. 그 편지를 읽고 나서 내가 할 일이야 한 가지밖에 더 있겠어? 바로 패니에게 답장을 써서 샌디턴을 추천하라고 했지. 패니는 혹시 그런 대가족이 머물 만한 큰 집이 없을까 봐 걱정하더군. 이렇게 자세히 말하다간 끝이 없겠네. 어쨌든 이런 식으로 일이 진행된 거야. 얼마 후에 똑같은 경로를 통해서 달링 부인이 샌디턴을 추천했고, 서인도 제도 가족이 긍정적이란 소식을 들었어. 내가 오빠에게 편지를 썼을 때 일이 여기까지 진척되어 있었어. 그런데 이틀 전, 그래 맞아, 그저께 패니 노이스에게서 편지가 왔어. 내용인즉, 달링 부인이 샌디턴에 대해 좀 부정적으로 말하는 그리피스 부인의 편지를 받았다는 내용의 편지를 캐퍼 양으로부터 받았다는 거야. 무슨 말인지 알겠어? 난 명확하지 않은 건 질색이라서."

"아, 잘 알아들었어. 매우 명확해. 그런데?"

"부인이 망설이는 이유는 이 지역에 아는 사람이 하나도 없고, 또 여기 도착했을 때 좋은 숙소를 구하리란 보장이 없다는 거였어. 그런데 부인은 딸들보다 자기가 돌보는 램브 양이라는 젊은 처녀 때문에 (아마도 조카인 것 같아) 특히 신경이 쓰인다고 했어. 램브 양은 재산이 어마어마하대. 다른 가족들보다 훨씬 부자라네. 그런데 건강이 안 좋대. 이걸 종합해보면 그리피스 부인이 어떤 사람인지 쉽게 짐작할 수 있어. 혼자 힘으로는 뭘 잘 못하는 나태한 사람 같아. 대체로 많은 재산과 더운 날씨는 사람을 그렇게 만들지. 하지만 사람은 다 다르니까. 어찌 되었건 뭔가 방도를 구해야 했어. 나는 잠깐 망설였어. 오빠나 휫비 부인에게 편지를 써서 집을 구해놓으라고 할까? 하지만 썩 내키지 않았어. 난 내가 할 수 있는 일을 남에게 부탁하는 걸 싫어해. 게다가 이건 내가 직접 해야 하는 일이란 생각이 들더군. 무력한 병자 가족이니까 내가 직접 도와줘야 한다는 생각 말이야. 그래서 수전 언니의 의견을 물었더니 언니도 나와 같은 의견이더라고. 아서도 반대하지 않았어. 그래서 바로 채비를 마치고 어제 새벽 6시에 여정에 올랐고, 오늘 새벽 같은 시각에 치체스터를 출발해서 지금은 보시다시피."

"좋아! 잘했어!" 파커 씨가 소리쳤다. "다이애나, 정말 장해. 친구를 돕고 사회에 유용한 일을 하는 데 너보다 더 적극적인 사람은 없을 거야. 그래, 정말 없다고. 여보, 메리, 내 동생 정말 대단하지 않소? 자, 근데 염두에 둔 집은 어디야? 그 집 가족이 전부 몇 명이야?"

"그건 나도 몰라. 전혀 모른다고. 자세한 얘기는 못 들었어. 하지만 샌디턴에서 제일 큰 집도 좁다고 할걸. 어쩌면 한 채를 더 얻어야 할지도 몰라. 하지만 일단은 집 한 채를 일주일간만 빌릴 거야. 헤이우드 양, 놀랐어요? 표정을 보니 이런 빠른 조처에 익숙하지 않은 것 같네요."

'웬 오지랖이람! 너무 성급하군!' 하는 생각이 샬럿의 머리를 스쳤다. 그러나 그녀는 힘들이지 않고 예의 바른 대답을 찾아냈다.

"물론 많이 놀랐지요. 정말 큰 희생을 하셨으니까요. 두 분 자매께서는 병약하시잖아요."

"맞아요, 병약하죠. 영국인 중에 그렇게 불릴 수 있는 사람은 세 명도 채 안 될 거예요. 하지만 헤이우드 양, 우리가 이 세상에 온 이유는 유용한 일을 하기 위해서랍니다. 정신력만 강건하면 병약한 몸은 문제가 안 돼요. 그 핑계를 대서는 안 된다는 말이죠. 이 세상은 의지가 강한 사람과 약한 사람으로 나뉘어져 있어요. 행동할 수 있는 사람과 그렇지 않은 사람 말이죠. 능력 있는 사람은 세상에 도움이 될 수 있는 기회를 놓치지 말아야 해요. 그건 신성한 의무죠. 우리 언니와 내 병은 당장 죽는 병은 아니에요. 그리고 타인에게 도움이 되는 일을 할 때 우리 정신은 의무를 수행했다는 데서 오는 보람을 느끼고 그 덕택에 우리 몸은 더 건강해지죠. 이번 경우만 해도 내게는 유용한 목적이 있었기 때문에 여행을 거뜬하게 해냈어요."

그녀의 기질에 대한 자화자찬은 아이들이 방으로 들어오는 바람에 끝났다. 아이들에 대한 덕담과 포옹이 끝나자 그녀는 돌아갈 채비를 했다.

그러자 모두들 입을 모아 그녀를 붙들었다. "저녁 먹고 가면 안 돼? 우리랑 같이 저녁 먹으면 좋겠는데, 그렇게 하지?" 이 요청이 일언지하에 거절당하자 다음과 같은 질문들이 이어졌다. “그럼 언제 또 볼 수 있어? 뭐 도와줄 것 없어?” 파커 씨는 그리피스 부인 일행이 머물 집을 찾는 걸 돕겠다며 나섰다.

“저녁 먹고 나서 바로 그리로 갈 테니 함께 집을 보러 다니자고.”

하지만 이 제안 역시 바로 거절당했다.

“아냐, 톰 오빠. 이건 내 일이니까 오빠는 손가락 하나 까딱하지 마. 오빠는 발목도 시원찮잖아. 오빠 발 모양을 보건대 벌써 너무 무리한 것 같아. 난 이 길로 바로 집을 보러 갈 거야. 우리는 6시 전에는 정찬을 하지 않으니까 그 전에 다 끝낼 수 있을 거야. 이제 겨우 4시 반인걸. 그리고 오늘 다시 만날 수 있을지 없을지는 잘 모르겠어. 수전 언니랑 아서는 저녁 때 호텔에 있을 테니 만날 수 있을 거야. 하지만 나는 여기서 돌아가자마자 우리 숙소 문제를 아서랑 상의해야 해. 아서더러 알아보라고 했거든. 그래서 어쩌면 저녁 먹고 나서 다시 나가봐야 할지도 모르겠어. 내일 조찬 후에는 숙소를 옮겼으면 하니까. 그런데 아서가 제대로 숙소를 구했을 것 같지 않아. 나름 좋아라 하는 것 같긴 했지만.”

“넌 일을 너무 많이 하는 것 같아.” 파커 씨가 말했다. “그러다가 쓰러지면 어쩌려고. 저녁 먹고 나서는 꼼짝 안 하는 게 좋겠어.”

“맞아요, 절대로 나가면 안 돼요.” 파커 부인이 큰 소리로 말했다. “정찬이라야 그냥 먹는 시늉만 하잖아요? 그러니까 도움이 안 돼요. 아가씨들 식욕에 대해서는 제가 잘 알죠.”

"최근 들어 식욕이 많이 좋아졌어요. 요즘 내가 직접 달인 탕약을 복용하고 있는데 아주 효과가 좋아요. 물론 수전 언니는 진짜 안 먹어요. 그리고 지금은 나도 딱히 음식 생각이 없어요. 보통 여행 후 일주일 정도는 아무것도 안 먹으니까 말이죠. 하지만 아서는 식탐이 있어요. 때때로 우리가 못 먹게 말려야 할 정도예요."

"그런데 샌디턴에 오는 다른 가족에 대해서는 한 마디도 안 했어." 현관으로 함께 걸어가면서 파커 씨가 말했다. "캠버웰 학교 말이야. 그 사람들도 오는 거야?"

"아! 확실히, 아마 확실히 올 거야. 그동안 잊어버리고 있었는데 사흘 전에 내 친구 찰스 뒤피 부인한테서 캠버웰에 대한 편지가 왔어. 캠버웰은 확실하게, 또 빠른 시일 안에 여기 올 거야. (이름은 모르지만) 어쨌든 그 여자분은 그리피스 부인처럼 부자도 아니고 독립적으로 살 수 있을 만한 수입도 없어서 자기 마음대로 여행을 하거나 행선지를 택할 수도 없어. 내가 어떻게 그녀한테까지 손이 닿았는지 알려줄게. 찰스 뒤피 부인에게 이웃이 있는데 이 이웃의 지인 중에 최근에 클래펌에 정착한 남자가 있어. 그 남자는 학교 일을 하면서 몇몇 소녀들에게 웅변과 문예 강의를 해. 그런데 내가 그 사람에게 시드니의 친구에게서 받은 산토끼 한 마리를 주었거든. 그랬더니 샌디턴을 추천했어. '나는' 전혀 전면에 드러나지 않고 말이야. 모든 건 찰스 뒤피 부인이 알아서 했어."

10

며칠 전 다이애나 파커 양은 지금의 건강 상태로 바닷바람을 쐬면 바로 죽고 말 거라고 편지에 썼었다. 그런데 그녀는 지금 샌디턴에 와 있고, 게다가 한동안 머무를 예정이었다. 그녀는 자신이 얼마 전에 그런 생각을 했고, 또 편지에 그렇게 썼다는 사실을 전혀 기억하지 못하는 것 같았다. 샬럿은 다이애나 양의 심상치 않은 건강 상태라는 것이 상당 부분 엄살에 불과하다는 생각이 들었다. 그녀의 병과 치유는 모두 상식과는 너무 달라서 진짜 질환과 회복이라기보다는 열정적 정신이 무료함을 달래기 위해 만들어낸 상상의 질병에 가까운 것 같았다. 파커 가족은 상상력이 풍부하고 감수성이 예민한 사람들이었다. 큰아들은 넘치는 에너지를 부동산 개발 사업에 쏟아붓는 반면, 그의 자매들은 우스꽝스러운 질병을 만들어냄으로써 분출시키는지도 몰랐다.

물론 그들의 에너지가 '전부' 거기에만 사용되는 것은 아니었다. 일부는 유용성에 할당되었다. 말하자면 그들은 다른 사람들을 돕느라 매우 바쁘던가, 아니면 자신들이 매우 아프던가, 둘 중의 하나였다. 그녀들은 원래 좀 약한 체질인 데다 불행히도 의술, 특히 엉터리 의술에 과도하게 의존하는 성향 때문에 일찍부터 자주 여러 가지 병에 시달렸다. 거기에 과도한 상상력과 남들과 다르고자 하는 욕망과 경이로운 것에 대한 사랑이 더해져 고질병이 되었다. 그들은 자비로운 마음과 따뜻한 가습을 가지고 있었다. 그러나 그들의 선행에는 끊임없이 뭔가를 해야만 직성이 풀리는 기질과 남들보다 더 많은 일을 하고 싶은 명예욕도 상당 부분 작용했다. 또한 그들이 행하는 모든 활동과 그들이 참아내는 모든 고통에는 허영심이 깃들어 있었다.

파커 부부는 그날 저녁, 호텔에 가서 꽤 오래 머물렀다. 집에 남아 있던 샬럿은 동네를 돌아다니는 다이애나 양의 모습을 두어 번 목격했다. 그녀는 누구의 부탁을 받은 것도 아니면서 지금까지 한 번도 보지 못한 사람들을 위해 집을 구하러 동분서주하고 있었다. 이튿날 저녁, 샬럿은 마침내 파커 씨의 나머지 형제자매들을 만나게 되었다. 그들은 새로 구한 숙소에 여장을 푼 다음, 그녀와 파커 부부를 초대해 다과를 대접한 것이다.

그들의 숙소는 '테라스'에 있었다. 샬럿이 들어갔을 때 그들은 아담한 응접실에 모여 있었다. 그 방은 아름다운 바다 조망이 가능한 방이었다. 그러나 기분 좋은 영국 여름 날씨였는데도 불구하고 창문은 모두 닫혀 있었고, 소파와 탁자 등 모든 가구가 창문 반대편의 활활 타는 불가에 배치되어 있었다. 샬럿은 파커 양*이 하루에 생니를 세 개씩이나 뺐다는 사실을 기억하고 특별한 존경심과 동정심을 가지고 그녀에게 다가갔다. 그녀는 외모나 태도에 있어 여동생과 별로 다르지 않았다. 물론

*영국에서 장녀는 Miss 다음에 성을 사용하고, 그 아래 딸들은 Miss 다음에 이름을 사용한다. 여기서 작가가 수전을 파커 양이라 부르는 것으로 보아 수전이 장녀이고 다이애나는 차녀임을 알 수 있다. 장남 파커 씨와 차녀 다이애나 양이 한 살 차이이므로 수전은 파커 씨의 누나이다.

다이애나보다 좀 더 마르고 질병과 약 때문에 더 지쳐 보이고, 행동거지에 힘이 덜 들어가고, 목소리도 좀 더 나직했다. 그러나 그녀 역시 다이애나와 마찬가지로 저녁 내내 쉬지 않고 조잘거렸다. 그녀는 손에 소금을 들고 있었고, 벽난로 위에 벌써 떡하니 자리 잡고 있는 여러 약병 중 하나를 집어 두세 번 물약을 복용하면서 자주 얼굴을 찌푸리고 몸을 비틀었다. 하지만 어떤 특별한 병의 조짐도 보이지 않았다. 건강한 샬럿의 생각으로 파커 양의 질병이란 불을 꺼버리고, 창문을 열고, 물약과 소금을 치워버리면 깨끗이 치유될 수 있는 그런 것들에 불과했다. 샬럿은 특히 아서 파커에 대해 특별한 호기심을 가졌다. 분명히 작고 병약한 모습의 젊은이일 것이라고 생각했던 것이다. 그런데 실제로 보니 놀랍게도 키는 형만큼이나 크고 몸은 더 크고 튼실해 보였으며 얼굴이 좀 부석부석한 것 외에는 병자티라고는 전혀 나지 않는 튼튼한 청년이었다.

이 가족의 우두머리는 다이애나였다. 그녀는 모든 일을 결정하고 스스로 솔선수범했다. 그날만 해도 그녀는 그리피스 부인과 그녀 자신의 일로 아침 내내 동분서주했지만 여전히 셋 중에서 가장 생생했다. 수전이 한 일은 호텔에서 짐을 빼는 것을 감독하면서 무거운 상자 두 개를 몸소 들고 온 것뿐이었다. 아서는 이곳 날씨가 너무 춥다면서 호텔에서 숙소까지 재빨리 옮겨 간 다음, 계속해서 불가에 앉아 있었다. 다이애나가 한 일은 전부 사소한 집안일이었기 때문에 정확히 계산을 할 수 없었지만 어쨌든 일곱 시간이나 한 번도 앉지 못할 정도로 쉬지 않고 일했다. 실제로 그녀 자신도 이제 좀 피곤하다고 고백했다. 그러나 일이 너무 잘 풀렸기 때문에 자신의 피로를 대단치 않게 여겼다. 그녀는 사방을 돌아다니며 수많은 어려움을 극복하고 마침내 그리피스 부인에게 안성맞춤인 집을 일주일에 8기니에 얻어놓았고 요리사, 하녀, 세탁부, 해수욕 도우미 등과 흥정을 벌여놓았기 때문에 그리피스 부인이 손짓만 하면 모두 달려올 준비가 되어 있었다. 부인은 그중에서 마음에 드는 사람을 선택하기만 하면 될 터였다. 그녀의 마지막 일은 그리피스 부인에게 직접 예의 바른 짧은 편지를 쓰는 것이었다. 지금까지는 여러 사람을 통해서 우회적으로 정보를 알렸지만 지금은 그럴 시간이 없었기 때문에 어쩔 수 없었다. 기대하지 않았던 그녀의 봉사에 대해 그리피스 부인은 얼마나 고마워할 것인가! 이런 생각을 하며 그녀는 부인과 안면을 틀 기대에 들떠 있었다.

집을 나서던 파커 부부와 샬럿은 두 대의 역마차가 동네를 가로질러 호텔로 가는 것을 보았다. 그것은 즐겁고 희망적인 광경이었다. 다이애나와 수전, 그리고 아서도 뭔가를 보았다. 자세하지는 않지만 창문을 통해 호텔에 마차 같은 것이 '도착한' 것을 보았던 것이다. 그것이 역마차 두 대라는 사실은 파커 씨 일행을 통해 알게 되었다. 캠버웰 학교 일행일까? 하지만 파커 씨는 전혀 새로운 가족일 것이라고 확신했다.

바다와 호텔을 살펴보기 위해 얼마 동안 방 안을 이리저리 돌아다닌 다음, 마침내 그들은 자리를 잡고 앉았다. 샬럿의 자리는 불가에 앉은 아서 옆이었다. 그는 예의 바르게 샬럿에게 자기 자리를 내주려 했는데 불가 자리를 좋아하는 그가 이런 희생을 기꺼이 치르려 한 것은 칭찬받을 만한 일이었다. 그녀가 분명한 태도로 제안을 거절하자 그는 만족스런 표정으로 다시 자리에 앉았다. 그녀는 아서의 몸을 병풍 삼아 불을 가릴 수 있도록 의자를 뒤로 뺐다. 그녀는 생각했던 것보다 훨씬 넓은 그의 등과 어깨에 감사했다. 아서는 몸뿐만 아니라 눈꺼풀도 무거웠지만 대화를 싫어하지는 않았다. 다른 네 사람이 자기들끼리 얘기를 나누는 동안 아서는 예의상이라도 샬럿에게 말을 붙여야 했는데, 그는 이렇게 멋진 젊은 여성 옆에 있는 것을 고역으로 생각하지 않는 것 같았다. 그의 형은 항상 아서에게 행동을 위한 동기, 즉 자극을 주는 강력한 대상이 필요하다고 생각하고 있었기 때문에 아서의 이런 태도에 대해 상당히 만족했다.

샬럿의 젊음과 건강미에 자극을 받은 아서는 벽난로 불을 지펴놓은 데 대해 사과 비슷한 말까지 했다. "우리 집에서는 불을 안 지펴요. 하지만 바다 공기는 항상 습해서 말이죠. 저는 습기가 제일 무서워요."

"다행히 저는 공기가 습한지 건조한지조차 못 느껴요. 언제나 공기는 상쾌하고 힘을 돋우죠." 샬럿이 말했다.

"저도 다른 사람들만큼 바깥 공기를 좋아해요. 바람이 없을 때 창문을 열고 서 있으면 좋죠. 하지만 불행히도 습한 공기는 제게 안 좋아요. 류머티즘에 걸리니까요. 아가씨는 류머티즘 없으시죠?"

"네, 없어요."

"참 운이 좋으시네요. 그럼 신경과민 아니세요?"

"네, 아니에요. 그런 건 전혀 몰라요."

"저는 신경과민이에요. 사실 제 생각엔 신경이 제일 큰 문제는 아니에요. 누나들은 제가 담즙 이상이라고 해요. 하지만 전 그렇게 생각 안 해요."

"그래요, 잘 생각하시는 거예요."

"만일 제가 담즙 이상이라면 포도주를 마시면 안 좋아야 해요. 하지만 포도주는 항상 제게 좋은 효과를 가져다주거든요. 포도주를 많이 마실수록 (물론 어느 한도 내에서지만요) 더 좋아져요. 저는 저녁 때 몸 상태가 가장 좋아요. 만일 오늘 정찬 전에 저를 보셨다면 제가 매우 아픈 줄 아셨을 겁니다."

샬럿은 그 말을 믿을 수 있었다. 그러나 그녀는 냉정함을 유지한 채 말했다.

"제가 알고 있기로 신경과민 증상은 바깥 공기와 운동으로 완화될 수 있어요. 매일 규칙적인 운동으로 말이죠. 지금 하시는 것보다 좀 더 많이 하면 좋을 거예요."

"아! 저도 운동 좋아합니다." 그가 대답했다. "여기 있는 동안 많이 걸으려고 해요. 날씨가 괜찮으면 말이죠. 매일 조찬 전에 나가서 테라스를 몇 바퀴 돌고, 트래펄가 하우스에도 자주 가려고 해요."

"트래펄가 하우스까지 걷는 것이 많은 운동이 된다고요?"

"물론 거리는 얼마 안 돼요. 하지만 얼마나 가파른지! 한낮에 언덕을 걸어 올라가면 땀이 비 오듯 쏟아져요. 거기 도착할 때면 땀으로 목욕할 지경일 거예요. 저는 땀을 많이 흘리는 체질이에요. 그게 바로 신경과민의 증거죠."

그들의 대화는 신체적 문제에 대해 깊이 파고들기 시작했다. 그래서 하인들이 찻상을 가지고 들어왔을 때 샬럿은 다행이다 싶었다. 단박에 분위기가 변했기 때문이었다. 샬럿에 대한 청년의 관심은 순식간에 사라졌다. 찻상에는 거기 모인 사람 수만큼이나 많은 찻주전자 등속이 있었다. 수전은 허브티를 마셨고 다이애나는 또 다른 종류의 허브티를 마시는 등 모든 사람이 각각 다른 종류의 차를 마셨다. 아서는 쟁반에서 손수 코코아를 집은 다음 불쪽으로 몸을 완전히 돌려 자기 방식대로 코코아를 끓이고, 석쇠 위에 미리 얹어 가지고 온 빵 몇 조각을 구웠다. 이 과정이 완전히 끝날 때까지 아서는 오직 자신의 성공에 대한 자화자찬 몇 마디만을 중얼거렸을 뿐이었다.

마침내 그 어려운 일이 끝나자 그는 의자를 전처럼 예법에 맞는 위치로 옮겨놓고 그녀에게 코코아와 토스트를 권했다. 이제껏 혼자만을 위해 일하지 않았다는 것을 증명한 것이다. 하지만 그녀 손에는 이미 찻잔이 들려 있었다. 자기 자신에만 몰두해 있던 그는 그것을 보고 깜짝 놀랐다.

"때맞춰 끝낼 수 있을 줄 알았어요. 그런데 코코아는 오래 끓여야 해서요."

"정말 감사합니다만 저는 차를 더 좋아해요."

"그럼 저만 마시겠습니다. 매일 저녁 옅은 코코아를 한 잔 가득 마시는 게 최고로 좋죠."

하지만 따를 때 보니 그 옅은 코코아라는 것이 실제로는 매우 짙은 색 진짜 코코아였다. 그 순간 누나들이 동시에 소리쳤다. "아! 아서, 코코아가 점점 더 진해지는구나!" 그러자 아서가 겸연쩍은 듯이 대답했다. "오늘 밤에는 생각보다 짙어졌네." 이 광경을 보고 샬럿은 확신했다. 아서는 누나들이 원하는 것과는 달리, 혹은 그 자신이 생각하는 것과는 달리 배곯는 것을 좋아하지 않음에 틀림없었다. 그는 누나들의 얘기를 더 이상 듣지 않으려고 말머리를 돌려 토스트 얘기를 했다.

"이 토스트 좀 드세요. 저는 토스트 전문가입니다. 절대로 태우지 않죠. 무엇보다 너무 바싹 불에 대지 않습니다. 그래도 보시다시피 한 군데도 제대로 안 구워진 곳이 없어요. 아가씨께서 아무것도 바르지 않은 맨 빵 토스트를 좋아하시면 좋겠는데요."

"버터를 적당히 바른 건 좋아해요. 하지만 다른 건 별로……."

"저도 그렇습니다." 그가 무척 기뻐하며 말했다. "이 점에서 우린 생각이 같네요. 맨 빵 토스트는 건강에 좋기는커녕 오히려 위장에 나빠요. 버터를 발라 말랑하게 해주지 않으면 위벽을 긁죠. 확실해요. 먼저 아가씨 빵에 발라드리고, 제 것에도 바르겠습니다. 위벽에 매우 안 좋으니까요. 하지만 그렇게 생각하지 않는 사람들도 있어요. 후추 빻는 기계처럼 위벽을 자극하는데 말이죠."

그가 버터를 바르려고 하자 누나들은 너무 많이 먹는다는 둥, 믿을 수가 없다는 둥 잔소리를 해댔다. 그러자 그는 자기는 보통 때도 순전히 위벽 보호용으로 소량만 먹으며, 게다가 지금은 헤이우드 양의 빵에 발라드리는 것이라고 반박했다.

이 핑계에는 누나들도 어쩔 수가 없었기 때문에 그는 버터를 손에 넣을 수 있었다. 먼저 그는 헤이우드 양의 빵 위에 소량의 버터를 바르면서 자신의 자제력에 기꺼워했다. 그녀의 토스트가 완성된 다음, 그가 자기 토스트를 만드는 것을 지켜보던 샬럿은 놀랍고 어이가 없었다. 누나들을 의식한 그는 빵에 버터를 발랐다가 거의 전부 싹싹 벗겨냈다. 그런 다음, 잠시 눈치를 보다가 갑자기 버터를 듬뿍 찍어 전광석화처럼 빵에 바른 후, 꿀꺽 삼켜버렸다. 아서 파커 씨의 병자 놀음은 누나들과는 매우 다른 것이 분명했다. 승화되지 못한 육체적 불순물이 많이 섞여 있었던 것이다. 샬럿은 그가 병자 놀음을 하는 것은 무엇보다도 게으름 때문이라는 생각이 들었다. 그는 따뜻한 방과 좋은 음식을 정당화할 수 있을 정도의 육체적 장애 이상의 어떠한 병도 앓을 생각이 없었다.

그러나 샬럿은 곧 적어도 한 가지는 누나들이 그에게 전염시켰다는 것을 알게 되었다. "아니!" 그가 말했다. "하루 저녁에 진한 녹차를 두 잔이나 마셔요? 강철같이 튼튼한 신경을 갖고 계신가 봐요. 정말 부럽습니다. 저는 한 잔만 마셔도……. 혹시 어떤 일이 일어날지 짐작하시겠습니까?"

"뜬눈으로 밤을 지새우시겠죠." 샬럿이 대답했다. 통 크게 선수를 침으로써 그를 깜짝 놀라게 하려는 생각이었다.

"아! 그 정도는 아무것도 아니에요!" 그가 부르짖듯 말했다.

"제게 그것은 독약과 같아요. 복용 후 5분이 채 안 되어서 오른쪽 사지가 완전히 마비되거든요. 안 믿기시겠지만 정말입니다. 벌써 여러 번 그랬기 때문에 의심의 여지가 없어요. 몇 시간 동안 몸 오른쪽을 전혀 쓸 수 없게 됩니다."

"정말로 이상하네요." 샬럿이 냉정하게 말했다. "하지만 신체의 오른쪽 부분과 녹차에 대해 과학적으로 연구한 사람들은 그걸 매우 쉽게 증명할 수 있겠지요. 그 둘의 상호작용을 완벽하게 이해한다면 말이죠."

얼마 후, 호텔 고용인이 다이애나 파커 양에게 편지를 가지고 왔다.

"뒤피 부인으로부터, 사신(私信)." 그녀가 말했다.

몇 줄을 읽어나가던 그녀는 큰 소리로 외쳤다.

"이것 참 이상하군! 정말 이상해! 두 사람이 같은 이름을 가지고 있다니! 그리피스 부인이 둘씩이나! 이건 캠버웰의 부인에 대한 소개 편지야. 그런데 이 부인 이름도 그리피스라네."

몇 줄을 더 읽어 내려가던 그녀의 얼굴이 붉으락푸르락해졌다. 그러고는 기절초풍을 하며 덧붙였다. "아니, 말도 안 돼! 램브 양도 있네! 재산이 많은 서인도 제도 처녀라고. 동일인일 리가 없어. 절대로 같은 사람일 수 '없어'."

그녀는 마음을 가라앉히기 위해 큰 소리로 편지를 읽었다. 그것은 편지 소지자인 캠버웰의 그리피스 부인과 그녀가 돌보는 세 명의 젊은 처녀를 다이애나 파커 양에게 소개하는 편지였다. 그리피스 부인은 샌디턴이 처음이기 때문에 점잖은 분을 소개받고 싶어 했다. 그래서 찰스 뒤피 부인은 중간에 낀 친구의 제안에 따라 이 편지를 쓴다. 남을 돕기 좋아하는 친애하는 다이애나 양은 그런 기회가 생긴 데 대해 기뻐할 것이라 생각한다. 그리피스 부인이 제일 중요하게 생각하는 것은 램브 양을 위한 안락한 거처와 좋은 환경이다. 그녀는 부인이 돌보는 세 명의 처녀 중의 한 명으로 재산은 많지만 몸이 몹시 약하다.

"참으로 이상하군! 정말 놀라워! 정말 희한해!" 그들은 모두 이들이 완전히 다른 두 가족이라는 데 의견 일치를 보았다. 양쪽의 이야기가 전혀 달랐기 때문에 거기에는 의심의 여지가 없었다. 그러므로 필연코 전혀 다른 두 가족이어야만 했다. "필연코, 필연코." 그들은 이 말을 수없이 되풀이했다. 이름과 상황의 우연적 일치는 처음에는 매우 놀랍지만 사실 그렇게 터무니없는 것은 아니었다. 그래서 모두들 그렇게 결론을 내렸다.

다이애나 양은 자신의 당혹감을 누그러뜨릴 방도를 곧바로 찾아냈다. 그녀는 어깨에 숄을 두르고 다시 여기저기 뛰어다니기로 결심했다. 그래서 피곤한데도 불구하고 호텔에 가기로 했다. 가서 자세한 내용을 알아보고 또 도울 일이 있으면 도와야 했기 때문이다.

11

그래봤자 소용없었다. 파커 일가가 아무리 자기네들끼리 떠들어봤자 서리의 가족과 캠버웰의 가족이 동일한 가족이란 사실을 바꿀 수는 없었다. 부유한 서인도 제도 사람들과 여학교의 구성원들이 모두 함께 조금 전에 본 두 대의 역마차를 타고 샌디턴에 들어온 것이다. 달링 부인은 친구인 그리피스 부인이 여기 오기를 주저하며 여행을 겁낸다고 했다. 또 한 명의 그리피스 부인은 (다른 소식통에 의하면) 같은 시기에 이미 계획을 확정 짓고 있었으며 겁을 내거나 조건을 달지도 않았다. 그런데 그 두 그리피스 부인이 같은 사람이라는 것이다.

두 사람의 보고 내용의 불일치는 다이애나 파커 양이 열심히, 은밀히 끌어들인 사람들, 즉 중간에 낀 사람들의 허영심과 무지와 실수에 기인한 것이었다. 그녀의 친한 친구들은 그녀와 마찬가지로 오지랖이 넓었고, 또 이들 사이에 편지와 인용과 전언이 난무하다 보니 그 내용은 사실과는 전혀 다른 모습을 띠게 되었다. 다이애나 양은 자신의 실수를 인정할 수밖에 없어서 당황했다. 아무짝에도 쓸모없어진 햄프셔로부터의 긴 여행, 오빠의 실망, 그녀 자신이 부담해야 할 비싼 일주일치 집세, 이런 것들이 그녀의 머릿속에 떠올랐다. 그러나 그보다 더 곤란한 것은 그녀 자신의 이미지였다. 그녀는 자신이 생각했던 것만큼 명민하지도, 철저하지도 않았던 것이다.

그러나 이런 당혹감은 오래가지 않았다. 수치심과 비난을 함께 나눌 사람이 너무도 많았기 때문이었다. 달링 부인, 캐퍼 양, 패니 노이스, 찰스 뒤피 부인 및 부인의 이웃 등. 이 모든 사람들과 균등하게 나누면 그녀 몫의 비난은 얼마 남지 않았다. 어찌 되었건 이튿날 아침, 그리피스 부인과 함께 언제나처럼 활발하게 집을 구하러 다니는 그녀의 모습이 목격되었다.

그리피스 부인은 매우 반듯하고 예의 바른 여성이었다. 그녀는 교육 과정의 마무리를 담당해줄 선생이 필요하거나, 사교계에 진출하기 위해 머물 곳이 필요한 부유한 소녀와 젊은 여성들을 맡아 돌보면서 생계를 이어갔다. 지금 샌디턴에 함께 온 세 명 외에도 학생이 여럿 더 있었지만 공교롭게도 그들은 현재 모두 딴 곳에 있었다. 세 명 중에서, 그리고 전체 학생들 중에서 가장 중요하고 귀한 학생은 램브 양이었다. 재산이 많은 만큼 학비도 많이 냈기 때문이었다. 그녀는 열일곱 살가량으로 흑인 혼혈이어서 추위를 잘 타고, 몸이 약했다. 따로 개인 하녀를 두고 있었고, 기숙사 중 가장 좋은 방을 썼으며 그리피스 부인의 모든 계획에 있어 첫 번째 고려 사항이었다.

나머지 두 명인 보포트 자매는 영국의 세 집 중 한 집에서 볼 수 있을 법한 젊은 처녀들이었다. 그럭저럭 괜찮은 피부, 오만한 자태, 반듯하고 확실한 태도, 그리고 자신만만한 표정을 가진 그녀들은 모든 교양을 갖췄다고 간주되지만 실제로는 매우 무식했다. 그녀들은 타인의 감탄을 자아낼 수 있는 재능을 키우는 데 많은 시간을 보냈고, 그 외의 시간은 주로 자신들의 재력이 허용하는 것보다 더 멋진 스타일로 외모를 꾸미기 위해 솜씨를 발휘하는 데 사용했다. 그녀들은 유행의 최첨단에서 누구보다 민감하게 변화를 따랐다. 그녀들의 목표는 자신들보다 훨씬 재산이 많은 남자를 잡는 것이었다.

그리피스 부인은 램브 양을 위해 샌디턴처럼 작고 외진 곳을 선호했다. 보포트 자매는 작고 외진 곳은 질색이었지만 지난봄, 사흘간의 나들이를 위해 새 옷을 여섯 벌 구입하는 과다 지출을 했기 때문에 상황이 나아질 때까지 샌디턴으로 만족할 수밖에 없었다. 그들은 갖가지 장신구로 잘 치장한 다음, 한 명은 하프를 빌리고, 다른 한 명은 데생 종이를 사서 매우 경제적이며 우아한 은둔 생활을 할 생각이었다. 언니인 보포트 양은 그녀의 연주 소리가 들리는 반경 내의 모든 사람들에게 칭송받아 유명해지기를 희망했고, 동생인 러티샤 양은 스케치를 하는 동안 근처에 있는 모든 사람들의 호기심과 열광적 관심을 얻어낼 심산이었다. 그리고 두 사람 모두 이 고장에서 가장 유행에 앞선 처녀가 되는 것으로 위안을 삼을 셈이었다. 다이애나 파커 양을 소개받음으로써 그리피스 부인 일행은 즉시 트래펄가 하우스 가족, 그리고 데넘 가족과의 친교를 확보하게 되었다. 그리하여 얼마 안 있어 보포트 자매는 정확한 표현을 사용하자면 '샌디턴에서 자신들이 도는 서클'이라는 것에 대해 만족하게 되었다. 사실 요즘은 모두들 '서클 속에서 도는'데 많은 사람들의 현기증과 실수는 아마도 이러한 회전운동에 기인할 것이다.

데넘 부인이 그리피스 부인을 방문한 데는 파커 씨 가족에 대한 배려 외에 다른 목적이 있었다. 병약하고 부유한 램브 양은 그녀가 원해 마지않던 젊은 처녀였다. 사실 그녀는 에드워드 경과 당나귀 젖 때문에 그들과의 친교를 튼 것이었다. 에드워드 준남작 문제는 앞으로 어떻게 발전해갈지 알 수 없지만 당나귀 문제에 있어서는 곧 그녀의 계산이 무망한 것으로 드러났다. 그리피스 부인은 폐병의 어떠한 증세도 나타나지 않도록, 또한 당나귀 젖의 효과를 볼 수 있는 어떤 병도 걸리지 않도록 램브 양을 세심하게 돌보고 있었다. '램브 양은 경험 많은 의사의 진료를 계속해서 받고 있었는데 그들에게는 그의 처방이 곧 법'이었다. 그리피스 부인은 그녀의 사촌과 이해관계가 있는 강장제 알약을 제외하고는 오직 의사의 처방전만을 따를 뿐이었다.

다이애나 파커 양의 새 친구들이 정착한 집은 테라스의 모퉁이 집이었다. 그 집의 전면은 샌디턴의 모든 방문객들이 가장 즐겨 찾는 산책로에 면해 있었고 측면은 호텔에서 일어나는 모든 일을 볼 수 있는 위치였기 때문에 보포트 자매의 은둔을 위해 이보다 더 좋은 장소는 없었다. 그들은 블라인드를 올리고 내리느라, 또 발코니에 화분을 정리하고 망원경으로 별것 아닌 것을 바라보느라 자주 2층 창문에 모습을 드러냈다. 그리하여 그들이 악기와 데생 종이와 친숙해지기 훨씬 전부터 많은 눈길이 2층을 올려다보았고, 많은 시선이 다시 한 번 그쪽을 응시하게 되었다.

별것 아닌 새로움이라도 작은 지역에서는 큰 효과를 내는 법이다. 그래서 브라이턴이라면 존재감이 거의 없을 보포트 자매가 이곳에서는 조금만 거동해도 사람들의 주목을 받게 되었다. 심지어는 쓸데없는 수고는 절대로 하지 않는 아서 파커 씨조차도 자기 형네 집에 갈 때 보포트 자매를 먼빛으로나마 보려고 모퉁이 집 쪽을 지나쳐 가느라 두 계단을 더 오르고, 4분의 1마일의 반을 돌아가는 수고를 마다하지 않았다.

12

샌디턴에 온 지 열흘이 되도록 샬럿은 샌디턴 하우스에 가보지 못했다. 데넘 부인을 방문하러 나설 때마다 꼭 다른 곳에서 먼저 부인을 만났기 때문이었다. 그래서 이날은 작정하고 평소보다 일찍 출발했다. 이번만큼은 데넘 부인에 대한 예의에 추호의 소홀함도 없도록, 또한 자신의 즐거움에 어떠한 차질도 없도록 만전을 기했다.

"기회가 있으면, 여보, 불쌍한 멀린스 가족 얘기를 좀 해주면 좋겠소." (그들과 동행할 생각이 없었던) 파커 씨가 말했다. "그리고 부인께 기부 약정 의사가 있는지 넌지시 알아봐주면 좋겠어요. 나는 이런 고장의 기부금 약정을 좋아하지 않아요. 체류자들에 대한 일종의 세금 같으니까. 하지만 그 사람들 처지가 매우 어렵고, 또 어제 그 불쌍한 아낙에게 뭔가 해주겠다고 했소. 약속한 거나 다름없지. 그러니 기부금 약정을 안 받을 수가 없어요. 되도록 빨리 말이지. 기부자 명단 맨 위에 데넘 부인 이름을 올려야 해요. 여보, 당신 그 얘기 전하는 것 싫지 않지요?"

"당신이 원하는 건 뭐든지 할게요." 그의 아내가 대답했다. "하지만 당신이 저보다 훨씬 잘하잖아요. 전 뭐라고 말해야 할지 모르겠어요."

"여보, 메리." 그가 큰 소리로 말했다. "당신이 어찌해야 할지 모른다는 건 말이 안 되오. 정말 간단하거든. 그냥 멀린스 가족이 처한 어려움, 또 그들이 내게 간절히 도움을 요청했다는 것, 그리고 부인께서 허락하시면 내가 기부금 약정을 받으려 한다는 것, 이것만 얘기하면 돼요."

"세상에서 제일 쉬운 일이네요." 마침 그 집에 와 있던 다이애나 파커 양이 큰 소리로 말했다. "금방 일을 매듭지을 수 있을 거예요. 아마 지금 우리가 얘기하고 있는 시간만큼도 안 걸릴걸요. 그리고 메리 언니, 데넘 부인에게 얘기하는 김에 정말 애처로운 사연도 하나 전해줘요. 우스터셔에 사는 어떤 불쌍한 여자 얘긴데 내 친구 하나가 무척 신경을 쓰는 여자예요. 그래서 내가 모금을 해주기로 했어요. 데넘 부인에게 사연을 얘기해줄 수 있으면 참 좋겠는데요! 잘만 공략하면 데넘 부인도 기부해줄 거예요. 내 생각에 부인은 마음먹기에 따라 5기니나 10기니 정도는 쉽게 내놓을 사람 같아요. 그러니까 부인의 기분이 좋은 것 같으면 또 한 군데 기부 얘기도 좀 꺼내봐줘요. 버턴 온 트렌트에 자선 상점을 열기 위한 모금이에요. 이건 나랑 몇몇 사람들이 요즘 무척 신경을 쓰고 있는 거예요. 그리고 지난번 요크 순회 재판에서 교수형을 받은 불쌍한 남자 가족 돕기가 있는데 대충 예정된 금액을 다 모금했지만 그래도 1기니 정도 더 받아주면 금상첨화겠어요."

"다이애나!" 파커 부인이 질겁하며 말했다. "전 데넘 부인에게 그런 말 못 해요. 차라리 하늘을 날고 말겠어요!"

"어려울 게 뭐가 있어요? 내가 직접 하면 좋으련만. 하지만 난 5분 안에 그리피스 부인 숙소에 가야 해요. 램브 양 해수욕시키러. 처음이라 너무 무서워해요. 그래서 내가 가서 용기를 북돋워주고, 필요하면 해수욕 기계 속에 함께 들어가주기로 약속했어요. 그런 다음에는 바로 집에 돌아와야 해요. 1시에 수전 언니가 거머리 요법을 시작할 예정이거든요. 세 시간가량 걸리니까 정말 짬이 안 나요. 게다가 우리끼리 얘기지만 난 지금 당장이라도 자리에 누워야 할 판이에요. 기운이 없어서 서 있을 수도 없을 지경이라고요. 그러니 거머리 요법이 끝난 뒤에는 우리 둘 다 방에 가서 계속 누워 있어야 할 거예요."

"아이고, 큰일이네요. 그럼 아서라도 우리와 함께 가면 안 될까요?"

"아마 아서도 자리에 누워야 할 거예요. 그 애 혼자 나와 있으면 너무 많이 먹고 마실까 걱정이거든요. 내가 데넘 부인 댁에 갈 수 없다는 건 올케도 충분히 이해하겠죠?"

"메리, 다시 생각해보니 멀린스네 얘긴 안 하는 게 좋겠소." 파커 씨가 말했다. "조만간 내가 직접 데넘 부인을 만나야겠어요. 내키지 않아 할 사람에게 그런 얘기를 꺼내는 건 당신에게 맞지 않아요."

그가 부탁을 철회하자 여동생 역시 더 조를 수가 없었다. 실제로 그것이 파커 씨의 의도이기도 했다. 동생의 부탁이 씨알도 안 먹힐 것은 물론, 자기 일에도 악영향을 미칠 것이 뻔했던 것이다. 부탁에서 해방된 파커 부인은 기뻐하며 샬럿과 어린 딸을 대동하고 샌디턴 하우스로 산책에 나섰다.

구름이 잔뜩 끼고 안개가 짙은 아침이었다. 그들이 언덕 꼭대기에 도달했을 때 반대편에서 마차 한 대가 올라오는 것이 보였다. 그러나 어떤 마차인지 종잡을 수 없었다. 시시각각으로 달라 보였기 때문이었다. 이륜마차 같기도 사륜마차 같기도 했다. 말이 한 필인 것 같다가 다음 순간 네 필처럼 보이기도 했다. 말 두 필이 종대로 묶인 마차라고 그들이 결론을 내리려는 찰나, 어린 메리가 마부를 알아보고 소리쳤다. "엄마, 시드니 삼촌이야. 정말이야." 과연 그랬다.

시드니 파커 씨가 멋진 마차에 마부를 태우고 나타나는 바람에 그들은 잠시 동안 멈춰 섰다. 파커 가족은 서로 우애가 좋은 것 같았다. 시드니와 형수의 만남도 매우 다정했다. 그녀는 시동생이 트래펄가 하우스로 오는 것을 당연하게 생각했다. 그러나 그는 이 초대를 거절했다. 이스트본에서 오는 길이며 샌디턴에서 이삼 일 머물 예정이지만 호텔로 가겠다고 했다. 친구가 한두 명 뒤따라 올 것이기 때문이었다.

그런 다음, 그들은 상투적인 안부와 인사를 나누었다. 어린 메리에 대한 덕담, 헤이우드 양에 대한 소개와 그에 이은 예의 바른 절과 인사말 등이 끝나자 그들은 몇 시간 후를 기약하고 헤어졌다. 시드니 파커는 스물일고여덟 살 정도로, 매우 활달

한 성격인 것 같았다. 잠시 동안 세 여자는 이 만남에 대해 즐거운 대화를 나눴다. 파커 부인은 남편의 기쁨을 고스란히 느끼는 것 같았다. 그녀는 시드니의 방문이 이 고장의 명성에 큰 도움이 될 것이라면서 기뻐 어쩔 줄 몰랐다.

샌디턴 하우스로 가는 길은 들판 사이로 난 매우 멋진 넓은 가로수 길이었다. 4분의 1마일쯤 되는 이 길의 끝에는 두 번째 대문이 있고 그 안쪽으로 매우 크고 오래된 나무들이 우거져 아름답고 고색창연하기 그지없는 아담하고 멋진 뜰이 펼쳐져 있었다. 두 번째 대문은 넓은 잔디밭이 펼쳐진 뜰의 모퉁이 쪽에 위치한 까닭에 뜰의 경계에 맞닿아 있었다. 이 때문에 길의 초입에는 뜰의 울타리가 길에 거의 붙어 있었지만 더 나아가자 길이 구부러지는 바람에 점점 더 거리가 생겨났다. 울타리는 멋진 뜰에 걸맞은 훌륭한 것이었고 상태도 매우 좋았다. 안쪽으로 느릅나무가 울창했고, 그 앞쪽의 거의 모든 공간에는 가시나무가 빽빽이 들어서 있었다.

여기서 우리는 '거의 모든'이라는 말에 주목해야 한다. 왜냐하면 가끔 빈 곳이 있었기 때문이다. 그리고 그중 한곳의 판자 울타리 위의 공간을 통하여 뭔가 희고 여성스러운 것이 샬럿의 눈에 언뜻 띄었다. 샬럿의 머릿속에 즉각 브레러턴 양이 떠올랐다. 판자 울타리에 다가가 자세히 보니 과연 그녀였다. 그다지 멀지 않은 곳에 있었기 때문에 짙은 안개에도 불구하고 샬럿은 그녀를 확실히 알아볼 수 있었다. 울타리에서부터 안쪽으로 비탈진 경사면이 흘러내리고, 그 비탈을 따라 오솔길이 나 있는데 그 끝에 그녀가 매우 단정한 모습으로 앉아 있었다. 그리고 그녀의 옆에는 에드워드 데넘 경이 있었다.

그들은 매우 가까이 붙어 앉아서 다정한 대화를 나누고 있는 것 같았다. 그래서 샬럿은 황급히 물러서서 아무 말도 하지 않았다. 분명히 남의 눈을 피하고 있는 것이리라. 클라라 양에 대한 샬럿의 평가가 나빠지려 했다. 그러나 클라라의 처지가 처지인 만큼 너무 엄격하게 판단해서는 안 될 것이다.

샬럿은 파커 부인이 아무것도 눈치채지 못한 것을 보고 안도했다. 사실 샬럿의 키가 그렇게 크지 않았다면 제아무리 그녀의 눈이 날카롭다 해도 흰 리본을 발견하지 못했을 것이다. 두 사람의 밀회 광경을 보고 떠오른 여러 도덕적인 생각 중의 하나는 비밀스런 연인들이 남몰래 만날 장소를 찾기가 매우 어려울 것이라는 점이었다. 아마도 그들은 이 장소가 남의 눈으로부터 완벽하게 보호받는다고 생각했을 것이다. 앞에는 넓은 들판이 있고 뒤에는 사람의 발이 가로지른 적이 없는 가파른 비탈과 울타리가 있고, 그 위에 짙은 안개까지……. 그럼에도 그녀는 그들을 보았다. 그들은 정말 운이 나빴던 것이다.

저택은 크고 멋있었다. 하인 두 명이 나와 그들을 맞았다. 모든 것이 단정하고 질서 정연해 보였다. 데넘 부인은 큰 저택에 대해 매우 자랑스러워했고 고급스럽고 규모가 큰 자신의 생활 방식에 대해 자만심을 가지고 있었다. 그들은 일반 응접실로 안내되었다. 그 방은 규모가 상당하고 가구도 잘 비치되어 있었다. 가구들은 모두 고급품으로, 매우 보존이 잘 되어 있었지만 결코 새것은 아니었고 또한 별로 화려하지도 않았다. 마침 데넘 부인이 그곳에 없었기 때문에 샬럿은 방을 둘러보았다. 제일 먼저 눈에 띈 것은 벽난로 바로 위 벽에 걸린 위엄 있는 신사의 전신 초상화였다. 파커 부인은 이 초상화의 주인공이 해리 데넘 경이라고 말해주었다. 홀리스 씨의 초상화는 방 저쪽 편에 있는 눈에 띄지 않는 작은 초상화들 사이에 섞여 있었다. 불쌍한 홀리스 씨! 샬럿은 그가 부당한 대우를 받는다는 느낌을 금할 수 없었다. 자기 자신의 집에서 뒷전으로 밀려나 있다니! 해리 데넘 경이 가장 좋은 자리를 차지하고 있는 꼴을 매일 봐야 하다니!

독자와 함께 꾸는 꿈

한애경(코리아텍 교수)
이봉지(배재대학교 교수)

문학에 엄정한 가치 기준을 세우려 했던 영국의 비평가 F. R. 리비스는 조지 엘리엇과 찰스 디킨스, 토머스 하디와 헨리 제임스로 이어지는 위대한 영국 소설의 전통이 제인 오스틴에서 시작된다고 언급한 바 있다. 오스틴은 마흔두 살의 젊은 나이로 세상을 떠나기 전까지 총 6편의 장편소설을 남겼는데, 이 작품들만으로 그녀는 셰익스피어와 어깨를 나란히 하며 영국인들이 가장 소중하게 생각하는 작가의 자리를 당당히 차지했다. 하지만 작품들은 물론 이를 바탕으로 한 영화나 드라마, 각종 각색물 들의 범세계적 인기를 감안하면 이러한 오스틴 사랑은 영국인들에게만 한정된 것은 아닐 것이다.

2017년은 오스틴이 세상을 떠난 지 2백 주년이 되는 해이다. 그녀의 모습이 새겨진 10파운드 신권이 발행된다는 사회적 이슈와 더불어 20세기 내내 지속되던 "제인 오스틴 리바

이별" 현상이 바야흐로 정점에 이를 것으로 예상되는 가운데, 지금까지 이루어지지 못했던 초기작과 미완성 작품의 영상화가 시도되고 있다. 작가의 처녀작인 〈레이디 수전〉을 원작으로 한 〈러브 앤드 프렌드십〉과 미완성 작품 〈샌디턴〉의 동명 영화가 바로 그것으로, 지금까지 미숙한 초기 습작 정도로 취급되어 왔던 오스틴의 중편들에 대한 재평가가 이루어지는 것으로 볼 수 있다.

이번에 제인 오스틴 전집의 한 권으로 출간되는 이 책에는 국내 독자들에게 처음 소개되는 중편소설 세 편이 실려 있다. 먼저, 오스틴의 첫 번째 소설이자 이들 중 유일한 완성본인 〈레이디 수전〉은 작품의 집필 연대(1794)에서도 알 수 있듯이, 재기 발랄한 젊은 오스틴의 초기 습작들과 작가로서나 여성으로서 많은 일들을 겪은 원숙기의 장편소설들을 이어주는 가교 역할을 하고 있다. 뿐만 아니라 〈레이디 수전〉은 작가의 다른 장편들에서는 볼 수 없는 새로운 시도들이 눈에 띈다. 첫째, 이 작품은 오스틴의 유일한 서간체 소설로서 모두 41통의 편지로 이루어져 있다. 이 같은 1인칭 서간체 형식은 여주인공과 주변 인물의 내면 묘사를 통해 독자들의 공감과 연민을 불러일으키는 데 매우 효과적이다. 둘째, 이례적으로 악녀가 여주인공으로 등장한다. 후기 장편들에도 악녀 캐릭터가 등장하기는 하지만 대개는 주변 인물로 배치되고 사회에서의 격리나 추방 등을 통해 확실하게 처벌받은 것에 비해 이 작품의 주인공 레이디 수전은 결말에 이르러서도 사회적 처벌을 받지 않으며 개심하거나 반성하는 기색도 없다.

이런 레이디 수전은 당대 독자나 평자들에게 매우 불편한 존재였다. 그녀는 예쁘고 처세에 능하지만, 정숙한 귀부인의 첫째 조건인 모성애와 아내의 의무를 저버린 채 마음대로 행동하는 바람둥이다. 남편을 잃은 지 넉 달밖에 안 된 과부이면서도 교묘히 사람들의 눈을 피해 유부남인 맨워링 경이나 애인이 있는 제임스 경과 사귀며, 시동생 집에 와서는 손아래 동서인 버넌 부인의 남동생이자 열두 살 연하인 레지널드의 마음까지 얻어낸다. 레지널드를 흠모하는 딸 프레더리카를 자기가 사귀던 제임스 경과 억지로 결혼시키려 하는 것은 물론, 애정 없는 결혼을 하기 싫어하는 딸을 런던의 사립학교에 보내 그 학교에서 탈출하기 위해서라면 결혼이라도 하게 할 만큼 괴롭히는 비정한 엄마이다. 그러나 뛰어난 언변과 이성적 존재라는 자부심, 남성을 지배하려는 강한 지배욕 등에 있어서 평범한 다른 요부들과는 확연히 구별되는 존재이기도 하다. 작품의 결말에 이르면 현 애인 레지널드와 옛 애인의 아내 맨워링 부인, 유일하게 그녀의 본성을 꿰뚫고 있는 존슨 경(수전의 조력자인 친구 존슨 부인의 남편)의 삼자대면으로 레이디 수전의 실체가 폭로되는 바람에 자신의 재혼과 딸의 결혼이라는 두 마리 토끼를 다 놓치는 상황에 이르게 되지만, 그녀는 다시 모든 사람의 예상을 뒤엎고 제임스 경과 결혼한다. 이 재혼은 응당 그녀의 악행에 대한 처벌을 기대했던 독자에게 놀라운 반전이다.

후기 작품의 악녀들은 불륜 때문에 멀리 다른 곳으로 가서 사는 줄리아나, 에드먼드에게 버림받는 메리 크로포드처럼 사회적 처벌을 받는다(《맨스필드 파크》). 따라서 이런 사악한 여성 인물들에게 거리를 두는 작가의 비판적인 태도가 매우 분명하다. 이와는 달리 제임스 경이 앞으로 맞이할 딱한 미래를 언급하는 정도로 그친 이 작품의 결말은 끊임없는 찬반 논란을 불러일으켰다. 이 결말을 레이디 수전의 패배로 보면서 작가가 그녀를 도덕적으로 비판한다고 보는가 하면, 레이디 수전의 승리로 보면서 작가의 모호한 입장을 비판하기도 한다. 어쨌거나 이러한 결말은 레이디 수전에게 다른 여성 캐릭터에서는 볼 수 없는 강렬함을 부여했고, 여성을 압제하는 영국 가부장제 사회를 통쾌하게 비웃는 데 성공했다. 그리고 어쩌면 이것이 이 작품이 작가의 사후 반세기 만에 출판된 이유인지도 모른다.

두 번째 작품 〈왓슨 가족〉은 이모에게 맡겨져 가족과 떨어져 살던 에마가 14년 만에 집에 돌아와 부친의 친구인 에드워드 씨의 초청으로 무도회에 데뷔하는 장면으로 시작된다. 넉넉한 에드워드 씨는 가난하고 병약한 왓슨 씨를 위해 무도회가 있을 때마다 왓슨 가의 딸들을 초대한다. 무도회 데뷔 날 밤, 에마는 예쁜 외모 때문이기도 하지만, 당돌할 정도로 똑 부러지는 성격과 다정한 마음씨(오스본 양이 춤을 춰주겠다고 약속했다가 어기는 바람에 크게 상심한 소년의 파트너가 되어준 일)로 사람들의 시선을 끈다. 아울러 그녀는 귀족 오스본 경과 하워드 목사의 관심을 동시에 받게 되는데, 오만하고 여성을 배려하는 데 서툰 오스본 경보다 하워드 목사에게 마음이 끌린다. 여기까지가 작품에 나오는 부분이다.

작가는 단순한 자매 이상의 교감을 나누었던 언니 커샌드라에게 이 작품의 줄거리를 미리 이야기해준 것으로 보인다. 커샌드라가 가족에게 전한 이후의 전개 과정은 다음과 같다. 왓슨 씨는 곧 죽음을 맞이하고 에마는 편협한 올케와 오빠에게 몸을 의탁하는 신세가 된다. 이때 오스본 경이 구원의 손길을 내밀지만 그녀는 그의 청혼을 거절한다. 하워드 목사를 짝사랑하는 레이디 오스본과 에마를 사랑하는 하워드 목사 간의 삼각관계 때문에 여러 가지 흥미진진한 이야기가 전개되지만, 마침내 에마는 하워드 목사와 결혼하게 된다. 작가는 이렇게 재미있는 삼각관계 로맨스를 전개할 예정이었으나, 애석하게도 이 이야기는 오스틴의 병으로 중단되고 말았다.

마지막에 수록된 〈샌디턴〉은 오스틴의 마지막 작품이기도 하다. 1817년 1월에 이 작품을 쓰기 시작한 그녀는 병세가 악화되어 집필을 중단하고 그해 7월 18일, 집필 도중 42세를 일기로 커샌드라의 팔에 안겨 사망했다. 이 작품의 제목은 오스틴이 정한 것이 아니다. 그녀가 남긴 원고에는 제목이 없었고, 1871년 조카 제임스 에드워드 오스틴 리가 출간한 《제인 오스틴 회상록》에 〈마지막 작품〉이란 제목 아래 내용 요약과 발췌문이 수록되었다. 그러나 오스틴 가족들은 19세기 중반 이후 이 작품을 줄곧 '샌디턴'으로 불렀으며, 1925년 작품이 출간된 뒤에는 공식적으로도 이 제목으로 불리게 되었다.

〈왓슨 가족〉이 오스틴의 탁월함이 두드러지는 (특히 가족이라는 소사회를 통한) 인간군상의 생생한 묘사에 큰 비중을 두었다면, 〈샌디턴〉의 초점은 '샌디턴'이란 공간에 맞추어져 있다. 1장에서 파커 씨가 그 지명을 거론한 이래, 소설의 이야기는 이 마을에 대한 소개와 개발 계획을 중심으로 전개된다. 작품에 등장하는 다른 지명들과 달리 '샌디턴'은 실제 지명이 아니라 영국 남부 해안에 설정된 가상의 마을이다. 이 마을의 모델에 관해서는 여러 가지 설이 있으나 가장 유력한 것은 웨스트서식스 주에 있는 워딩이다. 오스틴은 1805년 9월에 어머니와 커샌드라, 그리고 친구 마르타 로이드와 함께 이곳에서 가을 한철을 보냈으며 그곳의 주요 인사인 에드워드 오글과도 친하게 지냈다. 오글은 〈샌디턴〉에 등장하는 톰 파커의 모델로, 파커처럼 해안 리조트 개발에 열정을 지닌 인물이었다. 그는 1801년, 워딩에 워윅 하우스라는 집과 토지를 사서 임대용 가옥과 대여 서점을 짓고, 이어 하수도를 만들고 길을 닦는 등 개발 사업을 진행시켰다. 그리하여 10년 뒤인 1811년에는 극장과 호텔뿐만 아니라 상당한 규모의 상점가가 즐비한 리조트 마을이 되었으며 인구도 2천 명에서 4천 명으로 늘어났다.

다소 이채로운 이 작품의 다른 주제는 건강인데, 당시 병마에 시달리던 작가에게는 아마 당연한 관심사였을 것이다. 그러나 그녀가 이 작품에서 다루는 질병은 진짜 병이라기보다 심리적 요인에 의한 상상의 병이다. 파커 씨의 누이들과 남동생 아서는 모두 상상병자, 또는 자신들의 병을 과장하는 우울증 환자들이다. 이 자체로도 흥미로운 소재이지만 한편 이러한 생각도 하게 된다. 오스틴은 이들의 질병을 희화함으로써 이유 없이 아픈 자신의 병을 이겨보려던 것이 아니었을까? 자신의 병도 파커 씨의 누이들이 걸린 여러 질병처럼 심리적 질병에 불과하다는 생각으로 병을 극복하려던 것이 아니었을까? 우리는 수전과 다이애나 파커의 우스꽝스러운 모습에서 자신의 병마저도 유머 감각을 갖고 바라보는 작가의 모습(이 작품이 소개된 조카의 회고록 속 오스틴을 연상시키는)을 볼 수 있다. 그러나 불행히도 그녀의 병은 진짜였으며, 이 때문에 〈샌디턴〉은 영원히 미완성으로 남게 된다.

제인 오스틴의 병이 상상의 병이었다면, 그래서 그녀가 이 작품을 완성했다면 이야기는 어떻게 전개되었을까? 그해 여름, 샌디턴의 흥행은 톰 파커가 만족할 수준에 이르렀을까? 에드워드 데넘 경은 클라라를 유혹하는 데 성공했을까? 데넘 부인은 에드워드 데넘과 램브 양과의 결혼을 성사시킬 수 있었을까? 샬럿과 시드니의 연애는 어떻게 전개되었을까? 이런 여러 질문들에 대해 독자들 모두가 자유롭게 상상의 날개를 펴서 제각기 자신만의 〈샌디턴〉을 완성해보기 바란다. 작가와 함께 못다 이룬 꿈을 함께 꾸어가는 것, 어쩌면 그것이 이 작품집의 진정한 의미일지도 모른다.

제인 오스틴 연보

12월 16일 영국 햄프셔 주 스티븐턴에서 교구 목사 조지 오스틴의 일곱째 딸로 태어남.	1775
가족이 함께 첫 가족 공연으로 〈머틸다〉 상연.	1782
언니 커샌드라와 함께 옥스퍼드의 콜리 부인 기숙학교에 입학. 같은 해 콜리 부인을 따라 사우샘프턴으로 옮겨 갔으나 장티푸스에 걸려 학업을 중단하고 집으로 돌아옴.	1783
가족 공연으로 리처드 셰리든의 〈경쟁자들〉 상연. 이러한 공연을 통해 특유의 풍자와 유머가 싹틈.	1784
언니와 버크셔 주 레딩에 있는 레딩 수도원 여자기숙학교에서 수학. 많은 문학 작품을 접하기 시작함.	1785
학교를 그만두고 아버지와 두 오빠에게 독서와 작문 지도를 받음.	1786

1787 친구나 가족에게 자신의 작품을 들려주는 것에 흥미를 느끼고 소설 습작을 시작함.

1790 6월 초기 습작 가운데 하나인 〈사랑과 우정〉을 탈고.

1792 초기 습작 〈레슬리 캐슬〉과 〈이블린〉 탈고 후 〈캐서린 혹은 은신처〉의 집필을 시작.

1793 〈찰스 그랜디슨 경 혹은 행복한 사람〉이라는 짧은 희곡을 쓰기 시작함.

1794 서간체 소설 〈레이디 수전〉 집필.

1795 첫 장편소설 〈엘리너와 메리앤〉을 집필. 12월 이웃의 조카인 톰 르프로이를 만남. 막 대학을 마치고 삼촌 댁에 방문차 와 있던 톰과 각별한 친분을 쌓음.

1796 1월 톰이 런던으로 떠남. 10월 《오만과 편견》의 초고인 〈첫인상〉 집필 시작.

1797 〈첫인상〉을 탈고하고 〈엘리너와 메리앤〉을 바탕으로 《이성과 감성》을 쓰기 시작함. 아버지의 권유로 〈첫인상〉을 출판사에 보냈으나 거절당함.

1798 《노생거 수도원》의 초고인 〈수전〉 집필 시작.

1801 가족과 함께 바스로 이사.

1802 여섯 살 연하인 해리스 빅위더에게 청혼을 받고 승낙했으나 하루 만에 마음을 바꾸어 거절함.

1803 크로스비 출판사에 〈수전〉을 10파운드에 팔았으나 출판되지 못함.

내용	연도	작품
1월 아버지 조지 오스틴 사망. 전해부터 집필 중이던 〈왓슨 가족〉을 중단.	1805	
어머니, 언니와 함께 사우샘프턴으로 이주.	1806	
아내를 잃은 셋째 오빠 에드워드의 권유로 초턴으로 이사.	1809	
출판업자 토머스 에저턴과 《이성과 감성》 출판 계약.	1810	
10월 넷째 오빠 헨리 부부가 거주하는 런던에 기거하며 《이성과 감성》 출간. 《맨스필드 파크》 집필을 시작함.	1811	《이성과 감성》
《오만과 편견》의 판권을 110파운드에 에저턴에게 넘김.	1812	
《오만과 편견》이 큰 호평을 받음. 런던에 계속 머물며 이후 모든 작품을 익명으로 출간.	1813	《오만과 편견》
1월 《맨스필드 파크》 출간. 《에마》의 집필을 시작함.	1814	《맨스필드 파크》
10월 《에마》의 출간 직전, 섭정공(훗날 조지 4세)의 도서관장으로부터 《에마》를 섭정공에 헌정할 것을 권유받고 동의함. 12월 《에마》 출간.	1815	《에마》
《설득》 초고 완성. 건강이 악화되기 시작함.	1816	
〈샌디턴〉을 쓰기 시작했지만 건강이 악화되어 중단함. 5월 요양을 위해 윈체스터로 이주. 7월 18일 42세의 나이로 영면, 윈체스터 성당에 안장됨. 12월 출판업자 머리가 《노생거 수도원》과 《설득》을 묶어서 출판함.	1817	《노생거 수도원》 《설득》

머리가 《노생거 수도원》과 《설득》의 판본을 폐기.

1820

리처드 벤틀리가 남아 있던 오스틴의 판권을 사들여 12년 만에 5권으로 출간.

1832

최초의 제인 오스틴 전집 출간.

1833

조카인 제임스 에드워드 오스틴 리가 출판한 전기 《제인 오스틴 회상록》 2판에서 〈레이디 수전〉과 〈왓슨 가족〉, 그리고 〈샌디턴〉 원고의 일부를 수록.

1871

《샌디턴》 출간.

1925 《샌디턴》

옮긴이 **한애경**

이화여자대학교 영문과를 졸업하고 서울대학교에서 석사와 박사학위를 받았다. 미국 코네티컷 대학교, 예일 대학교 등에서 연구한 바 있으며, 현재 코리아텍 교수로 있다. 지은 책으로《플로스 강의 물방앗간 다시 읽기》(대한민국학술원 우수도서),《19세기 영국소설과 영화》(문화체육관광부 우수도서),《19세기 영국 여성작가 읽기》등이 있으며, 옮긴 책으로 F. 스콧 피츠제럴드의《위대한 개츠비》, 조지 엘리엇의《사일러스 마너》《미들마치》《플로스 강의 물방앗간》(공역), 메리 셸리의《프랑켄슈타인》등이 있다.

옮긴이 **이봉지**

서울대학교 불어교육학과를 졸업하고 동 대학 대학원에서 석사 학위를, 미국 노스웨스턴 대학교에서 18세기 프랑스 문학연구로 박사 학위를 받았다. 현재 배재대학교 교수로 있다. 지은 책으로《서사학과 페미니즘》이 있고, 옮긴 책으로 귀스타브 플로베르의《보바리 부인》, 볼테르의《캉디드 혹은 낙관주의》, 드니 디드로의《수녀》등이 있으며 한애경 교수와 조지 엘리엇의《플로스 강의 물방앗간》, 대프니 뒤모리에의《자메이카 여인숙》을 공동으로 번역한 바 있다.

레이디 수전 외

초판 1쇄 발행일 2016년 10월 27일
초판 4쇄 발행일 2022년 1월 17일

지은이 제인 오스틴
옮긴이 한애경 · 이봉지

발행인 박헌용, 윤호권
발행처 ㈜시공사 **주소** 서울시 성동구 상원1길 22, 6-8층(우편번호 04779)
대표전화 02-3486-6877 **팩스(주문)** 02-585-1755
홈페이지 www.sigongsa.com / www.sigongjunior.com

ISBN 978-89-527-7720-1 04840
ISBN 978-89-527-7711-9 (세트)